REZENSIONEN AUF AMAZON.DE

ZUR BUCHREIHE NORDLICHTER

»Ich mach's kurz: Ich liebe dieses Buch! Danke für die zutiefst an- und berührende Geschichte. Eine Fortsetzung wünsche ich mir von ganzem Herzen.«

»Gefühlvoll und leidenschaftlich geschrieben. Da werden tiefe Sehnsüchte geweckt, von denen man nicht mal ahnte, dass sie in einem schlummern. Hoffe inständig auf eine Fortsetzung.«

»Das Buch hat mich tief im Herzen berührt. Der Autor schildert einerseits die Enttäuschungen und andererseits auch die Freuden, die wir alle schon einmal erlebt haben, ohne Pathos, aber mit tiefem Empfinden nicht nur für die eigenen Wünsche. Er bringt in überzeugender Weise zum Ausdruck, wie erfüllend die Natur das Leben beeinflussen kann und wie gerade Schlichtheit im Lebensstil bereichernd wirkt.«

»Das Buch ist – ehrlich gesagt - unglaublich. Fängt eigentlich ganz harmlos an und entwickelt sich für meine Begriffe zu einem absoluten Bestseller. Wow, Buschpilot in Alaska. Schon dieser Beruf birgt Abenteuer pur. Hinsetzen, lesen und träumen!«

Neu in meinem Leserkreis? Hol dir hier das inspirierende Willkommensgeschenk (E-Booklet):

www.markusglauser.de/geschenk

Oder rasch mit dem Smartphone:

SCAN ME

Wenn wir uns von unseren Träumen leiten lassen, wird der Erfolg all unsere Erwartungen übertreffen.

Henry David Thoreau

NORDLICHTER

VON DER GEWISSHEIT DES HERZENS

MARKUS GLAUSER

ÜBER DIE BUCHREIHE GOLD LAKE

Jedes Buch der Reihe ist in sich abgeschlossen. Folglich können sie in beliebiger Reihenfolge gelesen werden. Im Vordergrund stehen immer Abenteuer, wahres Glück, Familie und Liebe.

Die Reihe spielt im hohen Norden Amerikas, in Alaska. Alaska kommt von Alyeska, was so viel wie großes Land bedeutet. Das passt, ist die Fläche Alaskas doch rund fünfmal so groß wie jene Deutschlands. Es ist auch sonst ein Land der Superlative: endlose Täler, die Weite der Tundra, mehr als dreitausend Flüsse, rund drei Millionen Seen und der höchste Berg Nordamerikas, der Denali (Mount Mc Kinley). Zwei Drittel von Alaska stehen unter Naturschutz und obwohl es viele Gletscher gibt, belegen diese weniger als fünf Prozent der Landfläche. Trotz der gewaltigen Dimensionen leben in Alaska nur ungefähr 750.000 Menschen, fast die Hälfte davon in Anchorage. Alaska ist aber nicht nur riesig und wild, sondern auch ein Mythos mit vielen Gesichtern: Es gibt dort Bären, Elche, Lachse, Nordlichter, Regenbogen, Mitternachtssonne, malerische Seen, wilde Flüsse und majestätische Berge.

Alaska zieht mich immer wieder in seinen Bann. Die Buchreihe Nordlichter war für mich darum von Beginn an ein Herzensprojekt.

Die Alaska Bush Pilots

Inmitten dieser atemberaubenden Szenerie hat das Flugtaxi-Unternehmen Alaska Bush Pilots seine Basis. Die Buschpiloten fliegen abenteuerlustige Reisende in die Wildnis: Sie alle suchen in Alaska das, wovon es in der zivilisierten Welt immer weniger gibt: unberührte Natur, Abenteuer, Ruhe und Weite. Den Spirit der Wildnis. Einige kommen allerdings mit romantisierten Vorstellungen und sind überfordert, wenn sie realisieren, dass Alaska kein Disneyland im Großformat ist. Die Wildnis kann hart und unberechenbar sein.

Buschpiloten leben gefährlich: Sie trotzen den oftmals schwierigen Witterungsbedingungen und landen mit ihren Flugzeugen auf Seen, Flüssen, Gletschern, aber auch auf Sandbänken am Ozean. Das Team versteht sich als weit mehr als nur eine Firma: Die Alaska Bush Pilots sind eine große Familie.

Die Buchreihe Gold Lake ist eine Hommage

… an all jene, die sich Gedanken über sich und das Leben machen. Und auch danach handeln. Im Wissen darum, dass es keine endgültigen Wahrheiten gibt. Aber mit der Gewissheit, dass Weiterentwicklung und Wachstum ein geglücktes Leben ausmachen.

… an die verwegenen Frauen und Männer im hohen Norden Amerikas, die dem harschen Klima und den langen dunklen Wintern trotzen. Freiheit und Abenteuer sind ihnen wichtiger als Komfort und Konsum.

… an die hohen Berge, die malerischen Seen, die reißenden Flüsse, die unendliche Weite, die unerbittliche und doch so faszinierende Wildnis.

… an die Bären, Wölfe, Elche, Karibus, Weißkopfseeadler und all die anderen wilden Tiere, die schon lange vor den Menschen dort gelebt haben. Sie haben ein Recht auf ihren Lebensraum, der zunehmend unter Druck gerät. Die Jagd auf Alaskas Bodenschätze, die Fischindustrie und auch der Tourismus führen dazu, dass die Zivilisation immer weiter vorrückt.

Für meine Familie

ALLES WIRD ANDERS

26. JULI

> Es gibt Momente im Leben, da steht die Welt plötzlich still – und wenn sie sich weiterdreht, ist nichts mehr so, wie es war. – Hans Böck

Als John auf dem Weg zum Wohnwagen sein Smartphone als Taschenlampe benutzte, fielen ihm mehrere Nachrichten von Mike auf dem Startbildschirm auf. Zuerst wollte er sie ignorieren. Dann aber besann er sich darauf, dass Mike selten Mitteilungen sandte. Schon gar nicht mehrere am selben Abend. John entsperrte das Handy und las. Seine Knie wurden weich und er lehnte sich an einen Baum. Tanja blieb verwundert stehen und sah ihm an, dass etwas Schlimmes vorgefallen war.

»Wir müssen sofort zurück nach Anchorage. Ein schwerer Unfall! Schnell, lass uns keine Zeit verlieren. Ich erzähl's dir im Auto.«

1

13. - 14. MAI / 10 WOCHEN VORHER

In der einsamen Blockhütte am See lag die Temperatur um den Gefrierpunkt, Tanja zog die Wolldecke höher. Dann drehte sie sich zu John, der neben ihr schlief. Sie mochte es, ihm beim Schlafen zuzuschauen. In Momenten wie diesem spürte sie in jeder Zelle ihres Körpers, dass John der Mann ihres Lebens war. Er war der Hauptgrund, weshalb sie ihr altes Leben als Lehrerin in der Schweiz endgültig aufgegeben hatte. Sie küsste ihn zärtlich auf die Stirn und streichelte seinen Siebentagebart. Im zarten Licht der Sonne, das durch das kleine Fenster drang, nahm sie die ersten grauen Haare bei John wahr. Er blinzelte und brauchte eine Weile, bis er bei sich war und Tanja zulächelte.

»Hast du den Lärm in der Nacht auch gehört?«, fragte sie.

»Ja, ich vermute, das war ein Schwarzbär. Der hat unsere Lebensmittel gerochen. Im Frühjahr sind die nach dem langen Winterschlaf besonders hungrig. Aber keine Angst, der kommt hier nicht rein. Dein Vater hat die Blockhütte solide gebaut.«

Tanja schmiegte sich noch näher an John und war vollkommen glücklich, wie so oft in den letzten Tagen. Er drehte sich zu ihr und küsste sie. Zuerst zärtlich, dann fordernd und leidenschaftlich. Ihre nackten Körper harmonierten miteinander und unter der Wolldecke wurde es heiß.

SPÄTER ENTZÜNDETE John im Kamin ein Feuer und schickte sich an, das Frühstück vorzubereiten. Tanja hörte das Knistern des Feuers und fühlte, wie sich die Wärme im kleinen Raum rasch ausbreitete. Das helle Licht der Flammen spiegelte sich auf den alten Holzbalken der Hütte. John brachte ihr einen dampfenden Kaffee ans Bett.

»Ich bin glücklich, John. Alles hat sich in den letzten Monaten so zusammengefügt, wie ich mir das immer gewünscht habe. Manchmal kann ich es gar nicht fassen, dass unser Traum der gemeinsamen Familienfirma Realität geworden ist … Das bedeutet mir unheimlich viel.«

Er setzte sich auf den Bettrand und streichelte mit seinen kräftigen Händen gefühlvoll über ihre Wangen.

»Dann sind wir schon zwei.«

Ich liebe dich, John. Noch nie war ich einem Mann so nahe, dachte Tanja.

. . .

Während John ihren geliebten Porridge mit Apfelschnitzen und Zimt zubereitete, gingen Tanja Bilder des Vorjahres durch den Kopf. Sie sah sich zitternd am Flughafen von Anchorage nach ihrem Vater Mike Gerber Ausschau halten, der sie und ihre Mutter verlassen hatte, als sie gerade zwei Jahre alt gewesen war. Der Aufenthalt in Alaska war als Sabbatical geplant, um endlich dem Alltag zu entfliehen. Wie ungewohnt und doch vertraut die erste Umarmung ihres Vaters war. Sie bezog eine Wohnung in Mikes Haus in Anchorage und arbeitete in seiner Firma, den Alaska Bush Pilots. Sie erinnerte sich an den Moment, als ihr zweiundzwanzigjähriger Sohn David nach seinen sechswöchigen Ferien bei ihr strahlend verkündete, dass er in Alaska bleiben wollte. Er fühlte sich hier in seinem Leben angekommen. Dass er sich in die junge Pilotin Riley Barber verliebt hatte, war zweifellos mit ein Grund. In der Schweiz alles aufzugeben, war für Tanja nicht einfach gewesen. Viele hatten sie davor gewarnt und ihr abgeraten, und sie war lange Zeit hin- und hergerissen. Aber nach den sechs Monaten in Alaska spürte sie tief in sich, dass ihr Platz hier war. Ihre Entscheidung hatte sie nie bereut und die Zweifel waren längst verflogen. Das Hadern und Zaudern, das sie in ihrem alten Leben oft begleitete, war überwunden.

»Aufstehen, Liebling, bevor dein Porridge kalt wird.« Johns Stimme riss sie aus ihren Gedanken und sie setzte sich zu ihm an den Tisch.

»Ich war gestern Morgen mit Riley in der Stadt, um die Vorräte für die kommende Saison aufzustocken. Da hatten wir Zeit zum Plaudern und sie hat mir gesagt, dass sie es so cool findet, dass wir nun alle zusammen sind. Deine Tochter ist eine umwerfende junge Frau.«

John nickte. »Sie ist wie ihre verstorbene Mutter. Selbstbewusst und stark. Seit sie mit David zusammen ist, ruht sie noch mehr in sich und lässt sich auch von schwierigen Kunden nicht unter Druck setzen. Das macht sie zu einer ausgezeichneten Pilotin.«

»Vermisst du Cathy immer noch? Ich, … ich kann das verstehen.« Tanja spielte mit ihrem Verlobungsring, den ihr John zu Weihnachten geschenkt hatte.

John schwieg lange und rührte konzentriert in seinem Porridge.

Ich hätte besser nicht damit anfangen sollen.

»Sie wird immer ein Teil meines Lebens sein«, sagte er schließlich. »Und sie lebt in Riley weiter.«

Also wird Cathy immer irgendwie zwischen uns stehen.

Als könnte er ihre Gedanken lesen, lächelte er sie an. »Ich liebe dich, Tanja. Alles ist gut so, wie es ist. Der Himmel über mir strahlt wieder, seit du ein Teil meines Lebens bist.«

John nahm Tanjas Kopf in seine Hände und berührte ihre Lippen mit seinen.

SPÄTER GINGEN sie gemeinsam zum See, um den Abwasch zu erledigen. Tanja beobachtete eine große Forelle, die gierig nach den Essensresten schnappte, die sie ins Wasser warfen. Nach dem langen dunklen Winter waren die Tiere Alaskas hungrig. Die Natur erwachte und der Schnee zog sich langsam in die Berge zurück.

Die Tage wurden länger, bis im Juni die Dunkelheit fast gänzlich ausbleiben würde.

»Ich liebe diese Jahreszeit«, sagte John. »Bald strömen die Touristen nach Alaska und wir werden uns nach solchen ruhigen Momenten sehnen.«

Tanja nickte stumm. John würde dann sieben Tage in der Woche für die Alaska Bush Pilots mit dem Wasserflugzeug unterwegs sein. Als Chefpilot war er in den Sommermonaten besonders gefordert. Auch im Büro, wo sie arbeitete, würde von frühmorgens bis spätabends Betrieb sein.

Plötzlich zog das Kreischen eines Weißkopfseeadlers ihre Aufmerksamkeit auf sich und bewahrte sie davor, melancholisch zu werden. Der Adler hatte auf einer Tanne nahe der Blockhütte sein Nest gebaut und brachte seinen Jungen in regelmäßigen Abständen Nahrung. Tanja stand auf, blickte über den See in die schier unendliche Weite von Alaskas Wildnis und fühlte sich wieder leicht und frei. Sie lächelte, als sich Billy zu ihr gesellte. Ihr Jack Russell Terrier wedelte mit dem Schwanz und strich ihr um die Beine.

»Na, Billy, dir gefällt es in Alaska auch, nicht wahr?«

Sie bückte sich und knuddelte seinen Kopf. Aber er riss sich von ihr los, um einer Ente nachzujagen, die über den Kiesstrand watschelte. Wie immer zog er dabei den Kürzeren und bellte dem wegfliegenden Wasservogel wie verrückt nach. Tanja blickte lächelnd der Ente nach und sah am Horizont dunkle Wolken aufziehen. Es verblüffte sie immer wieder von neuem, wie rasch das Wetter in den Bergen wechseln konnte.

In der Hütte durchstöberte Tanja die Buchsammlung ihres Vaters und stieß in einem der Bücher auf eine handschriftliche Notiz: »Glück ist der Flow, die entspannte Konzentration im Hier und Jetzt.«

Tanja drehte sich zu John, der Holzscheite im Ofen nachlegte. »Was ist für dich Glück?«

»Hm, gute Frage. Die vorübergehende Abwesenheit von Problemen vielleicht? Ohne Alltagssorgen einfach nur zu sein. Was denkst du?«

»Schwierig. Aber ich denke, Glück ist nicht die gänzliche Abwesenheit von Problemen, sondern vielmehr das Gefühl nach deren Bewältigung. Ohne Schwierigkeiten, die man überwinden muss, wird es doch rasch langweilig, oder?«

»Ich bin wohl eher der Typ, der Problemen aus dem Weg geht. Erinnerst du dich noch daran, dass ich dich fast aufgegeben hätte, nur weil zu Beginn unserer Liebe nicht alles rundlief?« John lächelte schelmisch, trat zu Tanja und stieß sie sanft aufs Bett. »Glück ist für mich, in deine Augen zu schauen, dein bezauberndes Lächeln zu bewundern und vor allem, mich mit dir zu verbinden. Eins zu sein.«

Billy legte sich auf seinen Lieblingsplatz vor den Kamin und gähnte, während Tanja und John ihre Gefühle füreinander auslebten.

2

14. MAI

»Keine Chance, bei diesem Wetter fliege ich nicht«, sagte die junge Buschpilotin Riley Barber, ohne mit der Wimper zu zucken, und hielt dem stechenden Blick von Tom Hartley stand.

Ein paar Meter weiter unten war ihr Wasserflugzeug, eine De Havilland Beaver, am Dock auf dem See festgemacht. Die Wellen klatschten an die Schwimmer und der Wind spannte die Leinen, mit denen das Flugzeug befestigt war. Auf einem Hügel warteten fünf Gäste im großzügigen Aufenthaltsraum der Alaska Wilderness Lodge auf ihren Rückflug nach Anchorage. Es waren wohlhabende Amerikaner aus Seattle, die für ein paar Tage den ersten Königslachsen der Saison nachgestellt hatten. Tom Hartleys fünf Lodges in Alaskas Wildnis gehörten zu den exklusivsten Unterkünften fernab der Zivilisation. Die Alaska Wilderness Lodge bestach durch großzügige Räume mit Fensterfronten, die einen atemberaubenden Blick auf den glasklaren See und die schneebedeckten Berge in der Ferne gewährten.

»Hör zu, junge Dame. Zwei meiner Gäste sind Chefchirurgen im größten Krankenhaus von Seattle. Morgen stehen dringende Operationen an, die ohne diese beiden nicht stattfinden können. Es geht also darum, Menschenleben zu retten. Deine Aufgabe ist es, das möglich zu machen!«

Tom Hartley war Widerrede nicht gewohnt. Schon gar nicht von einer Pilotin, die seine Enkelin sein könnte. Hartley war eine Ikone in Alaska und eine große Nummer im Tourismusgeschäft, mit der sich niemand anlegen wollte. Er fixierte Riley mit seinen schwarzen Augen und kaute auf seiner Havanna-Zigarre – sein Markenzeichen. Breitbeinig stand er vor ihr und wartete auf ihre Antwort. Dabei wehte der Pelz seiner Jacke aus Nordfuchs im aufbrausenden Wind. Hartley wirkte wie der König von Alaskas Wildnis und sah sich gerne als Leitwolf.

»Es tut mir leid, Tom. Aber ich trage die Verantwortung für diesen Flug. Die Windböen sind unberechenbar und die Wellen zu hoch. Wir warten ab.«

»Wir sind in Alaska, junge Dame«, grollte Hartley. »Wenn du nur Schönwetterflüge willst, dann geh nach Kalifornien. Hier muss ein Pilot mit diesen Bedingungen klarkommen. Es sind schon bei wesentlich schlechterem Wetter Wasserflugzeuge gestartet!«

Riley hielt einen Moment inne und versuchte, die Ruhe zu bewahren. »Sobald ich es verantworten kann, fliegen wir.«

Hartley schüttelte den Kopf und stapfte zu seiner Lodge. Daneben bogen sich ein paar Bäume im Wind.

»Wasserflugzeuge sollten von Männern pilotiert werden! Ich muss mich wohl nach einer anderen Firma umsehen, so geht das nicht!«, polterte Hartley beim Weglaufen.

Starker Regen setzte ein. Riley stülpte sich die Kapuze über ihr Haar, lief zum See und suchte im Wasserflugzeug Unterschlupf. Sie kletterte auf den Pilotensitz, lehnte sich zurück und holte tief Luft.

Arrogantes Arschloch!

Riley zweifelte nicht an ihrer Entscheidung. Sicherheit hat erste Priorität, so lautet das Motto der Alaska Bush Pilots. Kompromisslos. Mike Gerber, Gründer und Inhaber der Firma, war stolz auf die makellose Unfallbilanz seit über zwanzig Jahren.

»In Alaska gibt es viele waghalsige Piloten. Aber keine alten waghalsigen Piloten«, pflegte er oft zu sagen.

Der Sturm peitschte den Regen an die Frontscheibe des Flugzeugs, während Riley versuchte, Funkkontakt mit der Basis aufzunehmen. Erst beim dritten Versuch hörte sie am anderen Ende die vertraute Stimme von Mike Gerbers Enkel David.

»Hey Liebling, was gibt's?«

»Scheißwetter. Ich kann nicht fliegen und Hartley macht mir deswegen die Hölle heiß.«

»Nichts als Ärger mit diesem Kerl. Alle müssen nach seiner Pfeife tanzen. Dann drückt er auch noch dauernd auf den Preis. Moment, ich schaue rasch, ob Grandpa da ist.« Riley musste nicht lange warten, bis David sich wieder meldete. »So wie's aussieht, telefoniert er bereits mit Hartley.«

»Scheiße!«, fluchte Riley und erinnerte sich daran, dass Hartley auf dem Weg zur Lodge sein Satellitentelefon gezückt hatte.

»Keine Sorge, du machst alles richtig.«

»Hoffentlich. Ich sitze in der Beaver auf dem See und der Sturm wird stärker. In der Lodge tobt unser größter Kunde und seine offenbar unentbehrlichen Starchirurgen haben in weniger als vier Stunden ihren Anschlussflug nach Seattle. Wie soll ich das schaffen?«

»Lass dich nicht unter Druck setzen. Ich will dich gesund zurück. Ah, jetzt kommt Grandpa aus seinem Büro. Sprich mit ihm. Ich liebe dich!«

Ich dich auch.

Mike rollte die Augen, als er von David das Funkgerät übernahm. »Hey Riley, macht dir Hartley Probleme?«

»Allerdings.«

»Du bist nicht allein. Er hat mir soeben gedroht, unsere Zusammenarbeit zu beenden, sollten seine Gäste nicht rechtzeitig in Seattle sein.«

Riley ballte ihre Fäuste. »Die Verantwortung für den Flug trage immer noch ich. Daher lasse ich mich nicht von ihm unter Druck setzen. Auch dann nicht, wenn es unser größter Kunde ist.«

»Da bin ich ganz deiner Meinung. Aber die Wetterbilder sehen auf meinem Monitor nicht allzu schlecht aus …«

»Klar kann es klappen, Mike. Aber was, wenn die Beaver im falschen Moment von einer Böe erfasst wird?«

Mike schwieg eine Weile. Riley wusste, dass er nach einer Lösung suchte.

»Du bist als Einzige von uns vor Ort. Flieg erst, wenn du dich sicher fühlst. Du bist eine ausgezeichnete Pilotin und ich bin überzeugt, dass du die Situation richtig beurteilst.«

»Danke, Mike.«

»Aber in der Zwischenzeit musst du irgendwie Hartley bei der Stange halten. Ohne seine Aufträge wird es für uns verdammt schwierig.«

»Ich versuche es.«

Scheißsituation! Ich brauche dringend einen Plan.

Ein paar Minuten später zog Riley auf der Veranda der Lodge ihre Regenjacke aus, atmete tief durch und trat ein. Im Aufenthaltsraum saßen ein paar Männer gelangweilt um den Kamin, in dem ein offenes Feuer loderte. Ihre gepackten Koffer standen bereit.

»Wie sieht es aus, junge Lady?«, wollte einer wissen.

Ich hasse es, wenn mich ältere Männer mit junge Lady ansprechen!

»Im Moment leider nicht gut. Wir brauchen heute Zeit und Geduld«, erwiderte sie schulterzuckend.

»Wir haben weder noch«, sagte ein anderer, der seine Schirmmütze tief ins Gesicht gezogen hatte. Seine Angelkollegen murrten zustimmend. Riley nahm davon keine Notiz und schritt an einem ausgestopften Braunbären vorbei durch einen langen Gang, an dessen Ende Hartleys Büro war. Sie hielt kurz inne, klopfte an und trat in den rauchgeschwängerten Raum. Hartley runzelte die Stirn und blickte nur kurz von seinem Notebook auf.

»Du hast besser gute Nachrichten. In fünf Minuten rufe ich einen anderen Piloten an. Der fliegt immer. Dann seid ihr aus dem Business raus. Endgültig!«

»Ich habe eine Lösung: Laut Wettervorhersage sollte der starke Wind in einer Stunde kontinuierlich abflachen. Wenn das stimmt, kann ich in etwa zwei Stunden fliegen. Nach der Landung auf dem Lake Hood fahren wir die Ärzte sofort an den Flughafen, damit sie den Flug nach Seattle noch erwischen. Wird knapp, aber es kann funktionieren.«

Hartley schaute auf seine teure Armbanduhr. »Das ist mir zu vage, ich will Sicherheiten.«

»Das geht nicht, Tom, und das weißt du auch. Für die Alaska Bush Pilots kommt die Sicherheit an erster Stelle.«

»Nichts gegen Sicherheit, aber man kann auch übertreiben. Dein Plan geht besser auf«, brummelte Hartley und wendete sich ab.

Riley hatte keine Lust, mit den anderen in der Lodge rumzuhängen. Klitschnass alleine in der Beaver zu sitzen, war für sie das kleinere Übel. Sie packte ein Buch von Virginia Woolf aus ihrem Rucksack und begann zu lesen. Aber die Muße fehlte ihr und sie legte das Buch nach ein paar Minuten entnervt weg.

Eine Stunde später regnete es zwar immer noch stark, aber der Wind hatte nachgelassen. Riley griff nach dem Funkgerät, um Mikes Einschätzung einzuholen.

»Die Lage sieht von hier aus nicht schlecht aus. Sobald du aus den Bergen raus bist, wird das Wetter kein Problem mehr sein. Die Startbedingungen sind momentan das Schwierigste. Die kannst du vor Ort besser beurteilen.«

»Ich denke, das müsste jetzt gehen.«

»Okay. Aber mach keine Kompromisse! Wenn du auf dem See diese Sicherheit nicht mehr hast, dann fahr wieder ans Dock. Hast du verstanden?«, fragte Mike eindringlich.

»Ich passe auf. Versprochen.«

»Gut, dann viel Glück!«

Riley nickte wortlos und beendete mit zittrigen Händen die Funkverbindung.

Das war's. Von jetzt an bin ich auf mich allein gestellt.

Eine halbe Stunde später war das Gepäck im Heck und in den Schwimmern des Wasserflugzeugs verstaut. Die vier Passagiere hatten sich in die für sie viel zu kleinen Sitze gezwängt. Nach den üblichen Sicherheitsinstruktionen startete Riley den Motor und tuckerte langsam auf den offenen See hinaus. Tom Hartley stand mit verschränkten Armen auf der Veranda und Riley ärgerte sich darüber, dass er es nicht für nötig befunden hatte, auch nur ein weiteres Wort mit ihr zu wechseln.

Das Flugzeug rumpelte und schaukelte. Auf der offenen Fläche des Sees war der Wind stärker, als sie es erwartet hatte. Die Wellen brachen an den Schwimmern des Flugzeugs und die Gischt klatschte auf die Frontscheibe. Die kleinen Scheibenwischer liefen auf Hochtouren. In den Gesichtern der Männer konnte Riley Angst erkennen. Einer hatte sogar die Augen geschlossen und die Hände auf seinem Schoß gefaltet.

»Haben Sie das im Griff, Lady?«, hörte sie einen der Passagiere über die Kopfhörer fragen.

»Darauf können Sie zählen!«

Riley gab Gas und die Maschine beschleunigte rasch. Sie spürte das Adrenalin durch ihren Körper schießen und fühlte sich plötzlich sicher. Wind und Wellen schüttelten das Flugzeug heftig durch, aber sie hatte alles unter Kontrolle. Kurz darauf hob sie ab und war auf dem Weg Richtung Lake Hood in Anchorage, dem größten Wasserflugzeughafen der Welt.

Durch die starken Turbulenzen griff einer der Passagiere panikartig nach seinem Spuckbeutel und hing später kreidebleich in seinem Sitz. Je länger sie flogen, umso mehr entspannten sich die Männer und Riley konnte aus den anerkennenden Blicken den Respekt spüren, den sie ihr jetzt entgegenbrachten. Sie lächelte zufrieden und freute sich darüber, die Situation erfolgreich gemeistert zu haben.

Am Abend ließ sich Riley todmüde auf ihr Bett fallen. David wollte noch vorbeikommen, aber sie hatte abgelehnt, weil sie Ruhe brauchte. Ihre Müdigkeit nach diesem stressigen Tag war aber nur die Hälfte der Wahrheit. Gleich wollte sie endlich jenen Test durchführen, den sie schon tagelang vor sich herschob. Ihre Angst davor passte so gar nicht zu ihr. Nach einer Weile nahm sie all ihren Mut zusammen, stand energisch auf und suchte die Packung, die sie ganz hinten im Badezimmerschrank versteckt hatte. Mit zittrigen Händen öffnete sie die Schachtel und hielt zum ersten Mal in ihrem Leben einen Schwangerschaftstest in den

Händen. Riley setzte sich auf die Toilette und sandte unvermittelt ein Stoßgebet zum Himmel.

Bitte, bitte, bitte, nur das nicht! Nicht jetzt.

Vorsichtig schüttelte sie den Stab ab und starrte auf den blauen Strich. In 90 Sekunden würde sie es wissen.

3

15. MAI

»Verdammte Schweinerei! Gestern habe ich die Veranda geschrubbt und heute hat sie bereits wieder Kaffeeflecken. Das war garantiert Joe! Jeder gut erzogene Mensch würde doch nach einem Missgeschick seine Flecken beseitigen!«

Sam Peterson, der älteste der Piloten, wetterte auf der Veranda der Alaska Bush Pilots mit einem Putzlappen in den Händen vor sich hin. Neben ihm stand David, der die Holzstühle zurechtrückte und die Angelruten wieder aufstellte, die der starke Wind umgeworfen hatte. Ihr Platz war neben einem Schild mit der Aufschrift: »Jogging ist mühsam. Ich bin Fliegenfischer!«

»Komm schon, Sam, Joe ist ein Träumer. Der merkt so was gar nicht. Dafür hat er andere Qualitäten.«

»Ach ja?«, Sam rückte seine Schirmmütze zurecht, als er vor David stand. »Die sind mir gegenüber verborgen geblieben. Im Unterhalt der Wasserflugzeuge besticht er auch nicht mit Zuverlässigkeit und Präzision. Kommt dazu, dass er verdammt unpünktlich ist!«

»Immerhin hat er meist gute Laune, und die Kunden lieben ihn.«

Sam schüttelte mürrisch den Kopf und murmelte etwas vor sich hin, während er im Gebäude verschwand.

David blickte runter zum Dock am See, wo eines der Wasserflugzeuge festgezurrt war. Riley belud gerade den Stauraum im Heck der Maschine mit Lebensmitteln für eine Wildnislodge. Die engen Jeans unterstrichen ihre sportliche Figur.

Wow, wie gut sie aussieht in ihrem Element!

David lächelte und sah in der Ferne ein Wasserflugzeug über den Lake Hood starten. Langsam, aber sicher kam nach dem Winter wieder Leben um den See auf. Piloten, Guides und auch die Besitzer der Lodges waren mit den Saisonvorbereitungen beschäftigt. David liebte das Leben hier: Die Wasserflugzeuge und Alaskas grandiose Wildnis hatten sein Herz erobert.

Hier ist es so viel besser, als in irgendeinem Uni-Hörsaal in der Schweiz zu sitzen und sich in einer Vorlesung über betriebswirtschaftliche Kennzahlen zu langweilen.

»Wann fliegst du eigentlich nach Arizona, David?«

Sam kam mit einer Kaffeetasse in der Hand zurück aus dem Gebäude, sein Ärger schien verflogen.

»In knapp drei Wochen. Am Tag nach der Ankunft beginnt bereits die Ausbildung. Wenn alles klappt, halte ich rund drei Monate später den Pilotenschein für einmotorige Flugzeuge in meinen Händen. Ist doch großartig, oder?«

»Yeah, aber denk daran, dass dieses Stück Papier

dich noch nicht zu einem sicheren Piloten macht. Schon gar nicht in Alaska.«

»Jaja, ich weiß. Das höre ich schon von John und Grandpa die ganze Zeit. Es wird wohl einige Zeit dauern, bis die mir eine Maschine anvertrauen.«

»Und das ist nur gut so, junger Mann.«

Ohne ein weiteres Wort stapfte Sam vom Bürogebäude die rund fünfzig Meter zum Hangar mit den Wasserflugzeugen. David setzte sich in den Van, um ins Zentrum von Anchorage zu fahren, wo er leichte Sommerbekleidung für seinen Aufenthalt in Arizona kaufen wollte. Gerade als er losfahren wollte, kam Mike Gerber mit seinem alten Truck auf das Gelände.

»Pass gleich auf, weiter vorne grast eine Elchkuh mit ihrem Jungen.«

»Oh, wow, das ist cool!«

Doch sein Großvater bremste Davids Begeisterung. »Steig nicht aus. Elchkühe mit Jungen sind gefährlich. Es gibt mehr Unfälle mit Elchen als mit Bären in Alaska.«

»Keine Angst, ich pass auf.«

David brauste davon und Mike schüttelte den Kopf. Warnungen prallten an David ab, genau wie bei ihm selbst, als er in diesem Alter gewesen war.

Am Nachmittag stand die jährliche Entsorgungsaktion auf dem Programm: Frühlingsputz bei den Buschpiloten. Außer John und Tanja, die in Mikes Blockhütte am See weilten, war die ganze Crew anwesend. Sharon

Smith, die Bürochefin, hatte eine Schuttmulde organisiert und erteilte Anweisungen.

»Wenn wir alle anpacken, sind wir in zwei Stunden durch. Los geht's!«

David gesellte sich zu Riley. »Alles gut bei dir, Liebling? Du bist heute so still«, flüsterte er ihr ins Ohr, während er zwei alte Angelruten in die Mulde warf.

»Ja, alles gut, bin nur etwas müde.« Riley zwang sich ein Lächeln ab und schmiss zwei alte Campingstühle nach.

Alles gut? Das nehme ich dir nicht ab. Dafür kenne ich dich schon gut genug.

Sam fischte gerade eine Stehlampe wieder aus der Mulde. »Verdammte Wegwerfgesellschaft«, murmelte er vor sich hin.

Mike stand daneben und schüttelte den Kopf. »Was willst du denn damit? Die war seit Jahren nicht mehr im Einsatz.«

»Mag sein, aber sie funktioniert noch. Was funktioniert, wirft man nicht einfach weg. Das ist dekadent. Ich finde zu Hause einen Platz dafür. Irgendwann brauche ich sicher eine neue Lampe.«

»Hast du zu Hause für so was überhaupt noch Platz?« Mike schmunzelte.

»Keine Sorge, Chef. Abgesehen davon betonst du ja immer, wie wichtig dir Nachhaltigkeit ist. Findest du diese Wegwerfaktion nachhaltig? Funktionierende Gegenstände landen einfach auf dem Müll!«

»Hm, jedenfalls fühlt es sich gut an. Alles wird übersichtlicher und kommt besser zur Geltung. Ordnung scheint mir durchaus nachhaltig. Das Gerümpel stand doch nur noch im Weg.«

Riley und David hörten mit und grinsten, als Sam mit einem Taschentuch unbeirrt seine neue Lampe entstaubte.

»Jaja, ihr Jungen habt es nicht mehr nötig, achtsam mit Dingen umzugehen. Repariert wird nichts mehr, alles lässt sich billig ersetzen. Dieses Denken hat mit jenem der Ureinwohner Alaskas nichts mehr zu tun. Die haben weder Spuren hinterlassen noch Abfall produziert. Gejagt und getötet wurde nur, was man auch essen oder verarbeiten konnte. Das ist der wahre Spirit von Alaska und nicht der Walmart oder das verdammte IKEA in Anchorage!«

»Ach, Sam, früher war auch nicht alles besser«, warf Sharon ein.

»Stimmt. Nicht alles, aber vieles!«

NACH GETANER ARBEIT saßen alle am Holztisch vor dem Bürogebäude in der Nachmittagssonne. Sharon und David verteilten lokales Bier, Alaskan Amber. Nur Riley lehnte ab und starrte stumm auf eine Flasche Cola.

»Was ist los, Riley, keine Lust auf ein Bierchen?«

Joe Miller, der Sonnyboy unter den Buschpiloten, setzte sich strahlend zu ihr und steckte sich seine Polaroid-Sonnenbrille ins Haar.

»Heute habe ich einfach mehr Lust auf ein süßes Getränk. Das ist alles.«

»Du klingst nicht überzeugend.« Joe grinste und nahm einen Schluck aus der Flasche. Riley stand wortlos auf und verschwand im Gebäude, um Snacks zu holen.

»Nicht alle sind dem Alkohol so zugewandt wie du«, kommentierte Sam die Szene. Er ließ keine Gelegenheit aus, um Joe eins auszuwischen.

»Ah, das moralische Gewissen der Firma meldet sich zu Wort. Danke für deinen wertvollen Beitrag.«

Joe lachte und schlug ihm jovial auf die Schulter. Bevor Sam zum Gegenschlag ausholen konnte, hielt Mike eine kurze Rede.

»Danke für euren Einsatz! Bald geht es hier so richtig los. Jetzt schaffen wir die Voraussetzungen, um in der Hochsaison effizient arbeiten zu können. Die Flugzeuge müssen in einem Top-Zustand, die Vorräte aufgestockt und im Büro alle Sachen erledigt sein. Die alljährlichen Vorbereitungsarbeiten sind sehr wichtig und ich schätze es, dass jeder seinen Teil dazu beiträgt.« Mike hob sein Bier und blickte in die Runde.

»Auf eine erfolgreiche neue Saison! Cheers!«

AM ABEND HATTEN sich Riley und David zwei Pizzen bestellt. Auf dem Esstisch brannte eine Kerze. Sie genossen es, sturmfreie Bude zu haben. Ihre Eltern waren immer noch in der Blockhütte am See.

»Irgendetwas belastet dich, Liebling. Komm schon, sprich mit mir.«

»Ich … Es ist nur … Nein, nein, alles gut.«

Riley griff mit zittrigen Fingern nach einem Pizzastück, nur um es ein paar Sekunden später wieder abzulegen.

Verdammt, ich muss es ihm sagen. Aber wie?

David schaute sie besorgt an. »Du weißt doch, dass du mir vertrauen kannst.«

Sie saßen sich eine gefühlte Ewigkeit wortlos gegenüber, bevor Riley nach einem Taschentuch griff und sich damit eine Träne von der Wange wischte.

»Ich … ich bin schwanger.«

David blickte Riley mit großen Augen an, die Neuigkeit sank nur langsam in sein Bewusstsein ein.

»Wie meinst du das?«

»Wie kann ich das schon meinen? Die Aussage ist doch klar formuliert. Ich bin schwanger, ich bekomme ein Kind!«

»Uff, das kommt … überraschend.«

Ist das alles? Ja, verdammt noch mal, es ist überraschend!

»Ich weiß nicht mehr ein noch aus. Ich bin von der Situation überfordert. Hilf mir, David!«

»Das kann ich verstehen.« David legte seine Hand auf ihre und gewann langsam, aber sicher die Fassung zurück. »Eigentlich ist das ja eine schöne Nachricht. Aber«, er blickte an die Decke und suchte nach den richtigen Worten, »sie kommt zu früh. Wir wollten doch in den nächsten Wintern die Welt bereisen.«

»Ja, schon, aber …«, sagte Riley händeringend.

»Aber?«

»Ich bin unsicher.«

»Wie meinst du das? Wir sprechen doch dauernd davon, dass wir ungebunden und frei leben wollen. Reich an Zeit, Leben und Erfahrungen in der großen weiten Welt. Ohne Verpflichtungen und all die Belastungen, die eine Familie mit sich bringt.«

Redet er von Schwangerschaftsabbruch? Wie kann er diese schwere Entscheidung nach ein paar Minuten treffen?

»Stimmt, aber ich fühle auch eine Verbundenheit zum Kind, das in mir wächst. Kannst du das verstehen?«

»Ja klar.« David stand auf, kniete sich neben Riley und umarmte sie. »Ich wünsche mir Kinder mit dir. Du bist die Frau meines Lebens. Das spüre ich ganz stark in mir, aber wir sind noch so jung. In zehn Jahren sieht das sicher anders aus. Jetzt ist die Zeit der Abenteuer. Gerade neulich haben wir doch davon gesprochen, Südamerika mit dem Bike zu bereisen. Oder Afrika mit dem Zelt.« Er drückte sie noch stärker an sich und flüsterte: »Leben, Riley. Richtig und intensiv leben ist jetzt angesagt.«

David war ganz ruhig und für einen Moment schaffte er es, sie mit seinen Argumenten zu überzeugen. Riley schrieb die Unsicherheit ihrer emotional aufgewühlten Verfassung zu.

»Du hast ja recht. Alles zu seiner Zeit.« Sie streichelte ihm zärtlich über den Kopf.

»Genau.« David stand auf und schenkte Mineralwasser nach. »Die Pizza wird kalt«, sagte er lächelnd.

Danach stocherten beide lustlos auf dem Teller rum, Appetit hatten sie beide nicht mehr. Der Schock saß zu tief.

»Wie konnte das nur passieren?«, fragte David nach einer Weile.

»Ich weiß es nicht. Ich habe die Pille nie ausgesetzt. Vielleicht hat es einen Zusammenhang mit dem Magen-Darm-Infekt, der mich vor ein paar Wochen geplagt hat.«

»Sorry, aber ich sehe den Zusammenhang nicht.«

»Bei Durchfall und Erbrechen kann es sein, dass der

Wirkstoff nicht in den Blutkreislauf gelangt. In der Folge kann es zu Aussetzern kommen … Es tut mir leid, David. Ich habe das auch nicht gewollt.«

»Schon gut. Aber hätten wir dann nicht auf Nummer sicher gehen sollen?«

»Mach mir bitte keine Vorwürfe! Ich war mir dessen auch nicht bewusst. Den Zusammenhang habe ich erst gestern beim Googeln gefunden.«

»Sorry, so habe ich das nicht gemeint.«

»Darf ich dich zudem daran erinnern, dass du Kondome nicht magst?«

»Bin ich jetzt schuld?«

Nein, aber, verdammte Scheiße!

Riley spürte Tränen in sich hochsteigen, stand auf und lief wortlos zur Toilette. Nach ein paar Minuten setzte sie sich mit roten Augen wieder an den Tisch.

»Es tut mir leid, ich will dir keine Vorwürfe machen. Wir tragen gemeinsam die Verantwortung und werden das Problem auch gemeinsam lösen«, sagte David. Er legte seine Hand auf ihren Unterarm und lächelte sie an. »Wir schaffen das zusammen.«

Riley nickte stumm und fühlte sich mies.

»Lass uns mit deinem Arzt sprechen. Der kann uns sicher weiterhelfen. Die Schwangerschaft ist noch in einem sehr frühen Stadium und wir sollten das Problem so schnell wie möglich lösen.«

»Ein Problem? Es geht um unser Baby, David! Unser ungeborenes Kind. Es ist ein Teil von uns beiden. Vielleicht ist es ein unerwartetes Geschenk.«

»Geschenk? Du spielst doch nicht etwa mit dem Gedanken, das Kind zu behalten?«

»Ich weiß nicht. Keine Ahnung, was ich denken soll.«

»Ich wünsche mir nichts mehr, als mit dir irgendwann eine Familie zu gründen. Aber nicht jetzt. Das wäre falsch. Auch für das Baby. Wir sind für diese Aufgabe noch nicht reif genug.«

Unfall, falsch, nicht reif genug? Wieso spricht er so?

»Sorry, aber deine rationale Beurteilung wirkt kalt auf mich … deine Worte kommen nicht von Herzen.«

Wieder saßen sie sich lange wortlos gegenüber. David schaute Riley zunehmend fassungslos an, während sie versuchte, einen klaren Gedanken zu fassen.

»Es ist besser, du gehst jetzt. Ich brauche Zeit für mich allein.«

»Aber … «

»Bitte!«

David stand auf, schüttelte den Kopf und schlug hinter sich die Tür von Johns Haus zu. Sie hatte ihm eigentlich noch gestehen wollen, dass sie das Thema wochenlang verdrängt hatte, als ihre Periode das erste Mal ausblieb. Sie vermutete eine natürliche Schwankung ihres Zyklus. Erst als sie das zweite Mal ausblieb, konnte sie sich nichts mehr vormachen. Ihre Schwangerschaft war also weiter fortgeschritten, als er glaubte. Aber auf weitere Diskussionen mit David hatte sie keine Lust mehr.

4

16. MAI

Am letzten Tag in Mikes Blockhütte hingen über dem See noch letzte Nebelschwaden, die sich aber unter dem Einfluss der Sonne rasch auflösten. Tautropfen glitzerten im Gras und an den Weidenbüschen. Die Luft roch würzig nach Tannennadeln und die Vögel zwitscherten. Der perfekte Tag für eine Wanderung in das Hinterland des Sees. Tanja stand vor der Blockhütte und bemerkte den alten Holzschlitten, der an der Rückwand gelehnt war.

»Warum hast du eigentlich bei Schlittenhunderennen mitgemacht?«

»Ich wollte mich messen. Mindestens einmal im Leben sollte man sich richtig messen, die eigenen Grenzen ausloten und diese verschieben.« John schnallte den Rucksack mit dem Proviant für die Wanderung an.

»Ich finde es ja auch sinnvoll, sich immer wieder zu fordern und die Komfortzone zu verlassen. Nur so kommt man weiter. Aber muss es ein derart gefährliches und hartes Abenteuer wie das Iditarod sein? Ich könnte niemals 1.600 Kilometer nur mit Huskys durch die Wildnis fahren. Allein die Kälte und der Schlafmangel würden mich umbringen. Was wolltest du dir da beweisen?«

John zuckte mit den Schultern. »Ich war einfach nur neugierig, wie die Huskys und ich mit dieser Grenzerfahrung umgehen. Vielleicht wollte ich ein Gefühl dafür bekommen, wie Alaskas Nomaden vor langer Zeit gelebt haben. Nur mit dem Nötigsten unterwegs, im dauernden Überlebenskampf. Wie die Karibus und die Wölfe.« John zog den Reißverschluss der Jacke hoch und machte sich langsam auf den Weg. »Außerdem liebe ich es, alleine mit meinen Hunden in die Wildnis einzutauchen.«

Tanja lief dicht hinter ihm über die Tundra. Wanderwege wie in der Schweiz gab es hier keine. Hin und wieder konnte sie aber Pfade ausmachen, auf denen das Wild wechselte.

»Würdest du es wieder machen?«

»Ich möchte die Erfahrung nicht um alles Geld der Welt missen. Es waren die intensivsten Tage meines Lebens. Gleichzeitig ist die Vorbereitung auf das Iditarod außerordentlich zeitaufwändig. Das Training und vor allem die Huskys nehmen sehr viel Zeit in Anspruch. Diese Zeit möchte ich jetzt lieber mit dir verbringen und in unsere Familienfirma investieren.« John drehte sich um und nahm Tanja in die Arme. »Das bedeutet mir alles. Ich will mit dir, deinem Vater und unseren Kindern zusammen nochmals richtig durchstarten!«

»Mit der Firma durchstarten möchte ich auch, aber noch wichtiger ist mir der Zusammenhalt in der Familie. Nach meiner gescheiterten Ehe hätte ich nicht gedacht, nochmals eine glückliche Familie zu haben. Ich werde alles daransetzen, dass das auch so bleibt.«

»Das empfinde ich genauso«, John drehte sich um und lief ein paar Schritte rückwärts, »aber manchmal frage ich mich, ob wir uns da nicht etwas viel vornehmen. Wenn wir alle so nahe zusammenleben, erhöht sich das Konfliktpotenzial.«

»Konfliktpotenzial? Und wenn schon, das wird uns weiter zusammenschweißen. Wenn alle am selben Strang ziehen, dann schaffen wir das.« Tanja strahlte John an und lachte, als er im Rückwärtsgang stolperte und fast umgefallen wäre.

Es ist so schön mit ihm. Wie ich ihn liebe!

Tanja schluckte schwer und ihre Augen glänzten. Sie dachte daran zurück, dass sie für diesen Traum alles aufgegeben hatte, was ihr früher wichtig gewesen war. Ihre Stelle als Lehrerin in Burghaus, Freundinnen, Verwandte und ihr Haus samt Garten. Sie fühlte sich in ihrem Umfeld sicher und behütet: faire Arbeitsbedingungen, eine geregelte Altersvorsorge und Versicherungen für jede erdenkliche Unbill. Am Schluss siegten aber ihre Liebe zu John und die Abenteuerlust. Zum Glück, denn Tanja wusste inzwischen, dass materieller Wohlstand, Berechenbarkeit und Komfort in der Gesamtbilanz eines Lebens keine große Bedeutung haben. Als sie sich endlich zu ihrer Entscheidung durchgerungen hatte, machte John den nächsten Schritt. Am

Heiligen Abend kniete er vor ihr und fragte, ob sie seine Frau werden will. Ein Glücksmoment, den sie seither in ihrem Herzen trägt.

John sah, wie Tanja in Gedanken versunken auf den Verlobungsring an der linken Hand starrte.

»Gefällt er dir immer noch?«

Tanja nickte und strahlte John an. »Wann heiraten wir?«

»Hm, das Fest eilt mir nicht besonders. Momentan ist viel los, die nächste Saison steht an. Vielleicht im nächsten Winter, mit anschließenden Flitterwochen in Hawaii?«

Tanja nickte. »Hawaii? Das klingt gut! Du hast recht, das Fest kann warten. Hauptsache, wir sind zusammen.«

»Schau, dort auf der Tanne ist ein Adler gelandet.« John zeigte mit dem Finger auf den Baumwipfel.

»Ist das der Adler, der sein Nest in der Nähe der Hütte hat?«

Sie kramte das Fernglas aus dem Rucksack. Aber bis sie es endlich in der Hand hielt, war der Adler schon wieder verschwunden. Sie lachten beide über das Pech und gingen weiter. Sie wanderten über die Tundra an unzähligen kleinen Seen und Pfützen vorbei, welche das Schmelzwasser speicherten und Rinnsale freigaben. Die Rinnsale vereinigten sich zu Bächen, die Bäche zu reißenden Flüssen, die von den Bergen zum Pazifik flossen. Mit jedem Schritt sanken sie im weichen Geflecht von Pflanzen und Pilzen ein. Das war so anstrengend wie Wandern im frischen Schnee. Nach einer Stunde hatte Tanja bereits nasse Füße.

AM MITTAG SETZTEN sie sich auf eine trockene Felsplatte. Tief unten sahen sie die Blockhütte am See und am Horizont ragten schneebedeckte Berge über das Plateau.

»Dort unten, beim Ausfluss des Sees, haben früher Nomaden in Zeltdörfern einen Teil des Sommers verbracht. In der Gegend gibt es viel Wild und im August ziehen auch Lachse in den See. Auf einfachen Holzgerüsten trockneten die Nomaden Fleisch und Fische für die kargen Wintermonate.« John griff nach Tanjas Hand und fuhr fort: »Manchmal sehne ich mich nach dem einfachen Leben der Nomaden in ihren kleinen Sippen. Als Selbstversorger waren sie vollkommen unabhängig.«

»Könnte es sein, dass du das romantisierst? Die mussten sicher dauernd ums Überleben kämpfen. So gut wie heute ist es doch den Menschen in Alaska noch nie gegangen.«

»Hm, mag sein. Die Wildnis ist zwar unerbittlich, hat aber für die Menschen, die hier lebten, immer genug hergegeben. Mit den Errungenschaften der Zivilisation sind viele Probleme aufgetaucht, die es damals nicht gab. Statt von Ort zu Ort zu ziehen, wurde Land abgesteckt, dann wurden Gebäude gebaut. Später begann der Kampf um das Öl und andere Bodenschätze. Die Zivilisation wuchert wie ein Krebs und bedroht die letzten ursprünglichen Landschaften der Welt.«

Hm, trotzdem möchte ich den Komfort der Zivilisation nicht hergeben.

Ihr war nicht danach, ihm zu widersprechen. Sie wusste, wie sehr er das naturverbundene einfache Leben liebte.

»Ich liebe es, mit dir hier zu sein«, sagte John und öffnete die Flasche Weißwein. Frisch gebackenes Brot und geräucherter Alaska Wildlachs standen schon bereit.

»Ich auch, genauso wie die Stille und die tiefe Ruhe, die über dem Land liegt.«

»Alles Große kommt aus der inneren Stille, das scheint mir heutzutage mehr und mehr vergessen zu gehen«, erwiderte John nachdenklich.

Tanja nickte wortlos und schenkte langsam den Wein ein. Die Ruhe war ansteckend. Jede Bewegung, jedes Wort hatte Raum und Zeit.

»Ich genieße diese unbeschwerten Momente, bevor die Saison startet. Uns stehen harte Arbeit und lange Tage bevor.«

»Ja, du hast recht. Manchmal nervt es, dass der Großteil der Arbeit in den Sommermonaten anfällt. Wie gerne würde ich in dieser Zeit mit dir in der Natur unterwegs sein. Beim Fischen, Kanufahren oder auch beim Jagen. Trotzdem ist und bleibt Buschpilot mein Traumjob. Ich möchte nichts anderes.« John zückte sein Messer und schnitt den Lachs in Tranchen. »Ich bin ein paar Jahre Linienpilot bei Alaskan Airlines gewesen. Das war aber nicht das Richtige für mich. Dort hat im Cockpit fast alles der Computer übernommen. Hier fühle ich mich als echter Pilot, der alle Entscheidungen selbst trifft. Außerdem bin ich ein Teil der Abenteuer meiner Gäste. Das gefällt mir.«

AUF DEM RÜCKWEG blieb John an einer dicht bewaldeten Stelle plötzlich stehen und lauschte aufmerksam. Er deutete Tanja, still zu sein, und wies sie mit Handbewegungen zurück auf einen kleinen Hügel, wo sie eine bessere Übersicht hatte. Oben angekommen, sah sie aus knapp hundert Metern Distanz, was Johns Aufmerksamkeit erregt hatte. Eine Elchkuh stapfte gemütlich mit ihrem Jungen über die Tundra.

»Uff, das hätte böse ins Auge gehen können. Elchkühe mögen keine Überraschungen. Gut möglich, dass sie uns angegriffen hätte. Ein Husky von mir wurde vor vielen Jahren in einer ähnlichen Situation zu Tode getrampelt.«

Tanja schluckte leer und war gleichzeitig von der Wildbeobachtung in den Bann gezogen. Sie fühlte sich eins mit der Natur. Unbezahlbare Momente puren Glücks. Eine Erfahrung, die über die sinnliche Wahrnehmung hinausging.

In Momenten wie diesem fühle ich mich mit allem verbunden. Wie gut sich das anfühlt!

ALS DIE BEIDEN zurück zur Hütte kamen, hörte sie Billy schon von Weitem bellen. Kaum war die Tür geöffnet, sprang er an Tanja hoch.

»Gut, dass wir dich nicht mitgenommen haben, Kleiner. Du wärst sofort klitschnass gewesen und wer weiß, ob die Begegnung mit der Elchkuh gut ausgegangen wäre.«

Tanja kniete sich zu ihm auf den Boden und kraulte ihn. Billy war neben David ein Stück alte Heimat in ihrem neuen Leben. Sie freute sich von ganzen Herzen darauf, den vor einem Jahr eingeschlagenen Lebensweg weiterzugehen. Alles war gut, besser denn je.

In diesen Momenten des Einklangs und des Glücks schien es Tanja und John unvorstellbar, dass der Himmel über ihnen sein Strahlen verlieren könnte. Die dunklen Wolken über ihnen zogen so unvermittelt auf wie ein Sturm in den Bergen.

5

19. - 20. MAI

Riley saß mit ihrer Großmutter Laura Hamilton im Garten ihres kleinen Hauses am Rande von Anchorage. Nach dem langen Winter freute sie sich über jede Gelegenheit, draußen in der wärmenden Sonne zu sitzen. Riley hielt ihren Tee mit beiden Händen und starrte auf Lauras farbenfrohen Naturrasen.

»Belastet dich etwas, Riley?«

Rileys Augen wurden feucht und sie blickte Laura verzweifelt an.

Ihrer Großmutter konnte sie nichts vormachen. Sie war immer schon eine zentrale Figur in ihrem Leben gewesen. Insbesondere nach dem Unfalltod ihrer Mutter Cathy mit dem Schneemobil, das von ihrem Vater gelenkt worden war. Fast hätte die damals zwölfjährige Riley bei diesem Unfall beide Elternteile verloren. John war zwar nicht schwer verletzt gewesen, wäre aber beinahe am Verlust von Cathy und seinen Schuldgefühlen zerbrochen.

Riley erinnerte sich an ein kürzliches Gespräch mit ihrem Vater: »Andere wären am Tod der eigenen Tochter zerbrochen, Laura hingegen wurde noch stärker. Sie war vom ersten Moment an für uns beide da. Ihre Trauer hatte sie nach hinten gestellt, nie hat Laura das davon abgehalten, uns zu helfen. Sie hat mir nicht einmal einen Vorwurf gemacht. Das werde ich ihr nie vergessen. Ohne deine Großmutter hätten wir es nicht geschafft.« Seit jenem Schicksalstag waren die drei uneingeschränkt füreinander da. »Family First« war nicht nur ein Slogan. Sie lebten das auch.

Lauras sanfte Stimme brachte Riley zurück in die Gegenwart. »Du musst mir nicht antworten. Manchmal passt es einfach nicht. Möchtest du noch einen Muffin?«

»Nein, danke. Alles gut.«

Plötzlich brach Riley in Tränen aus. Verdrängen war nicht mehr möglich und die unbeschwerte Fassade zerfiel.

»Ich bin schwanger.«

Laura legte mitfühlend ihre Hand auf Rileys Arm. »Komm, wir gehen rein.«

Im kleinen Wohnzimmer setzten sich beide auf das alte Stoffsofa. Laura hielt ihre Enkelin wortlos fest, bis die Tränen versiegt waren.

»Nun erzähl mal alles der Reihe nach, mein Liebes.«

»Ein Unfall. Ich kann es mir immer noch nicht

erklären, wie das passieren konnte.« Riley griff nach einem Taschentuch. »David und ich haben andere Pläne. Da passt kein Baby in unser Leben.«

»Das kann ich verstehen.«

»Trotzdem bin ich unsicher. Obwohl ich weiß, dass ich das Baby nicht behalten kann. David … wir sind noch nicht so weit. In ein paar Jahren vielleicht, aber nicht jetzt.«

»Hm, du stehst vor einer schwierigen Entscheidung. Möchtest du noch einen Tee?«

Riley nickte und Laura verschwand in der Küche.

Der Tee dampfte, als sie ihn zusammen mit einem selbstgebackenen Brownie auf dem Salontisch abstellte.

»Erzähl mir, was genau in dir vorgeht, Liebes. Was fühlst du? Sicher ist Davids Meinung wichtig, aber jetzt hör nur in dich hinein.«

»Ich bin hin- und hergerissen. Das Baby kommt auch mir zu früh, aber ich spüre auch tief in mir den Wunsch, ihm ein Leben zu schenken.« Riley beobachtete durch das Fenster die Sonnenstrahlen zwischen den Wolken. »Irgendwie spüre ich eine Verbindung … Vielleicht bilde ich mir das auch nur ein. Wahrscheinlich spielen einfach nur meine Hormone verrückt!« Nach einer Weile ergänzte sie: »Übermorgen haben David und ich einen Termin bei Dr. Jones. Er wird uns helfen können, denke ich. Je früher wir eine Lösung haben, desto besser. Die Situation ist sehr belastend.«

»Das glaube ich dir. Aber gib dir etwas Zeit. Manche Entscheidungen können nicht mit der Brechstange erzwungen werden. Dein Herz kämpft mit deinem Verstand und noch ist nicht klar, wer am Schluss die Oberhand gewinnt.«

Riley seufzte. »Aber Grandma, der Fall ist doch eigentlich klar. Ich kann doch nicht, es geht im Moment einfach nicht.«

Riley blickte Laura mit großen Augen an.

»Wie auch immer du dich entscheidest, ich bin für dich da. Es gibt ganz bestimmt eine gute Lösung. Lass dich nur nicht verrückt machen.«

»Danke.« Riley fühlte sich leichter und umarmte Laura.

»Vielleicht könnte dir Jay bei der Entscheidungsfindung weiterhelfen.«

»Das ist eine gute Idee!«

Jay, der Schamane, wie sie ihn in Anchorage nannten, war seit dem Tod ihrer Mutter ein wichtiger Ansprechpartner für Riley und John. Fünf Minuten später war ein Termin für den nächsten Tag vereinbart.

»Denk daran, ohne vorgefasste Meinung in die Sitzung zu gehen«, sagte Laura. »Wenn du deine eigene Wahrheit erkennen willst, darfst du jetzt nicht für, aber auch nicht gegen eine Option sein. Die Antwort ist in dir. Sie wird sich zeigen, darauf kannst du vertrauen. Die Gewissheit, das Richtige zu tun, kommt aus dem Bauch und nicht aus dem Kopf.«

Riley hoffte, dass ihre Grandma recht hatte.

Als Riley nach Hause kam, war John damit beschäftigt, seine Angelausrüstung für die kommende Saison bereitzustellen. Seit seiner Rückkehr von der Blockhütte waren auf dem Wohnzimmertisch Ruten, Rollen, Fliegen, Blinker und andere Utensilien ausgebreitet. Bis alles gereinigt, aufgeräumt und am richtigen Platz war, dauert es erfahrungsgemäß mindestens eine Woche. Ein alljährliches Ritual, das sie liebte und schon aus ihrer Kindheit kannte. Aber in diesem Jahr blieb die Vorfreude aus und die Lachse waren ihr egal.

»Wie geht es Laura?«, fragte John.

»Grandma geht es bestens. Sie will jetzt sogar drei Yoga-Klassen pro Woche besuchen.«

John lachte. »Wäre schön, wenn ich mit neunundsechzig genauso fit bin, wie sie es ist.«

Riley schmunzelte. »Außerdem hat sie ihr Lebensmotto drucken und einrahmen lassen. Es steht auf ihrem Nachttisch, damit sie es jeden Tag sehen kann.«

»Lebensmotto?«

»Offenheit und Liebe – ansonsten tun und lassen, was ich will.«

John runzelte die Stirn. »Hm, was meint sie damit genau?«

»Sie geht ihren Weg mit Herz und Empathie für andere Menschen. Gleichzeitig steht sie zu sich selbst. Selbst dann, wenn ihre Ansichten nicht auf Gegenliebe stoßen.« Riley stand neben John und inspizierte eine Angelrolle. »Sie schert sich schon lange nicht mehr darum, was andere über sie denken. Das sagt nämlich mehr über diese Menschen selbst aus als über sie.«

John reichte Riley stolz seine neue Fliegenrute über den Tisch. Sie staunte über das geringe Gewicht und die Grazilität des Gerätes.

»Das passt zu ihr. Weißt du noch, wie sie sich damals mit dem Bürgermeister angelegt hat, weil er die Ausgaben für Bildung kürzen wollte? Sie ist bei der Gemeindeversammlung aufgestanden und hat darauf beharrt, dass Bildung eine Investition in die Zukunft ist. Hier zu sparen, sei keine Option. Sie war so was von klar und bestimmt, dass sie umgehend die Mehrheit der Gemeinde hinter sich hatte.«

Riley nickte, doch ihre Gedanken wanderten zum Baby, das sie in sich trug. Plötzlich wollte sie so rasch wie möglich ins Bett und verabschiedete sich von ihrem Dad. Sie fühlte sich in diesem Moment nicht stark genug, ihn einzuweihen.

Vor dem Einschlafen stöberte sie auf Jays Website. Sie spürte sofort, dass sie mit ihrem Anliegen am richtigen Ort war. »Wir können viel voneinander lernen«, las sie über seine Behandlungsphilosophie. »Die westliche Medizin (Behandlung von außen) und die östliche Meditation (Behandlung von innen): Beides ist wichtig, und gemeinsam erzielen wir die besten Resultate.« Sie freute sich darauf, ihn wiederzusehen.

Am nächsten Tag saß Riley mit weichen Knien im kleinen Wartezimmer der Naturheilpraxis. Sie erinnerte sich daran zurück, dass sie nach dem Tod ihrer Mutter jede Woche auf diesem Stuhl gesessen hatte. Nicht selten am Boden zerstört. Aber nach jeder Sitzung hatte sie sich besser gefühlt als vorher. Ein Jahr später hatte sie das Trauma endgültig überwunden. Der Schmerz hatte sich aus ihrem Leben zurückgezogen. Die bedingungslose Liebe ihrer Mutter aber war geblieben. Während sie wartete, blätterte sie in einem Buch mit indianischen Weisheiten. Ein Zitat von Bruce Elijah, einem Abgeordneten der Oneida Irokesen, stach ihr in die Augen:

> »Der technische Zivilisationsmensch mit seiner zwanghaften Manie, Natürliches zu verdrängen, zu vermindern und zu zerstören, um es durch Wachstum von Unnatürlichem zu ersetzen, hat eine fatale Ähnlichkeit mit Krebs. Seit eure Geisteskrankheit wuchert, breiten sich ihre Folgen wie Metastasen über die Erde aus. Indianer sagen das seit mehr als dreihundert Jahren. Man kann es nachlesen. Aber wie sollte man einem Tumor begreiflich machen, dass gerade das, was er für großartigen Erfolg hält, in Wirklichkeit Selbstmord ist?«

Er hat verdammt noch mal recht!

»Hey Riley, so schön, dich wieder einmal zu sehen.« Jay riss sie aus ihren Gedanken und umarmte sie herzlich.

»Wow, lass dich ansehen. Mike hat mir kürzlich erzählt, dass du eine verantwortungsvolle Pilotin bist. Eine mit Charakterstärke.«

»Danke, aber im Moment fühle ich mich alles andere als stark.« Rileys Stimme war brüchig.

Ein paar Minuten später hatte sie es sich auf der Couch in seinem Behandlungszimmer gemütlich gemacht. Im Gegensatz zu Jay, der inzwischen graue Haare und noch tiefere Lachfalten hatte, sah sein Behandlungszimmer immer noch genau gleich aus. Sie erinnerte sich an den großen Buddha in der Ecke, die von der Decke baumelnden Traumfänger, die Trommeln und die farbigen Wandbehänge. Es fühlte sich für Riley wie Heimkommen an.

»Danke für dein Vertrauen«, sagte Jay, nachdem ihm Riley alles erzählt hatte. »Das Ziel der Sitzung ist, dass du Klarheit darüber gewinnst, welchen Weg du einschlagen willst. Dazu versetze ich dich mit einer Hypnosetechnik in Trance und kommuniziere mit deinem Unterbewusstsein.« Jay legte eine warme Decke über Riley und zündete eine große Kerze an. »Die Antwort auf deine Frage ist in dir. Wir versuchen nun, sie an die Oberfläche zu bringen.«

»Bin gespannt …«

Eine Stunde später drückte Riley den Schamanen lange an sich. Beim Verlassen der Praxis lächelte sie ihm dankbar zu.

6

23. - 24. MAI

»Hast du dir überlegt, wie es weitergehen soll?«, fragte David zwei Tage nach dem Arztbesuch gefühlvoll.

Riley lag in seinen Armen und kuschelte sich an ihn. Weil Tanja bei John übernachtete, waren sie in ihrer Wohnung alleine.

»Gib mir noch etwas Zeit, Liebling.«

»Natürlich. Vergiss aber nicht, was uns Doktor Jones gesagt hat. Der medikamentöse Schwangerschaftsabbruch muss innerhalb der nächsten Woche erfolgen. Das wäre die einfachste Methode.« David blickte Riley tief in die Augen. »Ich verstehe, dass du dich mit dem Gedanken schwertust. Erinnere dich an seine Worte: ›Auch die Natur nimmt sich manchmal das Recht dazu, Schwangerschaften abzubrechen, wenn die Umstände nicht passen. Ergo steht uns Menschen das auch zu.‹ Das hat mir die Entscheidung leichter gemacht.«

»Das leuchtet ein, aber bitte setz mich nicht unter

Druck.« Riley richtete sich auf und starrte aus dem Schlafzimmerfenster in die mondlose Nacht.

»Wenn wir das gemeinsam überstehen, bringt uns das noch näher zusammen. Was hältst du davon, wenn wir uns eine gemeinsame Wohnung suchen? Nur du und ich, Liebling. Ich habe das Hin und Her zwischen dem Haus deines Vaters und der Wohnung meiner Mutter langsam satt. Wir sollten uns ein eigenes Nest bauen.«

Die Idee gefiel Riley. »Das wäre wunderschön.«

»Ich liebe dich!« David legte seinen Arm um sie.

»Ich dich auch.«

»Wir schaffen das zusammen.«

Riley drehte sich zu David, küsste ihn zärtlich und fuhr mit den Fingern durch seine Wuschelhaare.

Ich hoffe ganz fest, dass unsere Liebe stark genug ist.

Riley war nach der Sitzung mit Jay in ihrem Entscheidungsprozess einen großen Schritt weiter, aber ein letztes Stück Gewissheit fehlte ihr noch. Sie wusste genau, wo sie sich das holen konnte.

TANJA BETRAT das Büro ihres Vaters und nahm auf dem klapprigen Holzstuhl vor seinem Schreibtisch Platz. Mike saß auf der anderen Seite und lehnte sich mit verschränkten Armen im Sessel zurück. Es ging wieder um die Nachfolgeplanung in der Firma. Tanja war bei diesem Thema seine wichtigste Ansprechpartnerin. Sie half ihm, seine Ideen zu spiegeln, bevor er den Rest der Crew einweihte.

»Auch eine Familienfirma braucht eine starke

Führung. Jemand, der vorangeht und das Gesamtwohl im Auge hat. Jemand, der unterschiedliche Interessen und Bedürfnisse abgleichen und Risse rechtzeitig kitten kann.« Mike stand auf, weil er so seine Gedanken besser ordnen konnte. »Ich möchte die besten Voraussetzungen für das weitere Gedeihen der Firma schaffen und unsere gemeinsame Vision Realität werden lassen. Uns allen ist die Familienfirma sehr wichtig.«

Tanja nickte. »Eigentlich scheint es mir doch recht einfach, Dad. Alle gehen davon aus, dass John die Firma leiten wird, wenn du dich zurückziehst. Er selbst rechnet auch damit.«

»Ja, ich weiß. Aber ist John der Richtige für diese Aufgabe? Er ist unser bester Pilot, das steht außer Zweifel. John ist integer und engagiert. Außerdem ist er in Anchorage aufgewachsen und sein Netzwerk bringt uns immer neue Aufträge.«

»Aber?« Tanja verschränkte die Arme. Sie kannte inzwischen die Zweifel ihres Vaters.

»Er ist kein Teamplayer. Er hat wenig Geduld mit Menschen, die nicht so gut sind wie er.«

»Was ist an hohen Ansprüchen an sich selbst und andere so schlecht?«

»Nichts. Aber er hat keine Lust darauf, mit anderen zusammenzuarbeiten und das Team schrittweise zu entwickeln. Dazu fehlt ihm die Geduld. Er ist mehr Einzelkämpfer als Führungskraft.«

Da hat er nicht ganz unrecht. Aber ist das so schlimm?

»Diesen Einwand kann ich nachvollziehen, Dad. Trotzdem ist er doch immer noch der beste Kandidat für den Job. Wer sonst, wenn nicht John?«

»Stimmt. Das ist mein Dilemma. Aber ich spüre,

dass ich weder der Firma noch John selbst einen Gefallen mache, wenn ich ihm die Gesamtverantwortung abtrete. Gleichzeitig habe ich keine Alternativen. Außer vielleicht«, Mike lehnte sich nach vorne und lächelte, »du würdest dich anbieten.«

Wie bitte? Habe ich richtig gehört?

»Soll das ein Witz sein? Ich arbeite noch keine zwölf Monate in der Firma und bin nach wie vor ein Greenhorn. Sowohl in Alaska als auch in diesem Geschäft.« Tanja schnappte nach Luft.

»Ja, ich weiß. Aber du bringst alle menschlichen Qualitäten mit. Du verbindest und polarisierst nicht. Die Sache ist dir wichtiger als dein Ego. Du wärst eine gute Integrationsfigur, um die Firma in die Zukunft zu führen. Ich wäre ja in den nächsten Jahren auch noch da, um dir den Rücken zu stärken.«

»Danke, Dad, dein Vertrauen ehrt mich. Aber das kommt für mich nicht infrage. Ich werde John nicht vor der Sonne stehen. Er hat sich das verdient. Außerdem«, Tanja erhob sich jetzt auch von ihrem Stuhl, »Sharon ist seit über zehn Jahren die Bürochefin. Wenn nicht John, dann wäre sie an der Reihe. Ich will keine Vorzugsbehandlung, nur weil ich deine Tochter bin.«

»Das ist nicht der Punkt, Tanja.« Mike fasste sie an den Armen. »Es geht um deine Fähigkeiten.«

»Aber so würde es aussehen. Sorry, das ist keine Option. Überleg dir was anderes.«

Mike sackte in den Sessel zurück, als Tanja die Tür zu seinem Büro hinter sich schloss.

»Hey, ihr zwei, raus mit euch! Tobt draußen rum. Wie oft muss ich noch darauf hinweisen, dass wir hier nicht im Tollhaus sind?«

Sharon jagte Billy und Butch aus dem Empfangsraum nach draußen und knallte die Tür zu. Sharons Labrador Butch und Tanjas Jack Russel Terrier waren, obwohl optisch ein ungleiches Paar, ein Herz und eine Seele.

»Wilde Kerle!« Sharon warf die Hände in die Luft und wandte sich dann Tanja zu. »Trinkst du einen Kaffee mit mir? Dann können wir auch gleich die anstehenden Arbeiten zusammen planen.«

Sharon war die gute Seele im Betrieb und wusste über alles Bescheid, was in der Firma vor sich ging. Sie war in Anchorage aufgewachsen, kannte alle Kunden und erstellte zusammen mit Chefpilot John die Flugpläne. Die Frauen setzten sich an den runden Holztisch und Tanja schenkte frischen Filterkaffee in ihre Tassen ein. Dieser wurde im Büro der Alaska Bush Pilots von Kunden und Mitarbeitern literweise getrunken.

»Ah, das tut gut«, sagte Sharon nach dem ersten Schluck. »Übrigens, hast du gewusst, dass Joe schon wieder eine neue Freundin hat? Sie arbeitet als Pilotin bei Chinook Air, ein paar Hundert Meter weiter hinten am See.«

»Ach ja? Ich gönne es ihm.«

»Ich auch. Ich frage mich nur, wie lange das diesmal anhält. Der wechselt seine Freundinnen häufiger als das T-Shirt.«

Tanja lachte und wollte Sharon gerade zustimmen, als Joe das Büro betrat. Wie immer mit einem breiten

Grinsen auf den Lippen. Seine Polaroid-Sonnenbrille steckte in seiner wilden Mähne.

»Hallo, ihr zwei schönen Frauen. Darf ich mich zu euch setzen oder sprecht ihr gerade über mich?«

»Wie könnten wir?« Tanja bot ihm lachend einen Stuhl an.

»Kennt ihr den schon? Zwei Freunde beobachten, wie sich ein mächtiger Grizzly ihrem Wildnis-Camp nähert. Der eine schnürt seine Turnschuhe. ›Das bringt dir gar nichts‹, sagt der andere. ›Grizzlys sprinten so schnell wie Pferde, dem kommst du nicht davon.‹ Sagt der andere trocken: ›Ich muss auch nicht schneller sein als der Grizzly. Nur schneller als du!‹«

Wie immer lachte Joe am lautesten von allen, wenn er einen seiner Witze zum Besten gab. Alle mochten den stets fröhlichen Sonnyboy und niemand konnte ihm böse sein. Sein Lachen war entwaffnend.

»Man munkelt am Lake Hood, dass dir neues Liebesglück zuteilwurde«, sagte Tanja und zwinkerte ihm zu.

»Ihr zwei seht euch ja zu Höherem geboren als einem einfachen Piloten wie mir. Also musste ich mich anderswo umsehen. Ihr habt mir keine Wahl gelassen.« Er schenkte sich Kaffee ein und fuhr fort: »Außerdem komme ich so nebenbei noch an Informationen, die für uns wichtig sind.«

»Erzähl«, sagte Sharon und lehnte sich gespannt nach vorne.

»Offenbar ist Tom Hartley mit Chinook Air in Verhandlungen. Der Alte macht also ernst mit seiner Drohung. Wenn wir ihn als Geschäftspartner verlieren, haben wir ein massives Problem. Vor allem in der Vor-

und Nachsaison, in der wir das Material und die Lebensmittelvorräte für seine Lodges hin- und herfliegen.«

»Uff, das klingt nicht gut. Weiß Mike davon?«

»Nein, aber deswegen bin ich hier.« Joe stand auf, verabschiedete sich mit einem theatralischen Knicks und ging den Korridor entlang zu Mikes Büro.

Wenn das so weitergeht, löst sich Dads Nachfolgeproblem von selbst. Hartley dürfen wir nicht verlieren, auch wenn er ein arrogantes Arschloch ist.

AM NACHMITTAG HATTE Riley ihren letzten Tagesauftrag erledigt. Ein paar Kisten Material für eine von Hartleys Lodges. Nach der Lieferung flog sie aber nicht auf direktem Weg zurück an den Lake Hood, sondern steuerte einen kleinen See an. Sie landete auf dem spiegelglatten Wasser, tuckerte langsam bis zum Kiesstrand und machte das Wasserflugzeug an ein paar Weidenbüschen fest. Zusätzlich warf sie einen Anker aus. Das Wetter in den Bergen konnte von einer Minute auf die andere wechseln. Eine Windböe aus dem Nichts konnte das Wasserflugzeug erfassen und auf den offenen See hinaustreiben. Riley lief auf einen kleinen Hügel nicht weit vom See und kniete vor einer verwitterten Gedenktafel nieder. Ihre Augen wurden feucht, als sie die Inschrift auf der Tafel las.

> „Wasser erstarrt zu Eis, Eis schmilzt zu Wasser. Was geboren ist, stirbt wieder. Was gestorben ist, lebt wieder. Wasser und Eis sind letztlich eins. Leben und Tod, beides ist gut so. – Zen-Weisheit

Der Hügel am Bergsee mit der atemberaubenden Aussicht war der Lieblingsplatz ihrer Mutter Cathy gewesen. Mehrmals im Jahr hatten die drei Barbers hier ein Zelt aufgeschlagen, um dem Alltag zu entfliehen und das Familienleben zu genießen. Als Kind liebte sie es, zwischen Mom und Dad im Zelt zu schlafen und abwechselnd mit beiden zu kuscheln. Sie bereitete mit Mom Pancakes auf dem offenen Feuer zu, während sie unten am See ihren Dad beim Angeln beobachtete. Es gab jeden Tag frische Saiblinge, die er in Alufolie wickelte und ins Feuer legte. Am Abend saßen sie zu dritt am Lagerfeuer und Cathy las aus einem Buch vor. Von Jack London beispielsweise oder lokalen Autoren, deren Geschichten in der Wildnis spielten. Anfang September, wenn es kälter und die Nächte wieder dunkel wurden, beobachteten sie manchmal auch ein außergewöhnliches Spektakel: Nordlichter tanzten über den Bergen. Gespenstisch und in allen Farben, was Riley hin und wieder Angst einflößte. Aber zwischen Mom und Dad hatte sie sich sicher gefühlt.

Riley legte eine rote Rose vor Mutters Gedenktafel nieder, die sie am Morgen auf dem Weg zur Arbeit gekauft hatte. Cathy hatte Rosen geliebt, insbesondere, wenn sie ein Geschenk ihrer Tochter waren. Riley weinte still vor sich hin und vor ihrem geistigen Auge liefen Bilder ihrer glücklichen Kindheit ab. Sie besuchte den abgelegenen Ort, den nur John und sie kannten, mehrmals jährlich. Besonders dann, wenn es ihr nicht gut ging oder sie nicht weiterwusste. Hier oben fühlte sie ihre Mutter und war ihr nah.

Soll ich mich für oder gegen das Baby entscheiden, Mom? Hilf mir dabei, den richtigen Weg zu finden. Bitte!

Eine Stunde später war Riley wieder in der Luft und auf dem Weg zum Lake Hood. Sie wusste nun, was zu tun war. Ihr Weg lag glasklar vor ihr. Aber was in Anchorage auf sie wartete, machte ihr Angst.

7

3. – 4. JUNI

Riley und David standen spätabends nach einem langen Arbeitstag in Tanjas Küche und machten den Abwasch. Draußen war es immer noch taghell, das Dunkel der Nacht hatte sich aus Alaska verabschiedet. Durch das offene Fenster drang Tannenduft und in der Ferne erklang der Ruf eines Kauzes. Nach den belastenden letzten Tagen wollten beide einen harmonischen Abend verbringen. Also vermieden sie das dominierende Thema und sprachen nur über Unverfängliches. Aber die gute Stimmung war nur eine Fassade. Hinter ihr verbargen sich Verletzungen, Frust und Zukunftsängste. Nach weniger als einer halben Stunde ließ sich die Schwangerschaft nicht mehr verdrängen.

»In drei Tagen fliege ich nach Arizona. Darauf habe ich mich schon so lange gefreut. Nun bin ich mental total absorbiert und frage mich, wie ich die Ausbildung zum Piloten in diesem Zustand schaffen soll. Weißt du, wie wichtig sie für mich ist?«

»Natürlich weiß ich das. Das Baby bringt auch mein Leben durcheinander.«

Es war der x-te Versuch der beiden, einen gemeinsamen Nenner zu finden. Baby oder kein Baby. Es gab nichts dazwischen. Nichts, worüber man verhandeln könnte.

»Ich bin enttäuscht darüber, dass du mich immer wieder überreden willst. Warum akzeptierst du meine Entscheidung nicht einfach?«, fragte Riley.

»Weil sie auch Auswirkungen auf mein Leben hat. Weil sie unsere Pläne zerstört. Weil sie die Familienfirma auseinanderreißt. Und auch weil du kein Recht dazu hast, in dieser Frage alleine zu entscheiden.« David versuchte, halbwegs ruhig zu bleiben, was ihn aber viel Anstrengung kostete.

»Ich habe keine Erwartungen an dich. Ich akzeptiere es, wenn du deinen eigenen Weg gehen willst. Ich schaffe das auch ohne dich.« Riley blickte David eindringlich an. »Ich werde dich nicht in eine Rolle zwängen, die du nicht willst. Aber bitte akzeptiere verdammt noch mal meine Entscheidung!«

»Ja genau, so einfach ist das, verdammt noch mal! Wie stellst du dir das vor, Riley? Wie willst du das alleine schaffen? Willst du mit vierundzwanzig auch noch deinen Traumjob an den Nagel hängen?« David stand auf und trat mit geballten Fäusten ans Fenster, um Abstand zu bekommen.

»Ich bin nicht alleine. Meine Großmutter und mein Vater akzeptieren meine Entscheidungen. Mit ihnen zusammen werde ich Lösungen finden.«

»Kein Kind sollte ohne Vater aufwachsen!«

»Das liegt bei dir. Ich weiß nur, dass ich die Schwangerschaft nicht abbrechen werde. Es ist eine Herzensentscheidung und ich bleibe dabei. Ich kann verstehen, dass du es gerne anders hättest. Aber ich muss mich deswegen nicht länger rechtfertigen und schon gar nicht werde ich mich dafür entschuldigen!«

Davids Gedanken hämmerten unablässig an seine Schädeldecke, bis ihm schwindelig wurde und er sich auf den Boden setzen musste. Dann spürte er die Wut langsam aus seinem Körper fließen. An ihrer Stelle wurde er von einer dunklen Traurigkeit eingehüllt. Tränen stiegen in ihm auf.

»Aber wir lieben uns doch. Wir sind ein Traumpaar. Das spüre ich in meinem ganzen Körper. Ich will mit dir zusammen sein. Für immer. Aber ich bin noch nicht bereit für ein Baby. Noch nicht.« David hielt sich beide Hände vor das Gesicht.

Riley setzte sich zu ihm und streichelte ihm über seine Wuschelhaare. Sie zweifelte nicht daran, dass ihre Entscheidung richtig war, aber beide mussten dafür einen hohen Preis zahlen. Die Schwangerschaft brachte sie und David nicht näher zusammen. Im Gegenteil.

»Du wirst immer einen Platz in meinem Herzen haben, David. Aber so wie es aussieht, nicht in meinem Leben. Auch wenn du mich nicht verstehen kannst, akzeptiere bitte, dass ich das Baby behalten möchte.«

David nickte, zog Riley zu sich und spürte, wie sie am ganzen Leib zitterte.

»Hey, mein Liebster, ich wusste gar nicht, dass du ein Kiffer bist.« Tanja setzte sich neben John auf die Verandatreppe vor seinem Haus. John zog gedankenverloren an seinem Joint und lächelte Tanja müde an.

»Bin ich auch nicht. Das letzte Mal habe ich vor mehr als einem Jahr Gras geraucht.«

»Und warum heute?«

»Das Gras hilft mir zu sehen, wie die Dinge wirklich sind. Manchmal jedenfalls. Es ist für mich ein spirituelles Ritual.«

»Ah, ich verstehe, du stilisierst den Hanfkonsum zur Kultur hoch, oder sagen wir mal Subkultur«, stichelte Tanja.

»Nicht Subkultur, es ist eine Urkultur. Um ein Feuer sitzen, trommeln, Gras rauchen, über Gott und die Welt philosophieren.«

»Du scheinst mir das zu romantisieren. So ganz bedenkenlos und ungefährlich ist das aber auch nicht.«

John nickte: »Stimmt. Kommt aber auch stark auf das Gras an. Seit Marihuana in Alaska legal ist, kommt der Hanf aus großen Indooranlagen. Der hat viel mehr THC als jener, den wir früher im Garten gezüchtet haben.« John legte seinen Arm um ihren Rücken. »Wie auch immer, mir geht es um Bewusstseinserweiterung, innere Ruhe und Achtsamkeit.«

Die beiden saßen wortlos nebeneinander und lauschten dem Rauschen der Blätter. Vereinzelte tief hängende Wolken zauberten eine geheimnisvolle Stimmung an den Himmel.

»Schwierige Geschichte, nicht wahr? Vielleicht sehe ich nach dem Joint etwas klarer.«

»Ich hoffe, du siehst wenigstens etwas klar.«

»Das wäre?« John sah sie fragend an.

Tanja legte ihre Hand auf seine. »Dass dieses

Problem nur unsere Kinder lösen können. Wir dürfen uns da nicht reinziehen lassen. Sonst bleibt unsere Beziehung auch noch auf der Strecke.«

»Lässt sich das alles so einfach trennen? Was unsere Kinder beschäftigt, kann uns doch nicht gleichgültig sein.«

»Wie meinst du das?« Tanja griff nach dem Joint und nahm einen tiefen Zug.

Wer weiß, vielleicht hilft das Gras ja tatsächlich.

»Ist das so schwer zu sehen? Auf der Arbeit, bei Familienfeiern oder wenn Riley uns mit dem Baby besuchen kommt. Denkst du, das wird einfach? Mach dir nichts vor, die Situation wird für alle belastend sein. Was, wenn die beiden sich streiten oder schlechte Stimmung herrscht? Können wir uns davon einfach abgrenzen?«

»Es gibt immer Lösungen, John.«

»Jaja, ich weiß. Ich sehe die Lösung aber im Moment nicht und das Gras hat auch nicht geholfen.« Er sah gedankenverloren in den Wald, während Tanja ein zweites Mal inhalierte, als wollte sie zu ihm aufschließen. Aber außer ein Kratzen im Hals, von dem sie husten musste, spürte sie nichts. Weder breitete sich die erhoffte innere Ruhe aus, noch gelangte sie zu tieferen Einsichten oder sah einen Ausweg. Sie realisierte, dass John recht hatte. Das Baby würde sie täglich an die Geschichte erinnern. Aufgeben war aber keine Option.

»Wir suchen zusammen eine Lösung. Glaub mir, das stärkt unsere Beziehung nur.«

»Schön wär's.« John runzelte die Stirn, stand auf, schwankte für einen Moment und hielt sich am Treppengeländer fest. »Komm, lass uns reingehen.«

Bei der Haustür blieben sie kurz vor einem gerahmten Foto stehen, das einen Braunbären beim Lachsfang und einen Weißkopfseeadler zeigte. »Das hat mir Laura zum vierzigsten Geburtstag geschenkt. Sie meinte, es würde zu mir passen.«

»Inwiefern?«

»Sie sagt, ich sei beides. Einerseits der geerdete Bär, der fest auf dem Boden steht. Andererseits aber auch wie der Adler, der hoch oben in der Luft fliegt.«

»Das trifft deinen Charakter tatsächlich gut … und beide Tiere sind Könige und Einzelgänger.«

John lachte und öffnete ihr die Tür.

8

4. JUNI

Nach dem Abendessen fuhr Tanja in ihre Wohnung zurück. Sie hatte den Eindruck, dass John gerne mit Riley allein sein wollte. David war zu Hause, kam aber nicht aus seinem Zimmer. Er ging ihr seit Tagen aus dem Weg und zog sich mehr und mehr zurück. Oftmals kam er nur noch zum Schlafen in die Wohnung. Tanja sah, wie nahe ihm alles ging und machte sich Sorgen um ihn.

Als er spätabends kurz in die Küche kam, um ein Bier zu holen, packte Tanja die Gelegenheit beim Schopf.

»Können wir kurz zusammen sprechen?«

»Ach, ich weiß nicht. Ich bin gerade mitten in einem spannenden Film. Hat das nicht Zeit?«

»Nur kurz, bitte.«

David zog die Augenbrauen hoch, setzte sich dann aber wortlos auf die Couch und lehnte sich, die Arme hinter seinem Kopf verschränkt, zurück.

»Wie soll es weitergehen?«

»Ich fliege übermorgen nach Arizona und beginne meine Piloten-Ausbildung.«

»Ja, das weiß ich. Aber wie geht es mit dir und Riley weiter … und dem Baby?«

»Da musst du Riley fragen. Sie will das Baby. Was kann ich da schon ausrichten?«

Tanja kam nicht an David ran. Sein Schmerz war zu groß, um sich zu öffnen. Sie wollte ihn umarmen, doch er wandte sich ab, ging zum Fenster und blickte gedankenverloren auf den Pazifik, der in ein fahles Licht getaucht war.

»Ich bin noch nicht bereit dazu«, sagte er leise vor sich hin.

»Vielleicht ist es genau richtig, dass du jetzt nach Arizona fliegst. Etwas Abstand von der belastenden Situation wird dir guttun. Das ermöglicht dir einen neuen Blick auf die Dinge.«

»Mal schauen. Ich muss jetzt ohnehin meinen eigenen Weg gehen. Mein Job in der Familienfirma fällt ja ins Wasser.« David ließ den Kopf hängen.

»Das muss nicht sein!« Tanja schüttelte den Kopf.

»Wie soll ich unter diesen Umständen mit Riley und John weiterarbeiten? Ich spüre jetzt schon, dass John auf Distanz zu mir geht und ich glaube nicht, dass er meine Entscheidung versteht. Außerdem«, David holte kurz Luft, »die beiden sind schon lange in der Firma und ohne sie geht es nicht. Jedenfalls nicht ohne John. Also werde ich mich zurückziehen, um nicht noch Grandpas Lebenswerk zu gefährden. Ist doch eigentlich alles glasklar, Mom. Man muss der Wahrheit nur ins Auge sehen wollen.«

»Aber …«, Tanja wollte Davids harte Ansicht abmildern, fand aber die richtigen Worte nicht.

»Ach, komm schon, Mom, mach es mir nicht noch schwerer.« David setzte sich wieder zu Tanja hin und legte ihr den Arm über die Schulter. »Tut mir leid, dass die Geschichte auch auf dich Auswirkungen hat. Ich weiß ja, wie wichtig dir unsere Familie ist.«

Dafür habe ich in der Schweiz alles zurückgelassen.

»Mach dir um mich keine Sorgen, manchmal kommt es im Leben anders als geplant. Die Schuldfrage bringt uns ohnehin nicht weiter.« Tanja legte ihre Hand auf seine. »Aber ich glaube immer noch fest daran, dass ein gemeinsamer Weg möglich ist.«

David zuckte mit den Schultern. »Im Moment sehe ich den nicht. Eines jedoch ist mir klar, ich will Buschpilot werden. Fürs Erste werde ich mich auf dieses Ziel fokussieren.«

David zog sich wieder in sein Zimmer zurück und Tanja bekam ihn an diesem Abend nicht mehr zu sehen. Sie zappte sich durch das TV-Programm, konnte sich aber auf keine Sendung konzentrieren. Billy lag neben ihr auf der Couch und legte den Kopf auf ihren Oberschenkel. Er schaute sie mit seinen großen schwarzen Augen an und gab leise Laute von sich.

»Es wird schon Billy, das wird schon, irgendwie. Es gibt immer einen Weg. Wir müssen ihn nur noch finden.«

ALS SIE SCHON IM Bett lag, schoss ihr plötzlich durch den Kopf, dass sie Sandra anrufen könnte. Ihre einstige

Schulfreundin und langjährige Joggingkollegin in der Schweiz fehlte ihr in Anchorage am meisten, auch wenn sie regelmäßig miteinander Kontakt hatten.

Wenn mir jetzt jemand helfen kann, dann sie. Die hat doch immer den Durchblick, wenn ich im Nebel irre.

Sie wählte Sandra auf Skype und sah sie ein paar Sekunden später strahlend auf dem Bildschirm ihres Smartphones. »Sonnenschein« war sie früher von den Lehrern genannt worden. Das war sie für Tanja immer noch.

»Hey, tut gut, dich zu sehen. Du hast Glück gehabt, ich wollte gerade die Wohnung verlassen.«

Tanja sprudelte sofort los. Rileys ungeplante Schwangerschaft und die sich abzeichnenden Konsequenzen. Es fühlte sich für sie befreiend an, ihr Herz auszuschütten.

»Uff, bei unserem letzten Gespräch war noch alles in bester Ordnung. Du hast ja turbulente Tage hinter dir.«

»Allerdings.« Tanja seufzte.

»Am besten hältst du dich aus allem raus. Die Dinge werden ihren Lauf nehmen. Es ist nicht an dir, aktiv zu werden.«

»Ha, du weißt ja, wie gut ich das kann.«

»Was willst du denn tun? Wenn du Partei beziehst, wirst du entweder David oder John verlieren.«

»Ich will nicht Partei beziehen. Ich suche nach einem Weg, wie ich das Wichtige zusammenhalten kann. Die Familie und die Firma.«

»Ich vermute, das geht nur dann, wenn sich David auf das Kind einlässt oder wenn Riley ihre Meinung ändert.«

»Beides scheint mir unwahrscheinlich.«

»Und beides hast du nicht in der Hand, Tanja. Ich würde mich davor hüten, hier in irgendeine Richtung Einfluss zu nehmen.« Sandra unterstrich ihre Meinung mit einem ernsten Blick.

»Ja, aber …«

»Es gibt kein Aber. Du musst loslassen. Was zu dir gehört, wird dann von selbst zurückkommen. Moment mal.«

Tanja sah Sandra durch ihre Wohnung gehen. Dann drehte sie die Kamera auf ihren Wandkalender in der Küche.

»Schau, die Weisheit des Tages passt doch wunderbar auf deine Situation.«

Es dauerte einen Moment, bis die Kamera scharf gestellt hatte und Tanja die Zeilen lesen konnte.

> Im Loslassen wird alles getan. Die Welt wird gewonnen von denen, die gehen lassen. Doch wenn du immer weiter versuchst, geht die Welt an dir vorbei. – Laotse

»Danke, Sandra, lieb von dir. Aber Kalendersprüche sind nicht so mein Ding. Ist doch irgendwie abgedroschen.«

»Ach was, du musst die Worte auf dich wirken lassen, bevor du vorschnell abwinkst. Nur so kann der Spruch seine Weisheit entfalten«, erwiderte Sandra düpiert.

»Sorry, mag sein. Mach mir doch bitte ein Foto und ich schaue es mir in Ruhe an.«

»Gut. Es reicht, wenn du achtsam bist und den richtigen Moment abwartest, um zu reagieren. Dein proaktiver Vorwärtsdrang ist nicht immer das richtige Mittel.«

»Du hast ja recht.«

Widerrede zwecklos. Typisch Sandra.

»Du musst Riley und David machen lassen. Halt dich aus allem raus, gib der Sache Zeit und die Lösung stellt sich von selbst ein«, wiederholte Sandra eindringlich.

Genau das liebte Tanja an Sandra: Sie hatte eine Meinung und sprach sie auch aus. Damit war sie immer schon Tanjas beste Sparringspartnerin gewesen, auch wenn sie mit ihrer bemutternden Art manchmal nervte.

Nach dem Gespräch ließ sich Tanja müde ins Bett fallen. Sie starrte an die Decke und fand lange keinen Schlaf. Ganz im Gegensatz zu Billy, der neben ihr leise schnarchte.

9

6. JUNI

David stand zusammen mit Tanja vor der Passkontrolle am Flughafen von Anchorage. Die Sommersaison kam um diese Jahreszeit in die Gänge und es wimmelte von Touristen aus Asien und Europa. Billy winselte und schlich ihnen um die Beine. David ging auf die Knie und knuddelte ihn von oben bis unten durch. Tanja stand etwas verloren daneben und wischte sich eine Träne aus den Augen.

»Das wird schon, Mom.«

»Ich weiß, tut mir leid. Ich tue mich schwer mit Abschieden.«

»Sei lieb zu Mom, Kleiner«, sagte er zu Billy und stand wieder auf. »Wenigstens wird das Wetter in Arizona besser sein. Das kalte Regenwetter der letzten Tage schlägt auf die Moral.«

Tanja nickte, griff nach seinen Händen und schaute ihn mit feuchten Augen an. »Pass auf dich auf und ruf mich bitte mindestens einmal pro Woche an.«

»Mache ich.«

Kurz bevor er die Passkontrolle passierte, schweifte sein Blick nochmals durch die Abflughalle. Bis zuletzt hatte er gehofft, dass Riley auftauchen würde, um sich zu verabschieden. Er ging weiter und eine tiefe Traurigkeit ergriff von ihm Besitz. Ihm wurde bewusst, dass seine Reise nach Arizona inzwischen mehr eine Flucht als ein enthusiastischer Aufbruch in sein neues Leben als Buschpilot war. In den letzten Wochen hatte sich zu viel verändert.

Wie wird es nach meiner Ausbildung weitergehen? In Alaska werden nur erfahrene Piloten angestellt. Wo werde ich die nötige Erfahrung sammeln? Irgendwo im Süden? Verdammt, ich will in Alaska leben. Ich gehöre hierher! Was geschieht mit Riley und unserem Baby?

Am Lake Hood trat John in Mikes Büro und schloss die Tür hinter sich. Beide starrten einen Moment schweigend in ihre Kaffeetassen. Ein schwieriges Gespräch kündigte sich an. Nach einer Weile kam John ohne Umschweife zum Thema.

»Wen siehst du im nächsten Jahr in der Firma arbeiten?«

Mike räusperte sich. Er spürte, worauf John hinauswollte. »Das Team ist eingespielt und das würde ich gerne so beibehalten.«

»Hm, wie stellst du dir das mit Riley und David vor?«

Mike kratzte sich am Kopf. »Ich will nicht, dass private Probleme in die Firma getragen werden. Das sollen Riley und David untereinander regeln. Ich halte mich da raus.«

»Glaubst du, das funktioniert? Riley bekommt ein Kind von David. Wie soll das keine Auswirkungen auf das Betriebsklima haben? Das kann man doch nicht einfach ausblenden!«, sagte John ungehalten.

Mike lehnte sich im Stuhl zurück. »Was erwartest du von mir? Soll ich meinen Enkel rauswerfen, weil deine Tochter das Baby um jeden Preis will? Wir beide können doch verstehen, dass er in seinem Alter noch nicht dafür bereit ist.«

»Ist Riley jetzt an allem schuld?« Johns Augen funkelten.

Mike atmete tief aus und versuchte, wieder Ruhe in das Gespräch zu bringen. »Nein, natürlich nicht. So habe ich das nicht gemeint. Ich akzeptiere Rileys Entscheidung. Und du weißt auch, wie viel sie mir bedeutet, als Mensch und Pilotin. Die Situation ist kompliziert und ich tue mich schwer damit.«

John stand auf und betrachtete ein Gruppenfoto der Crew, das im April geschossen wurde. Im Hintergrund die De Havilland Beaver und der Lake Hood, an dessen Ufer noch vereinzelte Schneeflecken zu sehen waren. In den Gesichtern spiegelte sich die ungetrübte Vorfreude auf die kommende Saison.

»Eigentlich ist es ganz einfach, Mike. Riley und David werden im nächsten Jahr nicht mehr zusammenarbeiten. Weil du David als deinen Enkel nicht feuern kannst, werden Riley und ich uns einen neuen Job suchen. Ich liebe es, mit meiner Tochter zusammenzuarbeiten und mit Blick auf die Betreuung meines Enkels wird dieser Aspekt auch aus organisatorischen Gründen wichtig.«

»John, bitte. Wir haben die Firma über viele Jahre zusammen aufgebaut. Du bist mit Riley die Zukunft der Alaska Bush Pilots. Und jetzt wollt ihr die Firma einfach so verlassen? Das kommt nicht infrage!« Mike verschränkte die Arme vor der Brust.

»Das liegt bei dir. Ich habe nur gesagt, dass Riley und ich unter den gegebenen Umständen nicht mit David zusammenarbeiten werden. Sorry, aber die Barbers gibt es nur als Doppelpack.« John machte einen Schritt zur Tür. »Es tut mir leid, Mike, ich hätte mir das auch anders gewünscht. Ich liebe diese Firma und du bist für mich ein Vorbild, das weißt du. Aber meine Tochter ist mir noch näher. Bitte informiere mich in den nächsten zwei Wochen über deine Entscheidung. So bleibt uns allen genügend Zeit, um die nächste Saison zu planen.« Ohne ein weiteres Wort verließ John das Büro. Mike sank in seinen Sessel zurück und starrte ins Leere.

Kurz darauf klopfte Sharon an die Tür.

»Was ist los? Dicke Luft zwischen euch beiden kenne ich gar nicht. Ihr versteht euch doch sonst blind.«

Mike überlegte kurz, ob er ihr von dem Gespräch erzählen sollte. Mike kannte Sharon als Nichte seiner verstorbenen Frau Susan schon als kleines Mädchen. Ihr leiblicher Vater hatte sich schon vor ihrer Geburt aus dem Staub gemacht, daher war sie für ihn so etwas wie eine Tochter. Nachdem er den Streit mit John zusammengefasst hatte, sah Sharon ihn mitfühlend an.

»Hm, schwierig. Ich möchte nicht in deiner Haut stecken. Riley wäre vielleicht noch zu ersetzen. Aber die

Firma braucht John. Er ist der beste Pilot in der Gegend und genießt überall ein hohes Ansehen.«

»Ja, ich weiß, aber soll ich verdammt noch mal meinen Enkel aus der Firma werfen? Ausgerechnet jetzt, wo meine Familie endlich zusammen ist? Das kann ich nicht. Und vor allem: Das will ich nicht! Ich werde weder David noch Tanja ein zweites Mal hängen lassen. Das könnte ich mir nie verzeihen.«

Sharon schaute Mike lange wortlos an. Er wirkte in seiner Verzweiflung um Jahre gealtert. »Soll ich dir einen Tee bringen?«, fragte sie schließlich leise.

»Danke, Kaffee.«

TANJA ERFUHR ein paar Stunden später von Mikes Gespräch mit John.

»Du musst das nicht für David tun, Dad. Ich weiß, wie wichtig John und Riley für die Firma sind.«

»Ich werfe meinen Enkel nicht raus. Wir werden es auch ohne die Barbers schaffen!«

Tanja schüttelte den Kopf. »Das ist lieb von dir, aber David ist doch noch viel zu jung und unerfahren. Du musst ihn auch nicht rauswerfen, er wird sich selbst zurückziehen und einen anderen Weg gehen. Niemand erwartet von dir, dass du John und Riley ziehen lässt.«

»Sam und Joe werden David in den nächsten Jahren unter ihre Fittiche nehmen. Er hat viel Potenzial, das spüre ich.«

»Viele unserer Kunden fliegen wegen den Barbers mit uns. Die werden uns auch verlassen. Dad, sei bitte vernünftig.«

Mike schlug mit der Hand auf den Tisch. »Wir schaffen das! Ich werde wieder mehr fliegen. Jetzt wo meine Familie endlich zusammen ist, wird das auch so bleiben.«

Tanja legte eine Hand auf seine. »Ach Dad. Schön, das von dir hören. Aber brich diese Entscheidung nicht über das Knie. Lass dir Zeit. Geh doch für zwei Tage in deine Blockhütte am See, bevor die Hochsaison startet. Mit etwas Distanz siehst du klarer. Die Situation ist noch nicht entscheidungsreif.«

»Danke, da hast du wohl recht.« Er seufzte und fragte nach, wie es vor dem Hintergrund der Schwangerschaft zwischen ihr und John läuft.

»Schwierig … Er spricht nicht schlecht über David und doch steht der Vorwurf im Raum, dass er Riley mit dem Baby im Stich lässt. Wir versuchen, dem Thema aus dem Weg zu gehen, weil dabei immer schlechte Stimmung aufkommt. Aber das funktioniert nur selten. Der Elefant, über den wir nicht sprechen wollen, steht trotzdem im Raum.«

Mike legte seine Hand auf ihren Arm. »Ihr werdet einen Weg finden. Ihr zwei gehört zusammen, da bin ich mir ganz sicher.«

»Das spüre ich ebenfalls, Dad. Aber das haben von David und Riley auch alle gesagt. Ich werde für unsere Beziehung kämpfen, aber John muss das auch wollen. Alleine schaffe ich das nicht.«

Mike nickte müde und nahm einen Schluck Kaffee.

Im Hangar waren Joe und John mit Reparaturarbeiten an einer Maschine beschäftigt, als Laura Hamilton unerwartet mit selbst gebackenen Brownies auftauchte. Sie besuchte die Alaska Bush Pilots gelegentlich und war bei allen ein gern gesehener Gast. Nicht nur aufgrund der besten Brownies in Alaska, wie Joe immer wieder beteuerte, sondern auch, weil Laura mit ihrer warmherzigen, positiven Art und ihrer Lebenserfahrung eine perfekte Ansprechpartnerin war. Sie hatte immer ein offenes Ohr für die Sorgen anderer.

»Hey Laura, schön dich zu sehen!« Joe trat auf sie zu und drückte sie fest an sich. »Du kommst mit deinen Brownies gerade rechtzeitig für eine Kaffeepause! Dein Schwiegersohn kommt nie von selbst darauf, wenn es an der Zeit dafür ist.« Joe grinste über das ganze Gesicht, hakte sich bei Laura ein und lief mit ihr zum Bürogebäude.

»Zum Glück haben hier nicht alle deine Arbeitsmoral, Joe! Ich komme gleich nach«, rief ihnen John nach.

»Laura ist da. Kaffee und Brownies. Wer ist dabei?«, rief Joe in das Büro.

»Wer könnte da schon Nein sagen«, erwiderte Sharon lachend. »Du kommst genau richtig, Laura. Wir können hier etwas Aufheiterung vertragen.« Als Laura sie fragend anschaute, flüsterte sie ihr zu: »Dicke Luft, der Chef und John sind aneinandergeraten.«

»Oh, ich kann mir vorstellen, worum's geht. Am besten sitzen wir alle zusammen, trinken Kaffee und freuen uns über das schöne Frühsommerwetter!«

Vorher ging Laura aber den Korridor entlang, klopfte an Mikes Tür und trat in sein Büro. Sein Gesicht hellte sich etwas auf, als er Rileys Großmutter sah. Sie trat zu ihm und öffnete ihre Dose.

»Ein Schoko-Brownie ist jetzt genau das Richtige für dich. Das hellt die Stimmung auf. Bedien dich.«

»Danke, Laura, aber Schokolade ist nicht die Lösung.«

»Keine Schokolade ist auch nicht die Lösung«, erwiderte Laura trocken und lud Mike zur Kaffeerunde ein.

Eine Viertelstunde später saßen sie alle draußen am Holztisch, während sich die Sonne weiter gegen die Wolken durchsetzte. Das Licht- und Schattenspiel führte zu einer eindrücklichen Stimmung. Ein Schwan glitt lautlos über den spiegelglatten Lake Hood und kam zu ihnen an Land. Sam stand auf und warf ihm etwas Brot zu. Viele der Enten und Schwäne fraßen ihm aus der Hand.

Einen Moment lang war die Welt wieder in Ordnung. Laura, ihre Brownies und Joes Sprüche sorgten für eine heitere Stimmung, die alle ansteckte. In unbeschwerten Momenten wie diesen wurde Mike bewusst, wie wertvoll die Firma für ihn und alle anderen war. Sie waren wie eine große Familie und es wäre jammerschade, wenn sie auseinanderbrechen würde.

10

19. JUNI

Täglich kamen mehr Touristen nach Alaska und die Arbeit bei den Alaska Bush Pilots nahm entsprechend zu. Fast ununterbrochen standen Flüge auf dem Programm und im Büro ging es zuweilen zu wie in einem Bienenhaus. Die Arbeitstage wurden länger und anstrengender.

»Ein großer Schwarzbär hat mir vor meinen Augen meinen Königslachs weggeschnappt, der auf der Kiesbank lag. Der Fisch wog mindestens zwanzig Pfund«, erzählte Jim aus Boston aufgeregt.

Er verbrachte eine Woche mit Freunden in Anchorage und flog jeden Tag an ein anderes Gewässer, um den Lachsen nachzustellen, die jetzt immer zahlreicher in den Flüssen aufstiegen, um zu ihren Laichgründen zu gelangen.

»Das ist der Spirit von Alaska, Jim. Der Lachs ist zwar weg, dafür hast du eine tolle Geschichte im

Gepäck«, sagte Sam lachend. Er hatte die Gruppe vom Fluss zurückgeflogen.

»Yeah, das stimmt!«

»Allerdings sind Bären, die Menschen mit Nahrung in Verbindung bringen, gefährlich. Denkst du, dass der Bär dich mit dem Fisch in Verbindung gebracht hat?«

Jim überlegte. »Ich denke nicht. Der Lachs lag schon etwa eine Stunde auf der Kiesbank und ich hatte mich beim Angeln etwa dreißig Meter davon entfernt. Deshalb konnte ich auch nicht viel machen, das ging alles viel zu schnell.«

Sam nickte zufrieden. »Okay, ansonsten müssen wir die Jungs von Fish and Game informieren. Auf jeden Fall werden wir die nächste Gruppe warnen, die wir an diesen Platz ausfliegen.«

»Das wäre sicher sinnvoll«, meinte Jim. Der Vorfall war ihm ganz offensichtlich in die Glieder gefahren.

Die meisten Touristen übernachteten irgendwo in der Wildnis in einer Lodge, im Wohnmobil oder, die Hartgesottenen unter ihnen, im Zelt. Jims Gruppe war da anders. Tagsüber in der Natur zu sein, war ihnen genug. Am Abend wollten sie die kulinarischen Freuden von Anchorage entdecken. Reisende, die sich jeden Tag an einen neuen Platz ausfliegen ließen, waren die besten Kunden für die Alaska Bush Pilots. Davon gab es allerdings nicht viele.

Täglich tauchten am Lake Hood nun mehr Deutsche, Franzosen, Italiener und Engländer auf. Tanja sprach fließend mit allen Kunden in deren Landessprache. Sharon kümmerte sich vorab um die englischsprachige Kundschaft. Die beiden waren im zweiten Jahr ihrer Zusammenarbeit ein ausgezeichnetes Team. Sharon hatte zwar die Hauptverantwortung für das Büro, aber sie ließ Tanja gewähren und war dankbar für ihre Sprachkenntnisse.

Die Schwangerschaft geriet durch das emsige Treiben am Lake Hood etwas in den Hintergrund. Riley ließ sich ohnehin nichts anmerken. Sie war erst im dritten Monat und hatte keine Beschwerden. Und wenn, hätte sie sich nichts anmerken lassen. Sie wollte keine Vorzugsbehandlung.

HIN UND WIEDER KAM ES wetterbedingt oder aufgrund des überfüllten Flugplans zu Verzögerungen. Dafür hatten auch die meisten Gäste und Lodgebesitzer Verständnis. Die einzige Ausnahme war Tom Hartley: Er machte der Crew immer wieder das Leben schwer. So auch gerade wieder.

»Du bist fast eine Stunde zu spät, Joe.«

»Ja, ich weiß. Tut mir leid. Der Nebel heute Morgen hat uns fast zwei Stunden aufgehalten. Darum hat sich der Flugplan nach hinten verschoben. Verlorene Zeit lässt sich gerade jetzt nicht aufholen.«

»Ah, die klassischen Ausreden. Nebel, Wind, eine defekte Maschine – immer sind es äußere Umstände. Nie ist schlechte Planung der Grund.« Hartley lachte höhnisch.

»Wie meinst du das? Zweifelst du an meiner Ehrlichkeit?«

»Na ja, vielleicht war der Nebel auch nur auf deiner

Sonnenbrille, die du ja rund um die Uhr trägst. So zumindest scheint es mir.«

Joes gute Laune war wie weggeblasen. »Das ist nicht fair. Wir geben unser Bestes, Tom.«

»Das scheint aber nicht gut genug zu sein. Mach einfach, dass du zur vereinbarten Zeit hier bist. Alles andere geht mich nichts an. Das wäre auch Fairness.«

Jetzt platzte Joe, dem autoritäre Menschen zuwider waren, der Kragen: »Arrogantes Arschloch! Deine Kohle gibt dir noch lange nicht das Recht, so mit anderen umzuspringen.«

Hartley starrte Joe verblüfft an und machte einen Schritt auf ihn zu. Die beiden Männer bauten sich wortlos voreinander auf, beide hielten dem Augenkontakt und der unangenehmen Nähe stand. Nach einer Weile lächelte Hartley süffisant, drehte sich ab und schritt gemächlich auf seine Lodge zu.

»Das wird noch ein Nachspiel haben, junger Mann«, rief er beim Weglaufen.

Auf Joes Stirn zeichnete sich eine rote Ader ab, am liebsten hätte er Hartley Steine nachgeworfen. Er atmete tief durch und lief langsam an den See zurück. Seine drei Passagiere, ein Geschäftsmann aus Kalifornien mit Frau und Sohn, warteten bereits neben der Beaver auf dem kleinen Dock. Der Junge winkte Joe aufgeregt zu.

»Sind Sie unser Pilot für den Rückflug?«, fragte er.

Joe nickte, versuchte Hartley zu vergessen und sich auf seinen Job zu konzentrieren.

»Ich bin Joe. Schön, euch zu treffen. Wie war euer Aufenthalt hier?«

»Wir hatten eine traumhafte Zeit. Die Gegend ist atemberaubend schön und Tom Hartley ist der beste Gastgeber, den man sich wünschen kann. Jeder Wunsch wurde uns von den Lippen abgelesen«, sagte die Frau und strahlte über das ganze Gesicht.

Joe hingegen fragte sich kurz, ob es noch einen anderen Tom Hartley gab. Sie konnten unmöglich vom selben Menschen sprechen.

»Ich habe einen großen Königslachs gefangen«, erzählte der Junge begeistert. »Dad hat mir versprochen, dass wir wiederkommen. Das waren meine schönsten Ferien!«

Während Joe das Gepäck im Laderaum der Maschine verstaute, hörte er noch mehr Geschichten der Familie. Er liebte es, wenn die Passagiere seine Leidenschaft für Alaska und die Wildnis teilten. Manche Gäste zeigten, dass sie Joe um seinen Job beneideten. Vieles wurde dabei romantisiert. Schließlich benötigten Buschpiloten bei ihrer Arbeit volle Konzentration, damit keine Fehler passierten. Fehler konnten in dieser Branche tödlich sein. Doch die magischen Momente ließen die hohe Verantwortung vergessen. Wie auf diesem Rückflug nach Anchorage: Nach dem Abheben sah Joe einen gewaltigen Regenbogen vor sich, auf den er direkt zusteuerte. Der aufklarende Himmel, das schöne Licht auf dem See und die Begeisterung seiner Passagiere waren für Joe wichtiger als der Ärger mit Tom Hartley.

Zurück am Dock auf dem Lake Hood half ihm Sam beim Entladen und Auftanken des Flugzeugs. Eine perfekte Gelegenheit für einen kleinen Schwatz, was besonders Sam am Herzen lag.

»Hast du gewusst, dass wir Menschen wie Hefepilze sind?«, begann er.

Joe schüttelte den Kopf, während er einen weiteren Passagiersitz im Innenraum der Beaver fixierte. Der nächste Auftrag war ein Sightseeing-Flug mit wenig Gepäck.

»Hefepilze wandeln den Zucker im Traubensaft in Alkohol um. Sie fressen und fressen und fressen, vermehren sich immer mehr, bis sie ab einem bestimmten Alkoholgehalt verhungern und ersticken.« Sam kam jetzt zum tieferen Sinn der Geschichte und stellte sich breitbeinig vor Joe hin. »Nun, den Hefepilzen kann man keinen Vorwurf machen. Sie haben kein Bewusstsein, keinen Intellckt. Wie sollen sie wissen, was sie erwartet? Da sollten wir Menschen schlauer sein, nicht wahr?«

Als Joe nur konsterniert in die Welt blickte, fuhr Sam fort: »Die Gier des westlichen Menschen nach natürlichen Ressourcen hat sich längst vom ursprünglichen Lebenserhaltungstrieb abgekoppelt. Wir fressen und zerstören auch dann noch weiter, wenn unsere Vorratskammern längst voll sind und obwohl wir die Konsequenzen unseres Handelns kennen.«

Joe lächelte und staunte über die vielen Metaphern, mit denen Sam sein dringlichstes Anliegen, den Naturschutz, ins Gespräch brachte.

»Das hat was Sam, das hat wirklich was. Gutes Bild.«

»Freut mich, dass wir einer Meinung sind. Und ich rede nicht nur von Großstädten wie New York oder Peking. Selbst in Alaska geht alles den Bach runter. Neue Kupferminen, Erdölbohrungen und eine stetig wachsende Infrastruktur für Touristen führen dazu, dass jedes Jahr weniger von dem da ist, was diese Gegend in ihrem Kern ausmacht. Unberührte Wildnis!«

Joe öffnete den Coleman Cooler im Flugzeug, reichte Sam ein Bier und grinste schelmisch. »Auf die Hefepilze!«

»Das Bier ist alkoholfrei«, murrte Sam und ärgerte sich darüber, dass Joe seine tiefen Einsichten so nonchalant überging. »Letztlich wird uns dasselbe Schicksal blühen wie den Hefepilzen. Lässt dich das kalt?«

»Nein, aber ich rege mich nicht mehr über Dinge auf, die außerhalb meines Einflussbereiches sind. Ich handle dann, wenn es so weit ist.«

»Wenn alle so denken, sind wir verloren! Niemand kann sagen, wann das Klima endgültig kippt. Aber dann Gnade uns Gott.« Sam zog sich seine Schirmmütze noch weiter ins Gesicht. »Es ist wie bei einem Erdbeben: Spannungen bauen sich über Jahre und Jahrzehnte auf. Plötzlich entlädt sich alles und enorme Kräfte werden frei.« Sam schnippte dramatisch mit seinen Fingern, um seinen Punkt zu unterstreichen. »Zack! Plötzlich geht alles verdammt schnell und die Folgen sind dramatisch.«

Joe nickte müde: »Das könnte sein … Ach übrigens, hast du auch davon gehört, dass John und Riley auf dem Absprung sind?«

Sam war genervt über den brüsken Themawechsel, insistierte aber nicht weiter. »Dass etwas in der Luft ist, spüren wir alle. Aber ich hoffe nicht, dass es dazu kommen wird, sonst sehe ich schwarz. Ohne Johns Netzwerk und Erfahrung würde die Firma auseinanderfallen. Das wäre für uns wie ein Erdbeben. Zack!«

Joe entschuldigte sich und war froh, Sam zu entkommen: Die Gäste für den nächsten Flug warteten.

11

21. - 23. JUNI

Spätabends breitete sich über dem Lake Hood eine friedliche Stimmung aus. Nur noch vereinzelt landeten Wasserflugzeuge. Mike und John saßen bei einem Feierabendbier zusammen vor dem Bürogebäude am alten Holztisch. Der Duft der Weidenbüsche lag in der Luft und vom anderen Seeufer ertönte der Schrei einer Eule. Die beiden wollten den Flugplan und den Einsatz der Piloten für die nächsten Tage besprechen. Drängender jedoch war die Frage um Davids Zukunft, welche seit Tagen im Raum stand und die Stimmung drückte.

»Wie hast du dich entschieden?«, fragte John.

Mike runzelte die Stirn und räusperte sich: »Ich kann und will David nicht aus der Firma werfen.« Er schaute John eindringlich an. »Aber ich glaube daran, dass es eine Lösung gibt, in der alle ihren Platz haben. Eine Lösung, die auch für dich und Riley gangbar ist.«

John schüttelte den Kopf. »Auch wenn es weh tut.

Aber meist ist für alle Beteiligten ein sauberer Schnitt einfacher. Der verheilt auch besser.«

»Ich hätte mir nach all den Jahren etwas mehr Loyalität von dir erhofft!«

John schnaubte. »Loyalität? Loyalität entsteht aus dem Gefühl, dem anderen etwas schuldig zu sein. War unser Arbeitsverhältnis nicht ausgewogen, Mike? Schulde ich dir noch etwas?«

»Nein, so habe ich das nicht gemeint. Aber wir arbeiten seit mehr als zehn Jahren zusammen und ich habe dich immer als meinen Nachfolger betrachtet. Ich tue mich schwer damit, dass das jetzt alles nicht mehr zählen soll.« Mike verschränkte die Arme.

»Ich auch. Aber für mich und Riley gibt es in deiner Firma keinen Platz mehr. Du hast dich für deine Familie entschieden.« John stand auf und schritt ohne ein weiteres Wort zum Hangar.

Mike blieb fassungslos sitzen und spürte, wie ihn ein altbekannter Schmerz übermannte. John hatte unbewusst seinen wunden Punkt berührt. Die Barbers zu verlieren, war schlimm genug, aber dass ihm John so deutlich vor Augen führte, wie man die Prioritäten im Leben richtig setzt, tat besonders weh. Riley kam für John immer zuerst. Mike erinnerte sich daran, dass er seine zweijährige Tochter vor mehr als vierzig Jahren verlassen hatte, um seinen Alaska-Traum zu leben. Das hatte er sich bis heute nicht verziehen. Er wusste, dass er die Vergangenheit nicht mehr ändern konnte, aber in Zukunft wollte er es besser machen. Von der Freiheit, die er in jungen Jahren so vergötterte, kam nicht viel zurück.

»Ich liebe deine Lasagne, Grandma«, sagte Riley. Sie aß zusammen mit ihrem Vater bei Laura zu Abend. Dann ergänzte sie beiläufig, ohne aufzublicken: »Ich war heute bei meiner Frauenärztin.«

»Und?«, fragte Laura nach. »Spann uns nicht so auf die Folter.«

»Alles gut«, erwiderte Riley lächelnd. »Ich bin in der dreizehnten Woche. Der Geburtstermin liegt zwischen Weihnachten und Neujahr.«

»Oh, ein Weihnachtskind. Wie schön«, strahlte Laura. »Das ist ein Grund zum Feiern! Schenk mir bitte noch etwas Wein nach, John.«

»Willst du vor der Geburt wissen, ob es ein Junge oder ein Mädchen wird?«, fragte John.

Riley schüttelte den Kopf. »Nein, ich lasse mich überraschen. Ich will nur das absolute Minimum an Tests und Kontrollen machen. Ich spüre, dass alles stimmt.«

»Du bist wie deine Mutter, die hat auch immer auf ihr Bauchgefühl vertraut«, sagte Laura.

John nickte und alle schwiegen. Wie fast immer, wenn das Gespräch auf Rileys verstorbene Mutter kam. Dann legte sich die Traurigkeit wie ein Nebel über die drei.

»Ich vermisse sie jeden Tag«, sagte Riley leise und stocherte in ihrer Lasagne.

Laura fasste ihr an den Oberarm und lächelte warm. »Sie ist bei uns, ich kann sie spüren.«

Die wöchentlichen Abendessen hielten das starke Band zwischen den dreien lebendig. Für Tanja war diese Nähe nicht einfach, weswegen sie nur selten mitkam. Sie hatte das Gefühl, etwas abseits zu stehen. Dazugestoßen, aber nicht richtig zugehörig.

»Nimm doch Tanja nächste Woche wieder mit, John. Du weißt ja, dass sie jederzeit willkommen ist.«

John stocherte in seinem Essen. »Danke. Vielleicht … Ist im Moment etwas schwierig.«

»Doch nicht etwa wegen David, dem Baby und mir, Dad? Ich habe dir schon oft gesagt, dass es eine Sache zwischen David und mir ist. Ich will nicht, dass ihr deswegen Probleme habt! Ihr wollt heiraten, Dad, schon vergessen?« Riley legte ihr Besteck klirrend auf den Teller.

»Ja, ich weiß. Aber das sagt sich leichter, als es ist. Außerdem zieht die Geschichte weitere Kreise.«

»Weitere Kreise?«, fragte Laura.

John rang mit den Worten. »Ich habe Mike darauf hingewiesen, dass es für uns unmöglich ist, unter den gegebenen Umständen mit David zu arbeiten.«

»Wen meinst du mit ›uns‹? Ich suche mir einen neuen Job. Es gibt keinen Grund, dass du auch nicht mehr bei den Alaska Bush Pilots arbeitest. Nochmals, das ist nur zwischen David und mir. Mehr nicht!«

»Ich habe mir das lange überlegt, Riley. Ich möchte weiterhin mit dir zusammenarbeiten. Das ist mir wichtiger als die Firma.«

»Nein, Dad, bitte nicht. Ich will nicht, dass aufgrund meiner Entscheidung alles auseinanderfällt, was dir in deinem Leben bisher wichtig war!« Rileys Gesicht war rot angelaufen.

Laura legte ihre Hand auf Rileys und sagte sanft: »Du bist nicht dafür verantwortlich. Es gibt in dieser

Situation keine Schuldigen. Alle treffen ihre eigenen Entscheidungen. David und dein Vater auch.«

»Das Baby trifft erst recht keine Schuld«, ergänzte John. »Was kann das Wasser dafür, wenn es im Winter gefriert und den Felsen sprengt?«

»Trotzdem. Unsere Firma war etwas Besonderes, wir waren eine große Familie. Und du bist als Mikes Nachfolger so gut wie bestimmt, Dad. Es tut weh, wenn sich das alles einfach so in Luft auflöst!« Riley lief weinend ins Badezimmer.

Laura und John sahen sich lange wortlos an.

»Ja, das tut weh«, sagte John leise. »Sehr sogar.«

»Stimmt es, dass du unseren größten Kunden ein arrogantes Arschloch genannt hast, Joe?« Mike stand mit rotem Kopf im Hangar, wo Sam und Joe mit Wartungsarbeiten an einer Cessna 206 auf Reifen beschäftigt waren. Mit ihr konnten die Alaska Bush Pilots auf Sandstränden am Pazifik landen.

»Ja, sorry.« Joe griff sich verlegen an seine Sonnenbrille. »Hat er dir auch erzählt, dass er mich vorher provoziert hat?«

»Wir wissen alle, dass Tom nicht einfach ist. Das gibt dir aber noch lange nicht das Recht, ihn ein Arschloch zu nennen. Er bezahlt zu einem erheblichen Teil deinen Lohn!« Mike lief mit geballten Fäusten hin und her.

»Größter Kunde hin oder her«, mischte sich Sam in die Diskussion ein. »Hartley ist eine Zumutung. Haben wir den wirklich nötig?«

»Ja, haben wir. Außerdem sind seine Lodges die besten in Alaska. Er tut alles für seine Gäste!«

»Dafür umso weniger für sein Personal und seine Geschäftspartner«, setzte Sam nach.

»Er fordert viel, das stimmt.«

»Das ist nicht das Problem, Mike. Er bringt uns keinen Respekt entgegen und zwingt uns manchmal dazu, Kompromisse bei der Sicherheit einzugehen. Als wäre es ein Drama, wenn einer seiner Gäste einen Anschlussflug verpasst oder auf den Transfer in seine Lodge warten muss.«

»Wie auch immer, wir brauchen seinen Umsatz. Mehr denn je. Verhaltet euch gefälligst entsprechend«, wetterte Mike und verließ den Hangar.

»Brauchen wir Hartley, weil uns John und Riley nach der Saison verlassen und ihr ganzes Beziehungsnetz mitnehmen?«

Mike blieb stehen und drehte sich wieder zu Sam, der ob seinem hochroten Gesicht zusammenfuhr. So wütend hatte er seinen Chef noch nie erlebt.

Mit gepresster Stimme erklärte Mike: »Das ist die Entscheidung der Barbers. Wir werden geeigneten Ersatz finden. Es gibt viele Piloten, die gerne für uns arbeiten möchten.« Dann richtete Mike den Zeigefinger auf Joe: »Du wirst dich bei Hartley entschuldigen!«

Bevor er den ersten Schritt Richtung Büro tun konnte, sagte Sam: »Es geht mich ja nichts an, aber John und Riley ersetzt man nicht so einfach. John ist mit dir zusammen das Herz dieser Firma. Er hat den größten Respekt aller Piloten rund um den Lake Hood.«

Joe ergänzte: »Wir haben alle Verständnis dafür,

dass du dich hinter David und Tanja stellst. Familie ist Familie. Aber schon manche Firma ist wegen solcher Entscheidungen vor die Hunde gegangen. Ein weiser Mann sagte mir mal ›Familie und Geschäft verträgt sich schlecht‹.«

Mike ballte die Fäuste und lief wortlos davon. Dass ihm Joe jetzt seine eigenen Sprüche um die Ohren haute, konnte er nur schwer ertragen. Nicht heute. Zu viel lief in letzter Zeit nicht so, wie er sich das ausgemalt hatte.

12

27. JUNI - 5. JULI

Seit drei Wochen war David in Arizona und konzentrierte sich rund um die Uhr auf seine Ausbildung. Das lenkte ihn von seinem Problem in Anchorage ab. Ein langer und anspruchsvoller Weg lag vor ihm. David musste zuerst die Lizenz als Privatpilot erwerben. Kommerzielle Flüge mit Passagieren und die Besonderheiten in Alaska erforderten zusätzliche Ausbildungen. Sein Plan war, im nächsten Sommer erste Berufserfahrungen mit Materialtransporten machen zu können. Bis dahin durfte er sich keinen Fehler bei der Ausbildung erlauben und musste einen Arbeitgeber finden. Mike hatte ihm zwar am Telefon versprochen, dass er seinen Arbeitsplatz behalten könnte. Selbst dann, wenn die Barbers die Firma verließen. Doch daran zweifelte er, denn John war für die Firma zu wichtig.

David hielt sich während einer Pause im Klassenzimmer auf und starrte auf sein Smartphone, als sich eine Klassenkameradin näherte.

»Könntest du mir bitte diese Aufgabe erklären?« Emily wischte sich eine Strähne ihres blonden Haares aus den Augen und lächelte David schüchtern an. Sie kam aus Los Angeles und war eine der beiden Frauen in der Klasse.

»Ja klar, gerne.« David griff nach ihrem aufgeschlagenen Buch, um sich die Aufgabe anzusehen.

»Da das bei mir wohl länger als fünf Minuten dauert, könnten wir doch zusammen einen Kaffee trinken gehen. Ich lade dich selbstverständlich ein.« Emilys blaugraue Augen funkelten.

David winkte ab. »Einen Kaffee könnte ich jetzt gut vertragen, aber du musst mich nicht einladen. Ich helfe gerne.«

Ein paar Minuten später saßen Emily und David in einem kleinen Café direkt gegenüber der Flugschule. Im Hintergrund lief Pianomusik und vor ihnen standen zwei Café Latte.

»Ich liebe Schweizer Schokolade und den Käse natürlich auch«, sagte Emily und strahlte über das ganze Gesicht. »Mein Vater hat sogar eine dieser teuren Schweizer Uhren.«

David lächelte müde. »So viel zu den Klischees.«

»Im Ernst. Ich finde deinen Weg spannend. Du brichst dein Studium in der Schweiz ab, um in Alaska zu leben, und jetzt bist du in einer Flugschule in Arizona. Das ist ziemlich wild und auch mutig.«

»Danke. Was führt dich hierher? Pilotinnen sind immer noch selten.«

Emily rührte in ihrem Kaffee. »Ich wollte weg von

zu Hause, weg aus der Großstadt. Los Angeles ist zwar cool, aber mir ist dort alles zu eng. Zu viele Menschen. Ich brauche die Weite und«, Emily fuhr sich durch die Haare, »ich wollte etwas Verrücktes tun. Ein Abenteuer, mich selbst beweisen.«

»Oh, das klingt spannend.« David lehnt sich nach vorne.

»Mein Onkel pilotiert einmotorige Maschinen. Er hat ein kleines Business und bietet Rundflüge über den Grand Canyon an. Das fand ich schon immer cool. Mein Traum ist es, nach der Ausbildung bei ihm zu fliegen. Vielleicht kann ich irgendwann sogar sein Geschäft übernehmen. Jedenfalls hat er schon Andeutungen in diese Richtung gemacht.«

»Wow, das sind tolle Perspektiven!«

Wow, sie ist zwar anders als Riley, aber genauso abenteuerlich und ehrgeizig.

Zwei Stunden später bestellten sie in einem italienischen Restaurant Pizza und Rotwein. Emily schien die schwierige Aufgabe nicht mehr besonders wichtig, ihre Schulunterlagen waren immer noch in ihrer Tasche.

»Du bist der Beste in unserer Klasse, obwohl Englisch nicht deine Muttersprache ist. Wie machst du das?«, wollte sie wissen.

»Wahrscheinlich investiere ich am meisten Energie und Zeit. Damit kann ich mich prima ablenken.«

»Ablenken?«

Soll ich ihr von Riley erzählen? Sie wirkt vertrauenswürdig.

»Ja, ich, ähm, ich hatte eine Beziehung in Anchorage, die vor ein paar Wochen in die Brüche ging. Das hat mich mitgenommen.«

»Oh, das tut mir leid. Trennungen sind immer

schwierig«, sagte Emily und blickte David mitfühlend an. »Leider kenne ich mich da bestens aus. Meine bisherigen Beziehungen sind alle an unterschiedlichen Lebensvorstellungen in die Brüche gegangen.«

»Welche Lebensvorstellungen hast du denn? Sind die so abwegig, dass sie niemand mit dir teilen will?« Beide lachten.

Dann blickte Emily an die Decke und schien in ihre Zukunftspläne versunken. »Ich möchte irgendwo auf dem Land leben. Eine kleine Ranch wäre mein Traum … ein Hund, ein paar Katzen, vielleicht sogar ein Pferd.« Sie führte langsam das Weinglas an ihre Lippen. »Freiheit und Abenteuer sind mir wichtiger als ein geregeltes Einkommen und Luxus.«

David nickte, Emily wurde ihm immer sympathischer. Anfänglich sträubte er sich dagegen, mit Emily zu flirten. Doch je länger der Abend wurde und je mehr Wein er getrunken hatte, desto mehr öffnete er sich. Er fühlte sich in ihrer Gesellschaft wohl und Emily schien den Abend ebenfalls zu genießen. Sie lachten, diskutierten und strahlten dabei um die Wette.

Es war schon mitten in der Nacht, als David Emily zu ihrer Einzimmerwohnung begleitete.

»Kommst du noch rein?«, fragte sie schüchtern, während ihr David einen Abschiedskuss auf die Wange geben wollte.

Am nächsten Morgen erwachte David mit fürchterlichen Kopfschmerzen. Die Sonne schien in sein Gesicht und zu seinem Erstaunen lag er neben einer nackten

Frau. Die Erinnerungen an den gestrigen Abend kamen hoch und er fühlte sich mies. Etwas zog ihn runter. Ein Blick auf die Uhr sagte ihm, dass sie bereits über eine Stunde des Unterrichts verpasst hatten.

Emily sah auch im Schlaf hinreißend aus. Ihr makelloser Körper stand ihrem schönen Gesicht in nichts nach. Und doch fühlte es sich falsch an. David wurde speiübel und rannte ins Bad. Kurz darauf stand er unter der Dusche und versuchte, alles runterzuwaschen. Seinen und ihren Schweiß, den Geschmack nach Erbrochenem und Emilys intime Berührungen. Um wieder einen klaren Kopf zu bekommen, drehte er das kalte Wasser auf. Minutenlang ließ er sich davon berieseln, bis er zitterte.

»Duschst du immer kalt?« Emily stand nackt im Badezimmer und lächelte ihn verträumt an. »Kommst du wieder zu mir ins warme Bett?«

Kurz darauf saß David in Unterwäsche auf ihrer Bettkante. »Wir sollten schon lange in der Schule sein«, sagte er und setzte ein gequältes Lächeln auf.

»Die Schule kann heute warten. Ich möchte dir gerne noch etwas zeigen.«

Emily strich mit ihrer Hand an seinen Beinen entlang bis zu seinen Boxershorts. Sie lächelte ihn unschuldig an und legte ihren Kopf auf seinen Oberschenkel. Er spürte ihren Atem und wurde sofort hart. Einen kurzen Moment wollte er sich Emily erneut hingeben, konnte sich aber beherrschen und stand brüsk auf. Sie schaute ihn mit großen Augen an.

»Tut mir leid. Ich kann das nicht, ich bin noch nicht so weit.«

»Diesen Eindruck hatte ich gestern Abend nicht.«

»Jetzt habe ich einen klaren Kopf. Du bist hinreißend, Emily, aber ich muss los.«

David verließ fluchtartig die Wohnung und machte sich sofort auf den Schulweg. Warmer Wind strich auf dem Gehsteig durch seine nassen Haare, während er tief durchatmete und versuchte, den Vorfall gedanklich einzuordnen.

Fast eine Woche später fühlte David sich immer noch mies. Ihn plagte nicht nur das schlechte Gewissen, sondern auch die Sehnsucht nach Riley, die wieder aufgeflammt war. Fahrig und unkonzentriert hatte David seitdem am Unterricht teilgenommen. Anfänglich hatte sich Emily noch um ihn bemüht, doch er wurde zunehmend schroffer. Seit zwei Tagen hatten sie kein Wort mehr miteinander gewechselt und gingen sich aus dem Weg. An diesem Abend war David mit Jeffrey auf ein Bier verabredet, obwohl er wenig Lust hatte. Er fühlte sich in Gesellschaft von Mitschülern meist noch mieser als alleine, es fehlte ihm die Energie für Gespräche. Aber Jeffrey war ein guter Kerl und seine Familie führte in Wyoming eine Charterfirma mit fünf Flugzeugen. Darüber wollte er mehr erfahren.

»Du wirkst in den letzten Tagen abwesend«, sagte Jeffrey, bevor er seinen Bierkrug ansetzte.

»Bin ich auch«, antworte David und starrte an Jeffrey vorbei aus dem Fenster. Draußen waren ein paar Kinder in ein Fangspiel vertieft. »Ich verstehe selbst nicht, was los ist. ›Wer seinen eigenen Weg geht, dem wachsen Flügel‹, heißt es doch. Aber ich fühle mich momentan eher wie eine gestutzte Ente.«

»Vielleicht bist du ja noch nicht auf deinem Weg.«

»Doch, Fliegen ist mein Traum. Ich will Buschpilot werden, da bin ich mir sicher. Irgendwo im Norden, am liebsten in Alaska.«

Jeffrey stellte das Bier vor sich hin und lächelte. »Dann geht es sicher um eine Frau, oder?«

David zögerte, sich zu öffnen. Aber er spürte auch, dass er darüber reden musste. Jeffrey schien ihm als Sparringpartner geeignet: Er war ein sympathischer Typ und außerdem ein objektiver Zuhörer.

»Eher um ein ungeborenes Kind.«

Jeffrey machte große Augen, als ihm David die ganze Geschichte erzählte.

»Ich kann dich verstehen. Ich hätte wohl genauso gehandelt. Hab kein schlechtes Gewissen, weil Riley sich anders entschieden hat. Es ist auch dein Leben. Für mich ist es absolut nachvollziehbar, dass du einen anderen Weg gehen willst.«

David runzelte die Stirn. »Und doch fühlt es sich falsch an.«

»Die Zeit wird helfen … und Emily sicher auch«, sagte Jeffrey und zwinkerte David zu.

»Emily?«

»Sie ist eine Traumfrau! Alle Männer in der Klasse stehen auf sie. Aber bisher hatte sie nur Augen für dich. Das könnte sich ändern, wenn du sie weiterhin abweist. An deiner Stelle würde ich nicht mehr ewig warten.«

David hob sein Bier. »Danke für deinen Rat, Kumpel. Mal schauen.«

Na ja, besonders gut fühlt sich dieser Ratschlag nicht an. Aber wer weiß, vielleicht ändert sich das noch. Emily ist wirklich eine attraktive Frau.

13

26. JULI

Tanja und John waren für zwei Tage zum Russian River Campground, etwa drei Stunden südlich von Anchorage, gefahren. Die kurze Auszeit in der Hochsaison hatte vorab viel Organisation erfordert. Im kleinen Wohnwagen, den sie mit dem Truck gezogen hatten, war alles mit dabei.

John hatte es auf die Rotlachse des Russian River abgesehen. Immer wieder hatte John in den letzten Tagen auf seinem Smartphone die Entwicklung des Lachsaufstiegs verfolgt. An vielen Flüssen gibt es Lachs-Zählstellen. Diese liefern die Datenbasis für die Regulierung der Fischerei. In Jahren mit wenig Lachsen kann es sein, dass die Befischung stark reglementiert oder gar gänzlich verboten wird. Die Ergebnisse der Zählungen werden jeweils zeitnah veröffentlicht und stoßen auf großes Interesse. In diesem Jahr war der Lachsaufstieg außerordentlich gut und entsprechend groß die Vorfreude der Angler.

»Komm, wir wandern ein Stück flussaufwärts, da ist es ruhiger«, sagte John und lief mit voller Anglermontur voraus.

»Musst du so rennen? Wir sind ja nicht auf der Flucht«, rief Tanja und lief ihm auf dem schmalen Pfad, der dem Flusslauf folgte, hinterher.

»Sorry. Es ist nur, ich kann es kaum erwarten«, erwiderte John und verlangsamte seinen Schritt.

Tanja hatte in ihrem Rucksack ein Buch und Verpflegung eingepackt. Angeln war nicht ihr Ding, also leistete sie John lesend in der Natur Gesellschaft. Nach einer halben Stunde Fußmarsch waren sie die Einzigen weit und breit. An einer übersichtlichen Stelle setzte sich Tanja auf eine Felsplatte und John stellte flussaufwärts den Lachsen nach. Beide genossen den rauschenden Fluss, die zwitschernden Vögel und die wärmende Sonne auf der Haut.

Ah, wie schön. Vielleicht ist dieser Ausflug eine Chance, uns wieder näherzukommen.

Eine gute Stunde später hatte John bereits drei Lachse gefangen. Normalerweise hätte er jetzt mit dem Angeln aufhören müssen. Aber wegen des ausgezeichneten Lachsaufstiegs in diesem Jahr war das Limit auf sechs Fische pro Tag und Angler erhöht worden. John machte eine Pause, setzte sich neben Tanja. Sie schenkte ihm ein Glas Weißwein ein. Dazu gab es Käsestangen.

»Wow, das sind ja riesige Fische.«

»Gelernt ist gelernt«, erwiderte John und strahlte über das ganze Gesicht. »Gefällt es dir hier? Ist dir nicht langweilig?«

Tanja ließ ihren Blick schweifen. Das Grün der Fichten und das glasklare sprudelnde Wasser waren

Balsam für ihre Augen. »Nein, es ist wunderschön hier. Es tut gut, abzuschalten und Kraft zu tanken.«

»Geht mir auch so. Im Fluss zu stehen, die Lachse auf ihrem Weg zu beobachten und zu spüren, wie das Wasser um meine Beine fließt, ist unbeschreiblich. Die Natur gibt mir Kraft, Inspiration, Halt und Erfüllung.« John legte seinen Kopf auf Tanjas Oberschenkel und starrte in den Himmel. »Schade, dass sich die Menschen immer weiter von der Natur entfernen. Jedes Mal, wenn ein Kind vor seinem Smartphone sitzt, stirbt auf einem Baum ein Traum.«

Tanja nickte und schwieg eine Weile. Dann sagte sie leise, was sie seit ein paar Tagen belastete: »Ich habe gehört, dass du und Riley bereits Gespräche mit neuen Arbeitgebern führt.«

John räusperte sich. »Ich wollte dir das heute sagen. Tut mir leid, dass du das nicht von mir direkt erfahren hast. Auch wenn sich vieles in mir dagegen sträubt, ich sehe leider keinen anderen Weg.«

»Was bedeutet das für uns, John?«

»Ich weiß es nicht, Liebling. Es wird sicher schwierig werden. Vor allem wenn das Baby auf der Welt ist.«

Tanja strich ihm zärtlich über die Stirn. »Wir schaffen das. Wir dürfen uns da nur nicht reinziehen lassen.«

»Wie stellst du dir das vor? Wirst du für dein Enkelkind da sein, wenn es bei mir zu Besuch ist?«

»Ja, das möchte ich.«

»Und wie erklärst du ihm, wenn es älter ist, dass dein Sohn nichts mit ihm zu tun haben will?«

»Ähm, ich … es wird mir etwas einfallen. Es gibt immer Wege. Auf jeden Fall spüre ich, dass ich eine

Rolle in seinem Leben spielen möchte. Wir werden gute Großeltern sein, John.«

»Schön, wenn du optimistisch bist. Für mich klingt das aber doch etwas naiv.« Er zog die Augenbrauen zusammen. »Es lässt sich doch nicht von der Hand weisen, dass die Situation viel Konfliktpotenzial in sich birgt.«

Tanja legte ihre Hand auf sein Bein. »Wenn wir beide wollen, werden wir Lösungen finden, wenn es dann so weit ist. Lass uns Schritt für Schritt vorwärtsgehen und nicht schon im Voraus kapitulieren. Wir sind verlobt John.«

John wandte den Kopf ab und schloss seine Augen.

Am Nachmittag stand John wieder im Fluss. Tanja sah von ihrem Buch auf und beobachtete, wie er zwei große Regenbogenforellen aus seinem Netz freiließ.

»Weshalb lässt du sie wieder schwimmen?«, fragte Tanja.

»Forellen sind in diesem Fluss geschützt. Aber ich lasse sie sowieso immer frei. Diese Fische sind viel zu kostbar und sollen vielen Anglern eine Freude bereiten, nicht nur einem.«

»Einfach so, zur Freude? Ist das nicht Tierquälerei?«

John erklärte: »Es ist die einzige Möglichkeit, das Angeln auf Forellen nachhaltig, also ohne Aufzucht und Besatz, zu betreiben. Forellen wachsen langsam und vermehren sich auch nicht so schnell wie die Lachse.«

»Man könnte ja auch komplett darauf verzichten, Forellen zu angeln.«

»Bist du gegen die Angelfischerei? Im Vergleich zu Fleisch oder Fisch aus Massentierhaltung im Supermarkt ist Angeln human. Die Fische leben hier immerhin in ihrem natürlichen Umfeld, im Kreislauf der Natur.« John fixierte das Netz wieder an seinem Hüftgurt. »Außerdem freut sich die Forelle sicher, wenn ich sie wieder aus dem Netz lasse. Das ist besser als Totschlag. Es gibt Forellen, die werden in einer Saison mehrere Male gefangen und wieder freigelassen.«

Danach entschied er sich dazu, den erfolgreichen Angeltag abzuschließen. Es war bereits später Nachmittag und mit den schweren Lachsen im Gepäck würde die Wanderung zurück ins Camp lang und anstrengend.

Am Abend saßen sie gemeinsam vor dem Lagerfeuer. John hatte sein Tageslimit gefangen und die Filets der Fische in der Kühlbox verstaut. Er wollte zwölf Lachse nach Anchorage mitbringen und dort räuchern lassen. Zufrieden starrte er mit einem Glas Rotwein in der Hand in die züngelnden Flammen. Tanja lehnte sich an seine Schulter. Der Vollmond tauchte die Landschaft in ein fahles Licht und das Knistern des Feuers wurde nur gelegentlich vom Schrei einer Eule übertönt. Die Plätze auf dem Campground waren so großzügig angelegt, dass sie von den Nachbarn nichts sahen oder hörten.

»Mit dir hier zu sein, ist für mich pures Glück, Liebling.« Tanja rückte noch näher an John und legte ihre Hand auf seinen Oberschenkel. »Abende wie dieser brennen sich in mein Herz ein. Ein Himmel voller

Sterne ist tausendmal besser als fünf Sterne an einem Hotel.«

»Schön gesagt, Liebling, geht mir genauso.«

John legte eine warme Wolldecke über ihre Schulter und sie starrten in die flackernde Glut, welche vom Feuer übriggeblieben war. Unvermittelt küsste er Tanja auf den Mund und fuhr ihr mit der Hand zärtlich über ihre Haare.

»Komm, lass uns reingehen, ich möchte dich spüren.«

Als John auf dem Weg zum Wohnwagen sein Smartphone als Taschenlampe benutzte, fielen ihm mehrere Nachrichten von Mike auf dem Startbildschirm auf. Zuerst wollte er sie ignorieren. Dann aber besann er sich darauf, dass Mike selten Mitteilungen sandte. Schon gar nicht mehrere am selben Abend. John entsperrte das Handy und las. Seine Knie wurden weich und er lehnte sich an einen Baum. Tanja blieb verwundert stehen und sah ihm an, dass etwas Schlimmes vorgefallen war.

»Wir müssen sofort zurück nach Anchorage. Ein schwerer Unfall! Schnell, lass uns keine Zeit verlieren. Ich erzähl's dir im Auto.«

14

26. – 27. JULI

John raste in seinem Truck wortlos durch die Nacht Richtung Anchorage. Tanja saß wie versteinert neben ihm, die Angst schnürte ihre Kehle zu. Sie wollte die Nachricht nicht wahrhaben, alles in ihr sträubte sich dagegen. Joe war mit dem Wasserflugzeug abgestürzt, offenbar mit drei Passagieren an Bord. Mehr wussten sie nicht. Sie versuchte mehrmals, ihren Vater telefonisch zu erreichen. Keine Antwort. Dasselbe bei Sam, Sharon und Riley. Die Ungewissheit war nicht zu ertragen.

Tanja fühlte sich so ohnmächtig wie damals in der vierten Klasse. Die Schulleiterin hatte sie mitten im Unterricht ins Lehrerzimmer gerufen. Wie durch Watte hatte sie erfahren, dass ihre Mutter einen schweren Autounfall gehabt hatte und in der Notaufnahme im Krankenhaus lag. Die Fahrt ins Krankenhaus war die schlimmste ihres Lebens gewesen. In Gedanken hatte sie sich furchtbare Dinge ausgemalt. Ohne ihre Mutter wäre sie ins Kinderheim oder zu einer Pflegefamilie gekommen. Innerlich war sie davon so überzeugt gewesen, dass sie eine ganze Weile gebraucht hatte, um zu begreifen, dass ihre Mutter bald wieder gesund sein würde.

»ENDLICH! Sharon ruft zurück!« Johns aufgeregte Stimme riss Tanja aus ihren finsteren Gedanken. Sie drückte beide Daumen, das Blut pochte in ihren Ohren, sodass sie kein Wort verstand. Als John aufgelegt hatte, starrte er wortlos auf die Fahrbahn und gab noch mehr Gas.

»Bitte, John, fahr nicht so schnell. Was hat Sharon gesagt?«

Er reduzierte die Geschwindigkeit ein wenig und fuhr sich durch die Haare. »Joe schwebt in Lebensgefahr. Über den Zustand seiner Passagiere wusste Sharon noch nichts.«

IM WARTEZIMMER der Intensivstation gingen Mike, Riley, Sam und Sharon auf und ab, als die Tür aufsprang und Tanja mit bleichem Gesicht in den Raum trat. Hinter ihr folgte John.

»Wir wissen immer noch nicht mehr«, sagte Sharon. Sie nahm Tanja wortlos in die Arme und drückte sie fest an sich.

»Verdammt, wie konnte das nur passieren?« Mike

war die Verzweiflung ins Gesicht geschrieben. Es war der erste Unfall in der Geschichte der Alaska Bush Pilots und die tadellose Unfallbilanz war Mikes ganzer Stolz. Der Absturz würde ihren Ruf im hart umkämpften Markt der Wildnis-Charterflüge schädigen. Er war hin- und hergerissen zwischen der Sorge um die Verletzten und der Zukunft seiner Firma.

»Hi, ich bin Andrea und gehöre zum Ärzteteam, das Joe betreut. Sind Sie seine Familie?«, fragte die Ärztin, die den kleinen Raum betrat.

Alle schwiegen einen Moment, bevor Sharon antwortete: »So was wie die Familie. Wir arbeiten zusammen und stehen Joe sehr nahe. Er hat sonst nur noch seine Schwester. Die lebt in Kalifornien und sie mögen sich nicht besonders. Wie geht es ihm?«

»Nicht gut. Sie müssen sich auf das Schlimmste gefasst machen. Unsere besten Ärzte kümmern sich um ihn. Wir versuchen alles, aber er hat zahlreiche Brüche und schwerwiegende innere Verletzungen. Wir müssen auf ein Wunder hoffen. Es tut mir sehr leid.«

Mike und Riley saßen bleich auf ihren Stühlen, Tanja drückte sich weinend an John, Sharon schluchzte mit den Händen vor dem Gesicht und wandte sich ab. Mike fragte die Ärztin nach den Passagieren.

»Die wurden einem anderen Krankenhaus zugewiesen. Sobald ich mehr zu Joes Zustand sagen kann, komme ich zurück. Aber das kann durchaus einige Stunden dauern. Haben Sie bitte Geduld, auch wenn das schwierig ist.«

Mike ging mit verschränkten Händen auf und ab. »Scheiße, wie konnte das nur passieren? Wir werden unsere Lizenz verlieren. Das ist das Ende der Alaska Bush Pilots.«

»Dad, bitte. Darum kümmern wir uns, wenn es so weit ist. Im Moment zählen nur Joe und seine Passagiere.«

»Du hast recht. Tut mir leid. Ich bin überfordert.« Mike setzte sich und ließ den Kopf hängen.

»Es bringt nichts, wenn wir alle die ganze Nacht hier verbringen. Wir sollten uns gegenseitig ablösen.«

»Tanja hat recht«, sagte Sharon und bot an, die erste Schicht zu übernehmen.

Weil niemand an Schlaf denken konnte, fuhren die anderen ins Büro.

Eine halbe Stunde stand der Rest der Crew vor der großen Wandkarte. Mike zeigte auf einen kleinen See in der Wildnis.

»Der Unfall ist beim Start vom Silver Lake passiert. Joe hatte drei Passagiere von Tom Hartleys Lodge an Bord, ein Ehepaar und dessen Tochter. Ziel war unsere Basis.« Mike befand sich nach dem ersten Schock nun im Krisenmodus. »Die nationale Verkehrssicherheitsbehörde wird sofort mit den Untersuchungen beginnen. Wir müssen uns vorbereiten und alle Informationen zusammentragen. Jeder leistet seinen Beitrag und John leitet die Arbeitsgruppe.«

John nickte. »Was weiß man über die Umstände des Unfalls?«

»So gut wie nichts. Dort oben in den Bergen war es wieder mal stürmisch. Joe hatte den Abflug deswegen um eine knappe Stunde verschoben. Ein Mitarbeiter von Hartley hat mich kurz über den Unfall informiert. Der Unfall ist in Sichtweite der Lodge passiert und Hartley hat von dort aus die Rettung organisiert. Ich werde ihn anrufen.«

Mike zog sich in sein Büro zurück und versuchte, Hartley mitten in der Nacht zu erreichen. Beim zweiten Versuch klappte es. »Ich muss alles wissen, Tom. Wie konnte das verdammt noch mal nur passieren?«

»Starker und böiger Wind, aber nichts, was wir nicht auch schon hatten. Ich vermute einen Fehler des Piloten. Andere haben bei ähnlichen Bedingungen die Maschine sicher in die Luft gebracht. Verfluchte Scheiße!«

»Ein Pilotenfehler? Joe ist ein ausgezeichneter und erfahrener Pilot. Ich kann mir das nicht vorstellen.«

»Wenn du meinst. Aber passiert ist es trotzdem und ich weiß immer noch nicht, wie es meinen Gästen geht. Die Familie stammt aus Oregon. Das ist eine beschissene Katastrophe!« Hartley war außer sich. Mike konnte seine heftige Atmung hören. »Einer meiner Gäste hat den Unfall vom Ufer aus beobachtet und mich sofort alarmiert. Ich bin sofort mit dem Jetboot und einem der Guides auf den See gerast. Es war grauenhaft, aber wir konnten alle bergen. Am schlimmsten hat es Joe erwischt. Ich bin erstaunt, dass er noch lebt. Auch das Mädchen war nicht ansprechbar.« Hartleys Stimme wurde brüchig und versagte dann gänzlich. Es dauerte, bis er weitersprechen konnte. So hatte Mike den alten Geschäftsmann noch nie erlebt. »Eine knappe halbe Stunde später sind zwei Helikopter der Rettungsflugwacht gelandet. Wir haben in der Zwischenzeit getan, was wir konnten. Wirklich alles.«

»Daran zweifle ich nicht, Tom. Danke, ohne deine erste Hilfe wären alle tot.« Bei der Vorstellung musste Mike schwer schlucken.

»Beten wir, dass es nicht doch noch dazu kommt.«

»Hast du die Verkehrssicherheitsbehörde verständigt?«

»Das war gar nicht nötig, die wurden von der Rettungsflugwacht alarmiert. Kaum waren die Rettungskräfte mit den Unfallopfern auf dem Weg nach Anchorage, sind vier Ermittler mit einem Helikopter gelandet. Die haben dann mit unserer Hilfe Wrackteile ans Land gebracht und sich einen Überblick verschafft. Ein Teil der Maschine liegt auf dem Seegrund.« Wieder war es still in der Leitung. »Ein Ermittler hat gesagt, dass man bei diesem Wetter nicht hätte starten dürfen. Tut mir leid, Mike, aber das wird Ärger geben. Mach dich darauf gefasst, dass die morgen früh auf deiner Matte stehen werden.«

Mike stand lange mit hängenden Schultern in seinem Büro und starrte aus dem Fenster auf den spiegelglatten Lake Hood, in dem sich der Vollmond spiegelte. Ein idyllisches, friedliches Bild, als wäre die Welt in Ordnung und alles im Gleichgewicht.

Als hätten wir nicht schon genug Probleme. Das wird die Firma nicht überstehen.

Dann wählte er mit zittrigen Fingern Sharons Nummer, die immer noch im Spital bei Joe war. Keine Neuigkeiten.

15

27. - 28. JULI

Am nächsten Morgen empfingen John und Mike zwei Ermittler der Verkehrssicherheitsbehörde. Weil die Alaska Bush Pilots den Flugbetrieb eingestellt hatten, versuchten Sharon, Tanja und Riley, die Passagiere bei anderen Charterfirmen unterzubringen. Das war in der Hochsaison schwierig, aber die Betroffenheit der Mitbewerber am See war groß und so wurde eine Lösung gefunden.

Mike eröffnete die Sitzung. »Wir setzen alles daran, mit Ihnen zusammen den Unfallhergang zu klären. John und ich stehen Ihnen rund um die Uhr zur Verfügung.« In den nächsten Stunden trugen die vier Männer alle Fakten zusammen. Jedes Detail war von Bedeutung. John und Mike konnten die ordnungsgemäße Wartung des Wasserflugzeugs problemlos nachweisen, genauso wie die tadellose Unfallbilanz der Firma. Mike versuchte, Joes Erfahrung und Fähigkeiten ins richtige Licht zu rücken. Jeder am Lake Hood würde bestätigen, dass er ein ausgezeichneter Pilot war und viel Erfahrung darin hatte, die Wetterverhältnisse richtig einzuschätzen. Dass Joe manchmal gefährliche Manöver flog, erwähnte er nicht. Die Beamten zeigten sich kooperativ und Mike hatte gegen Mittag das Gefühl, dass alles auf einem guten Weg war. Bis ihn Jack Smith, der Vorgesetzte des Ermittlungsteams, mit ernstem Blick fixierte.

»Wir haben in der Jackentasche von Joe Miller Marihuana gefunden. Hat er Drogen- oder Alkoholprobleme?«

Mike und John sahen sich mit großen Augen an und lehnten sich in ihren Stühlen zurück.

John fing sich als Erster. »Wir wissen, dass Joe hin und wieder Gras raucht und auch einem Bier nicht abgeneigt ist wie die meisten hier. Dass er Probleme damit hat, wäre mir neu. Er kennt das richtige Maß und beschränkt den Konsum strikt auf seine Freizeit.«

Smith lehnte sich nach vorne. »Können Sie ausschließen, dass Joe Miller zum Zeitpunkt des Unfalls weder unter dem Einfluss von Marihuana noch von Alkohol stand?«

Mike räusperte sich und erwiderte: »Wir können das nicht hundertprozentig ausschließen. Wie sollten wir? Aber ich kann es mir nicht vorstellen. Wirklich nicht.«

Trotzdem meldeten sich leise Zweifel, die Mike nicht abschütteln konnte.

»Verdammter Mist«, fluchte Mike, als die beiden Ermittler wegfuhren. »Was hat uns Joe da nur eingebrockt?«

»Du tust ihm unrecht. Joe ist zwar ein spezieller Typ und setzt andere Prioritäten in seinem Leben als wir. Aber er weiß, was er tut. Er ist sich seiner Verantwortung sehr wohl bewusst. Das hätte jedem von uns passieren können.«

»Da bin ich mir nicht so sicher! Und das Marihuana in seiner Jackentasche?«

John grinste schief. »Das heißt noch gar nichts. Der Besitz von Marihuana ist in Alaska legal und die müssten ihm erst nachweisen, dass Joe während des Unfalls bekifft gewesen war. Das wird nicht passieren.«

»Bist du dir verdammt noch mal sicher? Kannst du mir garantieren, dass er absolut clean war?«

John starrte über den See und schwieg.

»Wer hat Zeit für einen Kaffee in der Sonne? Wir alle könnten etwas Wärme und Licht vertragen«, sagte Sam, als er ins Büro trat. Sharon und Tanja waren immer noch damit beschäftigt, Flüge auf andere Charterfirmen umzubuchen. Riley hatte ihre Schicht im Krankenhaus.

»Gute Idee, aber ich erwarte jeden Moment einen Anruf«, sagte Sharon.

Tanja hingegen war froh um die Abwechslung und den Koffeinschub. Die frische Luft vertrieb ihre Kopfschmerzen ein wenig. Kurz zuvor hatte sie mit Riley telefoniert: Joe schwebte immer noch in akuter Lebensgefahr. Die Verletzungen seiner Passagiere waren nach den letzten Informationen offenbar nicht ganz so gravierend. Aber für eine Entwarnung war es noch zu früh, insbesondere der Zustand des Mädchens sei kritisch.

»Glaubst du, dass wir mit der Verkehrssicherheitsbehörde Ärger bekommen? Die haben John und Mike gestern den ganzen Morgen in die Mangel genommen«, sagte sie draußen zu Sam. »Die zwei sind rund um die Uhr auf Achse und sagen nichts.«

Sam griff sich an seine Schirmmütze und überlegte lange. »Schwer zu sagen. Auf jeden Fall werden die Umstände des Unfalls bis ins letzte Detail geprüft. Die Verkehrssicherheitsbehörde ist auf einer Mission.«

»Mission?«

»Es gibt zu viele Unfälle mit einmotorigen Flugzeugen in Alaska. Alaska ist klarer Spitzenreiter in den USA. Und das hat nicht nur mit der hohen Dichte dieser Flugzeuge zu tun. Die Unfallquote ist ebenfalls wesentlich höher.«

»Wieso?«, fragte Tanja und trank einen Schluck Kaffee.

»Ich sehe zwei Gründe: Die Witterungsverhältnisse sind extrem hier. In den Bergen oder auf den großen Seen können sich die Bedingungen innerhalb von Minuten massiv verändern. Auf der anderen Seite ist die Mentalität vieler Buschpiloten ein Risiko. Viele verstehen sich immer noch als die wagemutigen Pioniere, welche die Piloten ja einst auch waren. Aber diese Zeiten sind vorbei.«

»Aber bei uns wird Sicherheit doch großgeschrieben. Wir hatten einen tadellosen Safety Record.«

Sam nickte. »Stimmt. Mike ist mit seiner Haltung ein Vorbild in der Branche. Aber bei vielen anderen Piloten in Alaska gilt immer noch als normal, was in allen anderen Staaten der USA unakzeptabel wäre. Die Verkehrssicherheitsbehörde will das ändern und die vielen Unfälle nicht mehr einfach so hinnehmen. Ich hoffe nur, die werden uns nicht an den Pranger stellen und uns als Präzedenzfall missbrauchen.«

Bei dem Gedanken zog sich Tanjas Magen zusammen.

»Ausgerechnet uns? Du hast selbst gesagt, dass wir als vorbildlich gelten.«

»Die Firma hat einen ausgezeichneten Ruf. Joe hingegen ist nicht über alle Zweifel erhaben. Er ist in den Bars von Anchorage wohlbekannt.«

»Das ist unfair. Joe rührt vor dem Fliegen keinen Tropfen Alkohol an. Was er in seiner Freizeit tut, geht niemanden etwas an!«

»Das stimmt. Aber in solchen Situationen ist ein lupenreines Image von Vorteil. Das hat er nicht.«

Sharon stürmte nach draußen. »Gute Nachrichten! Die Familie aus Oregon ist stabil und, wenn keine unerwarteten Komplikationen auftreten, über dem Berg.«

Tanja fühlte sich bei dieser Neuigkeit um eine Zentnerlast befreit.

»Uff, da fällt mir ein Stein vom Herzen. Und wie geht es Joe?«, fragte Tanja.

Die Freude wich aus Sharons Gesicht. »Nichts. Er liegt immer noch im künstlichen Koma. Wir müssen weiter auf ein Wunder hoffen. Mike war eben bei ihm im Krankenhaus und hat kurz Riley abgelöst. Er scheint mir ziemlich durch den Wind.«

»Ich mache mir Sorgen um ihn«, sagte Sam. »Zuerst verliert er Ende der Saison Riley und John. Nun dieser Unfall. Es wird schwierig sein, die Firma aus dieser Krise zu führen. Wenn nicht unmöglich.«

»Wir sind noch lange nicht am Punkt, die Flinte ins Korn zu werfen«, erwiderte Sharon energisch und blickte zu Tanja. »Wie hat David auf den Unfall reagiert?«

»Er wollte sofort zurückkommen, was ich ihm aber ausreden konnte. Er könnte hier eh nichts tun. Für die Firma ist es wichtiger, dass er mit der Pilotenausbildung vorankommt.« Tanja wurde traurig, als sie an David dachte. »Ich spüre, dass ihm Riley und alle anderen hier fehlen, auch wenn er es nicht sagt. Es ist sicher nicht einfach, jetzt alleine in Arizona zu sein. Wenigstens läuft es in der Schule gut.«

»Wenn du mich fragst, gehören die beiden zusammen. Das Baby ist doch kein Trennungsgrund. Alle hier würden beim Großziehen mithelfen, damit Riley und David weiterhin fliegen können. Dann müssten die Barbers sich auch keinen neuen Job suchen«, sagte Sharon und legte ihre Hand auf Tanjas.

Sharon hat recht, wir würden das hinkriegen. Das Baby wäre ein Geschenk für uns alle.

»Das denke ich manchmal auch. Aber David fühlt sich der Vaterrolle nicht gewachsen. In ein paar Jahren vielleicht. Die Situation überfordert ihn.«

»Ich kann den Jungen verstehen«, sagte Sam und stand auf. Zeit, um wieder seiner Arbeit nachzugehen.

16

4. AUGUST

Mike hatte an diesem regnerischen Morgen alle zusammengerufen, um die Lage zu besprechen. Seit dem Unfall war mehr als eine Woche vergangen und die Krise noch längst nicht überstanden. Derweil lief die Hochsaison für die Mitbewerber am Lake Hood auf Hochtouren. Wasserflugzeuge starteten und landeten im Minutentakt.

Mike eröffnete die Sitzung pünktlich.

»Vorab das Wichtigste: Ich habe soeben mit dem verantwortlichen Arzt gesprochen. Joe ist immer noch im künstlichen Koma und eine Prognose ist nach wie vor nicht möglich. Immerhin ist sein Zustand stabil.« Mike war blass im Gesicht und die Ringe unter seinen Augen wurden täglich größer. »Die Verkehrssicherheitsbehörde war offenbar gleich am ersten Tag im Krankenhaus und hat Blutproben verlangt. Die Ermittler recherchieren auch rund um den See bei den anderen Piloten. Dabei stellen sie immer wieder dieselben

Fragen: Ob Joe ein Drogen- oder Alkoholproblem hat und als Pilot unnötige Risiken eingeht.« Mike nahm einen Schluck Wasser. »Tom Hartley hat ausgesagt, dass er sich bei der Beurteilung der Flugbedingungen nicht einmische. Das liege in der alleinigen Verantwortung der Piloten.«

»Ha, das habe ich auch schon anders erlebt«, sagte Riley und schlug mit der Hand auf den Tisch.

»Wie auch immer, ich vermute, Hartley ist auf unserer Seite und wird uns nicht zusätzlich belasten«, fuhr Mike fort. »Gestern hat mich ein Reporter der Alaska Daily News angerufen und mich mit Fragen zum Unfallhergang und zu Joe gelöchert. Die arbeiten an einem Hintergrundbericht. Das macht mir auch Sorgen. Man weiß nie bei diesen Journalisten. Wenn die eine süffige Story schreiben können, tritt die ausgewogene Berichterstattung in den Hintergrund.«

»Scheiße, das hat uns gerade noch gefehlt. Die Zeitung hat sich in den letzten Jahren mehr und mehr zu einem Boulevardblatt gewandelt. Der Artikel wird uns eher schaden als nützen«, sagte Sam.

Mike nickte und versuchte, ruhig und sachlich zu bleiben. »Wir machen seit mehr als einer Woche keinen Umsatz mehr. Und das in der Hochsaison. Ich überlege, den Flugbetrieb wieder aufzunehmen. In einer ersten Phase nur Materialtransporte. Eure Meinung?«

Die Mitarbeiter schauten sich gegenseitig fragend an. Niemand schien etwas sagen zu wollen, also ergriff Tanja das Wort: »Es bringt niemandem etwas, wenn wir länger warten. Damit machen wir weder den Unfall ungeschehen noch Joe und seine Passagiere wieder gesund. Wir stehen auf und fliegen wieder. Das scheint mir auch eine wichtige Botschaft an unsere Kunden und Geschäftspartner. Was Joe widerfahren ist, kann allen Piloten passieren. Das sollten wir nicht vergessen!«

»Tanja hat recht. Lasst uns wieder fliegen«, sagte John. Die anderen nickten.

Mike atmete auf. »Ich bin froh, dass ihr das auch so seht. Ich will ganz ehrlich zu euch sein: Wir brauchen Geld, um die Krise mittel- und langfristig zu überstehen. Das Wasserflugzeug war nicht voll versichert und wenn sich herausstellen sollte, dass Joe grobfahrlässig gehandelt hat, wird die Versicherung die Entschädigung weiter kürzen. Sollten sogar Drogen im Spiel sein, was ich nicht glaube, dann Gnade uns Gott. Unabhängig davon, ob uns eine Schuld trifft oder nicht, wird unsere Reputation leiden. Der Unfall wird uns zweifelsohne Kunden kosten.«

Sam schüttelte traurig seinen Kopf.

»Wir müssen die Maschine ja nicht unbedingt ersetzen. Riley und John wollen die Firma verlassen und ob Joe je wieder fliegen wird, steht in den Sternen. Vielleicht sollten wir den Rückwärtsgang einlegen und uns verkleinern«, schlug Sharon vor.

»Das habe ich mir auch überlegt. Aber heutzutage ist eine gewisse Firmengröße notwendig, um alle Fixkosten stemmen zu können. Eigentlich wollten wir das Geschäft sogar ausbauen, um die Ertragslage zu verbessern. Das Gegenteil würde uns in eine Kostenfalle führen.« Mike hielt einen Moment inne und blickte in die Runde. »Man kann es drehen und wenden, wie man will. Wenn wir überleben wollen, brauchen wir Investoren. Nicht sofort, aber für den Wiederaufbau in der nächsten Saison. Macht euch bitte Gedanken darüber, wen man ansprechen könnte. Eine weitere Variante wäre«, Mike stockte und blickte zu Boden, »dass uns eine andere Firma übernimmt. Hierfür hätte ich Interessenten.«

»Wie bitte?« Tanja lehnte sich empört nach vorne. »Damit ginge unsere Identität verloren, auf die wir so stolz sind und die uns ausmacht. Wir geben doch jetzt nicht einfach so auf!«

Sharon nickte zustimmend.

»Nüchtern betrachtet ist die Idee gar nicht mal so schlecht«, warf Sam ein. »So könnten wir unsere Jobs erhalten. Lieber ein Kompromiss, der unsere Existenzen sichert, als mit wehenden Fahnen untergehen.«

»In dieser Situation müssen wir uns alle Optionen offenhalten«, sagte John.

»Mag sein«, erwiderte Tanja mit funkelnden Augen, »aber zuerst kämpfen wir! Wir geben uns nicht so schnell geschlagen. Was ist aus dem Spirit der Alaska Bush Pilots geworden? Wir müssen jetzt zusammenstehen und alles dafür tun, dass es uns in ein paar Jahren immer noch gibt.«

Alles fällt auseinander. Das darf doch nicht wahr sein!

»Tanja hat recht. Dad und ich werden mit euch die Krise meistern, auch wenn wir nächste Saison nicht mehr an Bord sind. Wir dürfen unsere Ideale und Überzeugungen nicht aufgeben!«

»Danke, Riley«, sagte Mike und schloss die Sitzung.

Mike blieb noch einen Moment sitzen. Der Stress der letzten Tage stand ihm ins Gesicht geschrieben und er zweifelte daran, ob ein Alleingang der Firma realistisch war.

Eine Stunde später rief Mike Tanja in sein Büro. Sie setzten sich und Tanja spürte dunkle Wolken aufziehen.

»Ich finde es schön, dass du dich für die Firma stark machst. Gleichzeitig müssen wir uns aber auch der Realität stellen … Es sieht schlecht aus.«

»Es geht mir nicht nur um die Firma. Es geht auch um unsere Familie. Die Familienfirma war deine Idee, erinnerst du dich? Du hast schon einmal zu früh aufgegeben, Dad.«

Mike stemmte die Hände in die Hüften. »Kommt jetzt wieder die alte Geschichte? Deine Mutter hat mir damals keine andere Wahl gelassen, das weißt du sehr wohl.«

»Tut mir leid, Dad, ich wollte dir keine Vorwürfe machen.« Tanja versuchte, ihn mit ruhiger Stimme zu beschwichtigen.

»Wie auch immer. Für eine gute Sache zu kämpfen, ist wichtig, das sehe ich wie du. Aber vergiss nicht: Was man mit Kämpfen gewinnt, kann man nur mit Kämpfen halten. Ich bin mir nicht sicher, ob das wirklich erstrebenswert ist. Manchmal muss man sich dem Lauf der Dinge fügen.« Mike räusperte sich und fuhr fort: »Wenn du die Firma und die Familie wirklich retten willst, dann sprich mit David.«

»Was hat David damit zu tun?« Tanja hob ihre Augenbrauen.

»Wenn er seine Vaterrolle annehmen würde, würden Riley und John bleiben. Dann hätten wir die besseren Karten.«

»Gibst du jetzt David die Schuld? Du hast dich für

ihn und gegen die Barbers entschieden. Er hat das nie verlangt! Du hättest dich auch für John und Riley entscheiden und David bei der Jobsuche unterstützen können.« Tanja lief wütend durch das Büro.

»Ja schon, aber …«

»Kein Aber, lass David gefälligst da raus!«

»Lass mich gefälligst aussprechen«, schrie Mike. »Wenn David die Verantwortung für das Baby übernehmen würde, müsste ich diese verdammte Entscheidung nicht fällen.«

»Das geht dich nichts an! Dieses Problem können nur David und Riley lösen.«

Mike nickte müde. »Ja, du hast ja recht, tut mir leid. Die ganze Situation überfordert mich. Ich war in der letzten Woche fast rund um die Uhr auf Achse. Ich brauche dringend Ruhe und Schlaf.«

Er sieht um Jahre gealtert aus. Kein Wunder. Alle laufen am Limit.

»Tut mir auch leid, Dad. Ich kann dich verstehen.« Tanja umarmte Mike. Sein flacher, schneller Atem wurde nur langsam ruhiger.

»Geh nach Hause, gönn dir etwas Schlaf.«

»Ich versuch es.«

Sie küsste ihn auf die Wange und er machte sich erschöpft auf den Weg ins Hillside. Als sie draußen stand und ihm nachsah, wurde ihr bewusst, dass weder ihr Vater noch John die Familienfirma vor Hartley retten können. Es war an ihr voranzugehen. Sie war die einzige, welche an eine unabhängige Lösung glaubte und bereit war, dafür alles zu geben.

17

7. - 8. AUGUST

Die Tage vergingen und es kehrte so etwas wie eine neue Normalität bei den Alaska Bush Pilots ein. Der tägliche Lagebericht aus dem Krankenhaus war immer derselbe: Der Zustand von Joe war unverändert kritisch, aber immerhin stabil. Die Verkehrssicherheitsbehörde hatte die Untersuchungen weitgehend abgeschlossen und arbeitete nun an ihrem Bericht. Tanja saß zusammen mit Mike in seinem Büro, um den nächsten Tag zu planen.

»Manchmal ist die Ungewissheit fast nicht auszuhalten«, sagte er.

Tanja nickte stumm. In diesem Moment schnellte die Tür auf und Sharon trat in den Raum. »Es gibt Neuigkeiten von Joe!«

Tanja und Mike fuhren sofort ins Krankenhaus. Billy und Buck sprangen kurzerhand auf die offene Ladefläche von Mikes Truck. Mit dem Kopf im Fahrtwind bestaunten sie die Gegend und bellten andere Hunde an. Die Abendsonne warf ein warmes Licht auf die Hochhäuser von Anchorage und die Berge im Hintergrund.

»Joe muss uns unbedingt den Unfallhergang aus seiner Sicht schildern. Mich würde auch brennend interessieren, ob an dieser Marihuana-Geschichte was dran ist.«

»Dad, bitte, jetzt geht es primär darum, dass Joe wieder gesund wird! Außerdem liegt er ja immer noch im Koma.«

»Sorry. Aber ich mache mir Tag und Nacht Sorgen, dass uns diese Geschichte Kopf und Kragen kostet.«

Im Krankenhaus führte Andrea sie in ein enges Besprechungszimmer. Ihr Arztkollege Pete wartete bereits auf sie. Andrea eröffnete die Besprechung ohne Umschweife: »Weil Joes Zustand schon länger stabil ist, haben wir die Aufwachphase eingeleitet. Wie er darauf reagiert, ist offen. Im besten Fall ist er bald ansprechbar. Wenn's schlecht läuft, kommt sein Organismus damit nicht klar und wir könnten ihn verlieren. Wir versichern Ihnen, dass wir alles tun, was in unserer Macht steht.«

Pete fügte hinzu: »Die nächsten vierundzwanzig Stunden werden für Joe entscheidend sein. Beten Sie für ihn.«

»Das werden wir. Danke für Ihre Arbeit, Joe könnte nicht in besseren Händen sein. Bitte halten Sie uns auf dem Laufenden.« Tanja stand auf und spürte Hoffnung aufkeimen.

Andrea scheint mir eine Spur optimistischer als bei der letzten Besprechung. Joe kann es schaffen!

Spätabends verließen Tanja und Mike in Gedanken versunken das Krankenhaus und machten sich auf den Heimweg.

Am nächsten Morgen waren alle Alaska Bush Pilots bereits kurz nach sechs Uhr am Arbeitsplatz, was so gut wie nie vorkam. Sharon verschüttete ihren Kaffee und John lief ziellos auf dem Areal auf und ab. Alle standen mittendrin im Drama und doch irgendwie daneben. Kurz vor Mittag gab es immer noch keine Nachricht über Joes Zustand. Die Anspannung war fast nicht auszuhalten.

»Sollen wir die zwei Materialtransporte von heute Nachmittag umbuchen, John? Ich habe den Eindruck, heute sollten alle besser am Boden bleiben«, schlug Tanja vor.

»Nein, danke, geht schon. Sam und ich übernehmen je einen Flug. Das bringt uns auf andere Gedanken. Es hilft Joe nicht, wenn wir alle nur rumhängen und Daumen drehen.«

Am Lake Hood herrschte unverändert Hochbetrieb. Die Alaska Bush Pilots waren zur Zeit die Einzigen am See, welche nur wenig Arbeit hatten. Sharon und Tanja riefen deshalb langjährige Kunden an, um das Geschäft wieder anzukurbeln. Tanja sprach auf Französisch mit einem Reiseveranstalter in Paris und deutete Sharon, dass sie zusätzliche Buchungsunterlagen für das Gespräch benötigte. Sharon verstand sofort, was zu tun war. Nach dem Anruf klatschten sie sich lachend ab.

Tanja kochte gerade frischen Kaffee, als Mike mit hochrotem Kopf in das Büro stürmte und die neuste Ausgabe der Alaska Daily News auf den Tisch knallte. Beide Frauen starrten auf die Titelseite und der Atem stockte ihnen. Unter einem Foto mit Wrackteilen der Beaver stand in großen schwarzen Buchstaben: War Marihuana die Ursache? Darunter: Rund um den Lake Hood glauben viele, dass der Pilot unter Drogeneinfluss stand.

»Das hat uns gerade noch gefehlt!« Mike schlug mit der Faust auf die Theke. »Dieser Scheiß-Artikel ist der Todesstoß für uns.«

Tanja nahm Mike in die Arme und spürte, wie er vor Wut zitterte.

»Ganz ruhig, Dad. Wir müssen einen klaren Kopf bewahren.«

»Tanja hat recht«, ergänzte Sharon. »Aber eine Schweinerei ist das schon. Es ist ja nicht bewiesen, dass Joe irgendeine Schuld trifft. Oder?«

»Nein, außer die wissen mehr als wir.« Mike setzte sich an den Pausentisch. »Solche Gerüchte verbreiten sich wie ein Lauffeuer in Anchorage. Wenn einer eine Lüge erzählt, geben tausend andere sie als Wahrheit wieder, heißt es doch. Wenn man uns nicht mehr vertraut, sind wir weg vom Fenster.«

»Können wir nicht rechtlich gegen die Zeitung vorgehen?« Sharon setzte sich zu Mike.

Tanja schüttelte den Kopf. »Ach, das bringt doch nichts. Alles, was wir tun können, ist, noch offensiver mit unseren Kunden zu sprechen. Wir fliegen mindestens so sicher wie alle anderen am Lake Hood. Diese Überzeugung müssen wir rüberbringen. Auch dass die

Untersuchungen immer noch laufen und keinerlei Schuld bewiesen ist.«

Mike stand auf und nickte. »Wir teilen uns die Liste mit den größten Kunden untereinander auf und sprechen persönlich mit ihnen. Noch heute.«

Riley saß vor dem Hangar und kaute an ihren Fingernägeln. »Immer noch keine Neuigkeiten aus dem Krankenhaus?«, fragte sie Sam, der sich zu ihr setzte.

»Nein, gar nichts, vielleicht sollten wir dort anrufen.«

»Sie werden sich schon melden. Wir müssen uns wohl oder übel in Geduld üben.«

Sam nickte und deutete auf einen großen Weißkopfseeadler, der über den See flog. »Der fliegt immer wieder hier vorbei. Das ist verdammt gefährlich. Vor ein paar Jahren ist ein Wasserflugzeug nach einem Zusammenstoß mit einem Adler abgestürzt. Vier Tote.«

In diesem Moment lief John mit großen Schritten auf sie zu und hielt ihnen die Alaska Daily News vor die Nase.

»Puh«, Sam zog sich seine Schirmmütze tief ins Gesicht, »das darf doch nicht wahr sein! Mich würde verdammt noch mal interessieren, woher die das Gerücht haben. Schweinerei! Das war's dann wohl, ich muss mir einen neuen Job suchen.«

»Ach was, Sam. So schnell geben wir nicht auf«, sagte Riley entschlossen.

»Ihr habt gut reden. Ihr seid ja bereits in Verhandlungen mit einem neuen Arbeitgeber und nächste

Saison ohnehin nicht mehr dabei. Clever, das sinkende Schiff rechtzeitig zu verlassen.«

»Das ist nicht fair!«, grollte John. »Du weißt genau, dass das mit dem Unfall nichts zu tun hat!«

»Ein Fakt ist es trotzdem.«

»Aber das eine hat mit dem anderen nichts zu tun. Komplett daneben, deine Bemerkung!«

Sam zuckte mit den Schultern. »Findest du? In meinem Alter wird es schwer, wieder irgendwo unterzukommen! Diese Sorge habt ihr nicht.«

»Das gibt dir nicht das Recht …«

Riley unterbrach John: »Ruhig ihr zwei, ganz ruhig. Ein Streit fehlt gerade noch. Unsere Nerven liegen blank, das ist verständlich. Aber wir brauchen jetzt kühle Köpfe.«

Wenn das so weitergeht, sind wir selbst schuld am Untergang der Firma.

»Tut mir leid.« Sam stand auf und streckte John seine Hand entgegen. Der schlug sofort ein.

»Kein Problem, ich verstehe dich ja. Tut mir auch leid.«

Sie gingen runter ans Dock, um die Wasserflugzeuge für den Einsatz am Nachmittag vorzubereiten. Sam kniete sich hin und fütterte eine Ente mit altem Brot. Er hatte sie Frida genannt. Seit Wochen fraß sie ihm jeden Tag aus der Hand und schlug sich den Bauch voll.

Im Bürogebäude empfing Tanja Hansjörg, den Leiter einer deutschen Anglergruppe. Sie kamen jedes Jahr nach Alaska und hatten für den nächsten Tag einen

Flug in die Wildnis gebucht. Seit zwei Tagen führten sie wieder Passagierflüge durch. Sie ahnte, was kommen würde, als sie die aktuelle Ausgabe der Alaska Daily News unter seinem Arm entdeckte.

»Sie haben ja heute Morgen nicht gerade gute Presse«, sagte Hansjörg. »Meine Leute sind sehr verunsichert, ich ehrlich gesagt auch. Unter diesen Umständen müssen wir unseren Flug bei euch stornieren. Tut mir leid, ich hoffe, du verstehst das.«

Verdammt, nicht schon wieder. Wir brauchen den Umsatz!

»Sicher kann ich dich verstehen, Hansjörg. Dieser Artikel würde mich auch verunsichern. Selbstverständlich überlassen wir euch die Entscheidung. Ich bin dir auch gerne beim Umbuchen behilflich. Mir wäre aber wichtig, wenn du vorher mit unserem Chefpiloten John sprichst. Er wäre morgen mit euch geflogen. Einverstanden?«

Hansjörg nickte und wartete. Als John eintrat, strahlte er genau das aus, was es in Momenten wie diesen brauchte: Sicherheit. Sein kräftiger Händedruck und der freundliche Augenkontakt signalisierten Kompetenz und Vertrauenswürdigkeit. Ein kurzes Gespräch genügte, um Hansjörg umzustimmen. Tanja seufzte erleichtert, als der Kunde das Gebäude verlassen hatte. Sie strahlte John an.

»Gut gemacht, Liebling.«

»Danke, aber das war nur möglich, weil wir mit dem Gast persönlich sprechen und unsere Sicht der Dinge darlegen konnten. Diese Chance haben wir nur selten. Wir verlieren viele Passagiere, ohne es überhaupt zu merken. Die melden sich erst gar nicht.«

Tanja nickte und räumte die Kaffeetassen vom

Tisch. In diesem Moment stürmte Mike aus seinem Büro.

»Kommt mit, wir fahren alle ins Krankenhaus! Sofort.«

Hastig packten alle ihre Sachen und schlossen das Büro ab.

18

8. AUGUST

Das ganze Team war im Wartezimmer versammelt, als Andrea den Raum betrat. Sie lächelte und sagte: »Gute Nachrichten. Wir sind sehr zufrieden mit Joes Entwicklung. Der Aufwachprozess verlief ohne Komplikationen. Er ist schwach und müde, aber ansprechbar. Um ihn nicht zu überfordern, dürfen ihn heute maximal zwei Personen sehen. Wer begleitet mich zu ihm?«

Alle sahen sich gegenseitig fragend an. Nach einer Weile sagte John: »Ich schlage vor, dass Tanja und Sharon mitgehen. Sie stehen Joe am nächsten. Einverstanden?« Alle nickten.

Kurz darauf standen Tanja und Sharon vor Joes Bett in der Intensivstation. Der Geruch von Desinfektionsmitteln wehte ihnen entgegen und das Piepsen der Monitore war verwirrend. Joe lächelte müde, als er die Augen öffnete.

»Was ist passiert? Die Ärzte sagten … Unfall. Die

Passagiere?« Die Worte gingen Joe nur mühsam über die Lippen.

Tanja und Sharon erzählten abwechselnd die bekannten Details des Unfallhergangs und auch, dass die Familie aus Oregon mittlerweile nach Hause fliegen konnte.

Joes Gesicht hellte sich auf.

»Kannst du dich an irgendetwas erinnern?«, fragte Tanja behutsam.

»Nein, ähm, hab dem Mädchen ins Flugzeug geholfen. Sonst nichts.«

Tanja schaute Sharon fragend an. Sie war unsicher, ob jetzt der richtige Zeitpunkt war, um die eine Frage zu stellen. Sie nahm all ihren Mut zusammen und legte ihre Hand auf seine.

»Man hat in deiner Jackentasche Gras gefunden, Joe. Kannst du ausschließen, dass du zum Zeitpunkt des Unfalls bekifft warst?«

Joe schloss die Augen und sagte nach einer Weile: »Fliege nie mit Drogen.«

»Ja, das wissen wir. Wir vertrauen dir hundertprozentig.« Tanja spürte, wie nahe das Joe ging. »Keine Angst, es wird alles gut.« Dann umarmte sie ihn weinend und atmete auf. Joe lebte, konnte sprechen und Drogeneinfluss schloss er aus. Dafür war sie unendlich dankbar.

In diesem Moment kam Andrea in den Raum und sagte, dass Joe seine Ruhe brauchte.

»Nur noch eine Frage«, Sharon setzte sich neben Joe auf das Bett. »Kannst du dich an die Wetterverhältnisse vor dem Abflug erinnern?«

»Wind, Regen. Sauwetter.« Joe überlegte lange und

stockte. »Ich wollte eigentlich noch eine Stunde warten, der Sturm flaute ab. Aber Hartley hat gedrängt, weil wir sonst den Anschlussflug der Familie nach Portland verpasst hätten.«

»Hartley?« Tanja ballte die Fäuste.

Dieser arrogante Idiot hat sich also doch nicht zurückgehalten!

»Ihr wisst ja, wie der Alte ist. Ich lasse mich normalerweise zu nichts drängen. Es war ein Grenzfall. Letztlich habe ich selbst entschieden, den Flug zu wagen … Meine Verantwortung.« Joe schloss die Augen und verzog sein Gesicht. »Das war offensichtlich eine Fehleinschätzung, sonst würde ich jetzt nicht hier liegen. Mist, verdammter Mist!«

»Ganz ruhig, Joe. Mach dir keine Sorgen.« Tanja küsste ihn auf die Stirn und erhob sich vom Bett. Dann verließ sie mit Sharon zusammen die Intensivstation.

»Und?«, platzte es aus Mike heraus, als die beiden wieder das Wartezimmer betraten.

»Es geht ihm den Umständen entsprechend gut, wir konnten uns sogar ein wenig unterhalten«, sagte Tanja.

»Gott sei Dank!«

»Was den Unfallhergang anbelangt«, Tanja blickte in Mikes fahles Gesicht, »Joe kann sich nur noch daran erinnern, dass ihn Hartley bei stürmischem Wetter zum Abflug gedrängt hat. Und … er schließt kategorisch aus, dass Drogen im Spiel waren.«

»Uff, immerhin.« Mike seufzte erleichtert.

»Hartley! Ich erinnere mich an einen Tag im Mai bei ähnlichem Wetter. Warum verdammt noch mal mischt er sich ein, ohne dann die Verantwortung zu tragen?«, sagte Riley und schaute Mike, der Hartley immer wieder verteidigt hatte, vorwurfsvoll an. »Die

Verantwortung liegt bei uns Piloten. Und genau darauf hat Hartley auch hingewiesen, als ihn die Verkehrssicherheitsbehörde befragt hat. Der ist fein raus und wir hängen voll drin.«

»Riley hat recht, Dad. Du musst Hartley zur Verantwortung ziehen.«

Mike blickte aus dem Fenster. »Einfacher gesagt als getan. Wir sind auf ihn angewiesen. Er ist unser größter Kunde und das soll auch so bleiben. Das hat er mir gestern zugesichert. Vielleicht hilft er uns sogar mit einem Überbrückungskredit.«

Alle schauten ihn fassungslos an. Tanja sprach aus, was alle anderen dachten: »Wie bitte? Hartley soll uns aus der Patsche helfen? Ausgerechnet der?«

DER REST des Tages war für Tanja ein stetiges Auf und Ab. Sie war erleichtert, dass es Joe besser ging, aber die prekäre Lage der Firma bereitete ihr Sorgen. Es war außerordentlich schwierig, die Geschäftspartner zu halten.

»Ich weiß, dass ihr großen Wert auf Sicherheit legt«, erklärte ein Lodgebesitzer am Telefon. »Aber meine Gäste lesen auch Zeitung und weigern sich, mit euch zu fliegen. Bis die Gerüchte um Joes Marihuana-Konsum endgültig vom Tisch sind und etwas Gras über die Sache gewachsen ist, werden wir eine andere Firma beauftragen. Ich kann es mir nicht leisten, meine Gäste zu verlieren. Sorry.«

Das konnte ihm Tanja nicht übelnehmen. Was sie jetzt zwingend brauchten, waren entlastende Untersuchungsresultate der Behörden. Dass ausgerechnet Tom Hartley der Strohhalm war, an den sich Mike klammerte, belastete Tanja zusätzlich.

Es muss einen anderen Weg geben! Hartley kann nicht die Lösung sein.

Als Tanja glaubte, es könne nicht mehr schlimmer werden, kam Mike mit hängenden Schultern aus seinem Büro.

»Ich hatte soeben ein Telefongespräch mit einem Anwalt aus Oregon. Er vertritt Joes Passagiere. Ein junger, aggressiver Typ, der auf Schadenersatz und Schmerzensgeld aus ist. Als hätten wir nicht schon genug Probleme!«

Tanja schlug das Herz bis zum Hals.

Am Abend fiel sie erschöpft aufs Bett. Billy sprang zu ihr und legte seinen Kopf auf ihren Bauch. Die Zuwendung beruhigte sie. Bevor sie das Smartphone auf Flugmodus stellte, las sie eine Nachricht von David.

Hey Mom, ich bin so froh, dass es Joe besser geht! Aber ich habe auch die Online-Ausgabe der Alaska Daily News gelesen. Ich leide mit euch allen und würde gerne helfen. Ein Scheißgefühl, tatenlos in Arizona zu sitzen. Kannst du mich morgen Abend anrufen? Wir müssen unbedingt reden.

Tanja freute sich über diesen Vorschlag. Gleichzeitig beschlich sie ein mulmiges Gefühl.

Hoffentlich gibt es von ihm nicht auch noch schlechte Nachrichten.

19

10. AUGUST

Tanja saß in ihrem Lieblingscafé und genoss ein paar ruhige Minuten für sich allein. Sie hielt gedankenversunken ihren Latte macchiato in beiden Händen. Ein Gespräch zweier Frauen am Nebentisch zog ihre Aufmerksamkeit auf sich.

»Koks könnte auch noch im Spiel sein. Jedenfalls sagt das ein Freund von mir, der diesen Joe Miller persönlich kennt.«

»Tatsächlich? Unglaublich, dass so einer überhaupt die Pilotenlizenz besitzt. Der Staat sollte bei solchen Piloten viel härter durchgreifen, genauso bei den Flug-taxi-Unternehmen!«

Am liebsten wäre Tanja aufgestanden und hätte den Frauen ihre Meinung gesagt. Sie ließ es bleiben, sie hatte für so was keine Energie übrig. Der Plan, sich im Café nach dem Stress der letzten Tage etwas zu entspannen, funktionierte nicht. Es gab in Anchorage kein Entkommen. Der Flugzeugabsturz und die

Drogengerüchte waren das Tagesgespräch. Tanja mied inzwischen die Artikel im Internet. In Onlinekommentaren wurde heftig gegen die Alaska Bush Pilots gehetzt. Der letzte Kommentar, den sie gelesen hatte, war einer zu viel: »Die Firma muss sofort geschlossen werden und die Verantwortlichen gehören eingebuchtet!« Solche Aussagen machten sie gleichzeitig wütend und traurig.

Als Tanja am Lake Hood vor dem Bürogebäude vorfuhr, lief sie als Erstes John über den Weg, der vom Hangar kam.

»Hallo Liebling«, Tanja wollte ihn umarmen, spürte aber sofort, dass er schlecht drauf war.

»Warum wurde bei der letzten Materiallieferung zu Tom Hartleys Lodge die Kiste mit dem Bier vergessen, die er bestellt hatte? Wir können es uns jetzt nicht auch noch leisten, unzuverlässig zu sein!«

»Keine Ahnung. Ich muss das mit Sharon besprechen. Auch möglich, dass Hartley das Bier zwar bestellen wollte, es dann aber vergessen hat. Das kam schon häufiger vor.«

»Das kann ich mir nicht vorstellen, so sauer wie er heute Morgen war.« John fuhr sich aufgebracht durch die Haare.

»Wie auch immer. Morgen fliegen wir die Lodge wieder an. Ein Flug mit zwei Gästen aus San Francisco ist gebucht. Dann kannst du ja die Kiste mitnehmen.«

»Heute hätte die Kiste bereit sein sollen! Dass wir morgen wieder einen Flug dorthin geplant haben, weiß ich selbst.« John drehte sich um und lief zurück zum

Hangar, ohne ein weiteres Wort zu verlieren. Tanja stand mit offenem Mund vor dem Büro und schaute ihm verblüfft nach.

Sharon trat nach draußen und bot Tanja einen Donut an. »Was ist denn mit dem los? So kenne ich John gar nicht.«

»Er ist wegen Hartley gestresst. Noch mehr Ärger«, erklärte Tanja.

»Das kann ihm doch egal sein. Er und Riley sind ja Ende der Saison fein raus. Die haben bereits mehrere Angebote auf dem Tisch.«

»Die Alaska Bush Pilots sind John nicht egal. Er hat viel Herzblut in die Firma gesteckt und fühlt sich Mike verpflichtet. Das spüre ich immer wieder.«

Sharon neigte ihren Kopf zur Seite. »Die Zerreißprobe innerhalb der Firma müsste ja nicht sein. Vielleicht finden David und Riley doch noch zueinander.«

»Das Thema hatten wir schon. Klar wäre das schön, ist aber nicht unsere Angelegenheit«, erwiderte Tanja leicht säuerlich. »Ich kann David wie auch Riley verstehen und gebe niemandem die Schuld.«

»Ich meine ja nur …«

Warum tun alle so, als wäre alles Davids Schuld? Warum erwarten alle von ihm, dass er einlenkt, damit die Barbers bleiben?

Sharon wechselte rasch das Thema. »Wann liefert die Verkehrssicherheitsbehörde ihren Unfallbericht endlich ab? Wenn die Fakten auf dem Tisch liegen, wird den Gerüchten der Nährboden entzogen.«

Tanja nickte und kickte ein paar Kieselsteine weg. »Dad erwartet den Bericht in Kürze. Er hat schon mehrmals versucht, Druck zu machen. Aber die Behörden lassen sich alle Zeit der Welt. Es wäre das

Mindeste, wenn sie wenigstens die Resultate von Joes Bluttest veröffentlichen würden. Auch von den Ärzten kriegen wir die Ergebnisse nicht, die müssen ihre Schweigepflicht einhalten.«

»Bist du dir sicher, dass man darin nichts gefunden hat?«

»Ja, ich vertraue Joe.« Tanja blickte erschöpft über den See. Am Horizont öffneten sich die Wolken und die ersten Sonnenstrahlen des Tages spiegelten sich auf dem Wasser.

Lichtblicke. Wenn das nur ein Omen für die Zukunft der Firma wäre.

AM ABEND HATTE sich die Sonne endgültig durchgesetzt und Tanja trank auf ihrer Terrasse ein Glas Rotwein. Sie lehnte sich im Stuhl zurück und genoss die Aussicht auf den Pazifik. Billy kaute derweil neben ihr an einem Knochen. Sie freute sich auf ihr Telefonat mit David, auch wenn sie das mulmige Gefühl nicht ganz hatte abschütteln können. Bereits nach dem ersten Klingelton war er dran und es tat ihr gut, seine Stimme zu hören.

Wie er mir fehlt.

Nach dem Austausch über die Ereignisse in Alaska kamen sie auf seine Pilotenausbildung zu sprechen.

»In zwei Wochen beginnen die Prüfungen. Bei den bisherigen Tests war ich meist Klassenbester. Es läuft alles nach Plan.«

»Gratuliere! Mal abgesehen davon, wie geht es dir?«

Einen Moment lang war es still in der Leitung.

David schien sich mit dieser Frage schwerzutun. »Na ja, du fehlst mir. Alaska fehlt mir. Riley auch.«

»Riley?«

»Ich hatte einen Flirt mit einer anderen Frau. Hübsch und clever, auch eine Pilotin. Nichts Ernstes, …«, Davids Stimme stockte, »sie ist nicht wie Riley. Niemand ist wie sie. Seither fehlt sie mir noch mehr.«

»Das klingt für mich so, als wärst du dir nicht mehr sicher?«

»Nein, so ist es nicht. Ich bin noch nicht so weit, Vater zu werden. Aber Riley fehlt mir trotzdem. Und der Gedanke, dass sie unser gemeinsames Kind alleine großziehen will, macht mich manchmal halb verrückt.«

»Das kann ich verstehen. Was auch immer kommt, auf meine Unterstützung kannst du zählen.«

»Danke, Mom. Tut gut, das zu hören.« David seufzte erleichtert.

»Manchmal denke ich aber schon, dass es schade um eure Beziehung ist.« Tanja suchte nach den passenden Worten. »Manchmal frage ich mich, ob es wirklich keine Lösungen gibt, welche deinem Bedürfnis nach Freiheit sowie auch Riley und dem Baby gerecht werden.«

»Wenn es diese Lösung gäbe, hätte ich sie längst gefunden. Ich habe lange genug darüber nachgedacht.«

»Daran zweifle ich nicht. Laura und ich würden mit Freude einen Anteil an der Betreuung übernehmen. Sie strickt schon den ersten Pullover. Dein Großvater hat auch durchblicken lassen, dass im Büro durchaus Platz für ein Baby und eine Spielecke wäre. Und die Fluggäste würden sich ebenfalls über den Nachwuchs freuen.«

»Willst du mich unter Druck setzen?«

»Nein, nein, auf keinen Fall! Ich wollte dir nur signalisieren, dass wir eine große Familie sind und es dein Kind nirgendwo besser haben wird. Das bedeutet auch, dass du und Riley weder auf die Fliegerei noch auf eure Paarzeit verzichten müsstet. Das Baby wird nicht alles verändern.«

»Du hast mir gegenüber doch immer wieder erwähnt, dass du viel zu früh geheiratet hast und Mutter geworden bist! Deswegen hast du doch deine Träume nie gelebt!«

Oh, hat er meinetwegen einen übersteigerten Freiheitsdrang entwickelt? Oder gar Bindungsangst?

»Ja, das stimmt, klar habe ich manchmal auch damit gehadert. Aber vor allem die schwierige Beziehung mit deinem Vater war das Problem. Du warst von Anfang ein Glücksfall. Verantwortung zu übernehmen, ist der Schlüssel zu einem sinnvollen Leben. Das ist nicht immer einfach, aber davon kommt viel Nährendes zurück. Jedenfalls habe ich das so erlebt.«

David schwieg eine Weile. »Lieb von euch, dass ihr Riley und mich unterstützen wollt. Aber am besten mischt sich niemand von euch ein! Und nochmals: Ich erwarte von Grandpa nicht, dass er John und Riley ziehen lässt. Ich kann auch anderswo Pilot sein. Das wäre sogar wesentlich einfacher für mich!«

Tanja senkte ihre Stimme und versuchte, zu beschwichtigen: »Das weiß ich und ich will dich auch nicht bemuttern. Ich habe nur ein paar Gedanken in Worte gefasst. Tut mir leid.«

»Ist gut. Ich muss jetzt weiter. Tschüss, Mom.«

Tanja war über das brüske Ende des Telefonats

traurig und setzte sich zu Billy auf den Boden. Der legte seinen Kopf auf ihren Oberschenkel und blickte sie treuherzig an. Auf ihn war immer Verlass, wenn es ihr schlecht ging. Dann erinnerte sie sich daran, was ihre Freundin Sandra oft zu ihr gesagt hatte: »Kinder brauchen Elternliebe besonders dann, wenn sie sie nicht verdienen.«

Sie griff nochmals zu ihrem Smartphone und tippte David eine Nachricht:

Ich hab dich lieb und bin immer für dich da! Love Mom.

20

25. AUGUST

Joes körperlicher Zustand verbesserte sich täglich und das Ärzteteam war erfreut über den rasch voranschreitenden Genesungsprozess. Er war inzwischen von der Intensivstation auf die allgemeine Abteilung verlegt worden. Seine moralische Verfassung hingegen war gedrückt. Die Vorverurteilungen in den Medien setzten ihm zu, obwohl alle bemüht waren, ihn davon weitgehend abzuschirmen. Gewissensbisse und Selbstvorwürfe nagten genauso an ihm wie die fehlende Erinnerung an den Unfall. Jeden Tag besuchte ihn ein Crewmitglied, heute war Tanja an der Reihe.

»Wann kommt der verdammte Untersuchungsbericht endlich?«

»Es kann nicht mehr lange dauern.« Tanja lächelte ihm zu und versuchte, Zuversicht auszustrahlen.

»Bist du dir sicher, dass mich der Bericht entlastet?«

»Sicher nicht, aber zumindest hoffnungsvoll und

zuversichtlich. Ich kann es mir nicht anders vorstellen. Du bist ein ausgezeichneter Pilot mit viel Erfahrung. Das schließt Fehler zwar nicht aus, aber grobfahrlässig hast du nicht gehandelt. Davon bin ich überzeugt.« Sie drückte kurz seine Hand und strich die Decke glatt.

»Hoffen wir, dass die Behörde das auch so sieht. Meinen Job bin ich wohl trotzdem los.«

»Wie kommst du denn darauf?«

Joe richtete sich mit schmerzverzerrtem Gesicht auf. »Ich kann mir nicht vorstellen, dass Mike weiterhin auf mich setzen wird. Außerdem sieht die Zukunft der Alaska Bush Pilots ohnehin düster aus. Wenn John die Firma verlässt, ist es endgültig vorbei. Wie ich gehört habe, hat sich sogar Hartley als Geldgeber wieder zurückgezogen. Es sieht nicht rosig aus, Tanja. Weder für die Firma noch für mich.«

Hartley hat sich zurückgezogen? Das hat mir Dad nicht erzählt. Dann sieht es tatsächlich alles andere als rosig aus.

»Wir werden einen Weg finden. So schnell geben wir nicht auf.«

»Dein Optimismus in Ehren, aber du bist mit deiner Zuversicht mittlerweile ziemlich allein.« Joe schnaubte.

Tanja sah ihn überrascht an: »Was soll das denn heißen? Es ist nicht vorbei, bis es vorbei ist! Ich bin enttäuscht, dass ihr die Flinte bereits ins Korn werfen wollt. Ist das die Mentalität in Alaska? Ich habe immer gedacht, hier gäbe es noch richtige Männer. Männer, die jedem Sturm trotzen, keine Weicheier!«

»Du tust uns unrecht. Das Leben in dieser rauen Gegend hat uns gelehrt, dass man nur Kämpfe führen soll, die man auch gewinnen kann. Alles andere ist in der Wildnis meist tödlich.«

Tanja trat nachdenklich ans Fenster und sah eine Gruppe Gänse, die in einer V-Formation Richtung Süden flog. Der Anfang einer langen Reise in wärmere Gefilde.

Was uns fehlt, ist ein Krisenmanager, der vorausgeht und daran glaubt, dass wir es schaffen können. Jemand, der alle anderen mitzieht. Dad und John scheint diese Rolle nicht auf den Leib geschneidert. Aber wer dann?

Dann verabschiedete sich Tanja herzlich von Joe und ließ ihm das letzte Wort in dieser Sache. Vorerst.

»FÜR DICH«, rief Sharon Mike zu, der mit Sam auf der Veranda des Firmengebäudes diskutierte. »Jack Smith von der Verkehrssicherheitsbehörde. Er wollte nicht sagen, worum es ging.«

Mit schnellem Schritt lief Mike durch den Gang zu seinem Büro. Die Nachricht, mit wem Mike gerade telefonierte, verbreitete sich in Windeseile. In Kürze war die ganze Belegschaft auf der Veranda versammelt. Außer Riley, die einen Materialtransport für eine Lodge durchführte. Sie hatten zu wenig Aufträge, um davon leben zu können, aber es war besser als gar nichts.

»Daumen drücken«, sagte John.

»Das ist wohl bitternötig«, erwiderte Sam und runzelte seine Stirn.

Die Anspannung war spürbar. Die Existenz der Firma und Joes Zukunft standen auf dem Spiel. Nur Buck und Billy ließen sich von den Ereignissen nicht beeindrucken und tollten um die Crew rum, die unruhig auf Informationen wartete. Der Himmel über

Anchorage verdunkelte sich rasch, laut den Wetternachrichten war ein Gewitter im Anzug.

»Auch das noch!«, kommentierte Sharon die ersten Tropfen.

Dann hörten sie Mikes Bürotür aufspringen und seine Schritte auf dem knarzenden Holzboden. Sein Gesichtsausdruck war ernst und ließ nichts Gutes erahnen. Er setzte sich an den Tisch und faltete bedächtig seine Hände. Alle Augen waren auf ihn gerichtet.

»Der Bericht wird morgen veröffentlicht. Joe hat die Wettersituation falsch eingeschätzt und wurde von einer unerwartet starken Windböe erfasst. Seine Entscheidung für den Start sei aber nicht grobfahrlässig gewesen. Smith geht von einem unglücklichen Zusammenspiel mehrerer Wetterfaktoren aus. Das könne in Alaska jedem Piloten passieren. Die extremen Wetterbedingungen in den Bergen wurden im Bericht auch berücksichtigt.«

»Uff, das ist doch schon mal was«, atmete Sam auf.

»Was hat der Bluttest ergeben?«, wollte John wissen.

»Es konnten in seinem Blut weder Alkohol noch Drogen in einer strafbaren Konzentration nachgewiesen werden. Alles innerhalb der Grenzwerte.«

»Gott sei Dank«, murmelte Sam.

Tanja und Sharon klatschten sich gegenseitig in die Hände. Die Erleichterung war ihnen ins Gesicht geschrieben. Das Fazit der Untersuchung war eindeutig und genauso, wie sie sich das erhofft hatten. Es würde weder ein Verfahren gegen Joe noch die Alaska Bush Pilots geben.

»Natürlich bin ich froh über diesen Bescheid und ich

teile eure Erleichterung«, fuhr Mike fort. »Über den Berg sind wir deswegen aber noch lange nicht. Wir verlieren jeden Tag Geld und ob wir unsere Stammkunden zurückgewinnen können, steht in den Sternen.«

Ach Dad, jetzt wäre ein Motivator gefragt. Jemand, der entschlossen und zuversichtlich vorangeht. Nicht ein Zweifler.

»Aber es ist auf jeden Fall ein Silberstreifen am Horizont, Dad! Ein erster Erfolg auf dem Weg zurück. Darauf stoßen wir jetzt alle an!«

Tanja stand auf und holte Bierflaschen aus dem Kühlschrank. Der Regen wurde stärker und die ersten Blitze zuckten am Horizont. Kurz danach ertönte ein ohrenbetäubendes Donnergrollen.

»Tanja hat recht, wir haben heute einen Grund zu feiern. Auf Joe!« John hob seine Bierflasche und die anderen taten es ihm gleich. »Auf Joe!«

Sharon baute mit ihrem Smartphone eine Skype-Verbindung mit Joe im Krankenhaus auf. Tanja fiel nicht zum ersten Mal auf, dass die beiden seit dem Unfall einen besonders guten Draht zueinander hatten. Joe freute sich sichtlich über den Anruf, hatte aber Ringe unter den Augen und wirkte blass.

»Wir haben gute Neuigkeiten! Der Bericht kommt morgen raus und du bist in allen Punkten entlastet! Es gibt keine Anklage. Weder gegen dich noch gegen die Firma!«

Erneut hoben alle ihre Bierflaschen und prosteten Richtung Smartphone-Kamera, die Sharon auf das Team richtete. »Auf dich, Joe!«

Die Stimmung war ausgelassen wie schon lange nicht mehr und die Talsohle schien durchschritten.

Sharon zog sich in Mikes Büro zurück und erzählte Joe die bekannten Details des Untersuchungsberichtes. Er hörte wortlos zu, dann liefen ihm Tränen über die Wangen. Eine tonnenschwere Last wich von Joes Schultern. Nun konnte auch der psychische Heilungsprozess beginnen.

21

11. SEPTEMBER

Das Herbstlaub an den Bäumen spiegelte sich auf dem Lake Hood und die letzten Nebelschwaden über dem Wasser wichen allmählich der Sonneneinstrahlung. Tanja wartete an diesem wunderschönen Herbstmorgen auf den angesehenen Naturfotografen Roy Siegle. Er kam jedes Jahr für fünf Tage nach Anchorage und ließ sich von den Alaska Bush Pilots in die Wildnis fliegen. Seine preisgekrönten Fotos verkaufte Siegle großen Naturzeitschriften und in seiner renommierten Galerie in New York.

Tanja hatte sich seit Tagen auf diesen Termin gefreut und ging unruhig auf dem Dock auf und ab. Die Cessna stand für den Abflug bereit, es fehlte nur noch der Maestro mit seiner Ausrüstung.

»Sobald du von der Fotosafari mit Roy zurück bist, gibt es noch eine Team-Sitzung«, sagte Mike und winkte ihr im Vorbeigehen zu.

»Ist gut, bin gespannt.«

Tanja winkte zurück und wandte sich danach dem heranbrausenden Van zu. Sharon hatte Roy in seinem Hotel abgeholt. Tanja öffnete die Beifahrertür und wurde sofort von Roys warmen Lachen in den Bann gezogen. Sie sollte ihm beim Tragen und Aufstellen der umfangreichen Fotoausrüstung helfen und nach Bären oder anderen wilden Tieren Ausschau halten. So konnte Roy sorglos in seine Welt eintauchen, um jene Fotos zu schießen, die ihn berühmt gemacht haben. Roy umarmte sie herzlich und strahlte über das ganze Gesicht.

Wow, er hat sich die Haare schulterlang wachsen lassen.

Nach der Begrüßung beluden sie zusammen mit Riley das Wasserflugzeug mit der umfangreichen Fotoausrüstung. Flugziel war ein idyllischer Bergsee, den sie schon im letzten Jahr mit Roy angeflogen hatten. Damals war das Licht nicht stimmig gewesen und er hatte kein einziges Foto mitgebracht. In diesem Zusammenhang zitierte er gerne den Starfotografen Ansel Adams: »Zwölf gute Fotos in einem Jahr sind eine gute Ausbeute.«

Neunzig Minuten später schoss Roy am See die ersten Fotos. Die tief hängenden Wolken und die vereinzelten Sonnenstrahlen tauchten die Tundra und den Bergsee in ein angenehmes Licht. Die schneebedeckten Berge im Hintergrund waren die perfekte Kulisse. Das startende Wasserflugzeug fügte sich wunderbar in die Szenerie ein.

»Und plötzlich sind wir allein in der Wildnis. Immer

und immer wieder ein spezieller Moment«, sagte Roy, als Rileys Maschine am Horizont abdrehte und hinter einem Berg verschwand.

Tanja ging ein paar Schritte auf einen kleinen Hügel und schaute sich um. Es war nicht nur die majestätische Szenerie Alaskas, auch die Stille und die Weite berührten sie immer wieder. Weit und breit kein Zeichen menschlicher Zivilisation. Eine Atmosphäre, die selbst die stimmigsten Fotos nicht ausreichend vermitteln konnten.

Was für ein Ausblick! Tage wie heute sind unbezahlbar.

»Das ist das Alaska meiner Träume«, schwärmte Roy, während er den Rest seiner Ausrüstung zusammensetzte. »Vor rund fünfundzwanzig Jahren war ich das erste Mal mit einer Reisegruppe hier. Wir haben viel gesehen, aber wenig richtig erlebt. Das einmalige Gefühl, welches die Wildnis vermitteln kann, hat sich in der Gruppe nie eingestellt.«

»Das sagt Dad auch immer. Die Wildnis lässt sich nur allein oder zu zweit erleben. Im Lärm und im Schutz einer Gruppe geht das spirituelle Erlebnis verloren. Man beschäftigt sich mehr mit den anderen Menschen als mit der Umgebung.«

Roy lächelte. »Schön auf den Punkt gebracht. Um etwas wirklich zu sehen und zu fühlen, muss man mit allen Sinnen eintauchen. Die visuelle Ebene genügt nicht.«

Tanja lief weiter und richtete es sich auf einem übersichtlichen Hügel gemütlich ein. Aus der Ferne hatte sie den Eindruck, dass Fotografie für Roy eine Form der Meditation war. Er saß bewegungslos am selben Platz und wartete auf den richtigen Moment.

Ohne etwas zu erzwingen und ohne ungeduldig zu werden. Wenn aber der richtige Moment kam, war er bereit. Manchmal gab es an einem ganzen Tag nur eine Chance oder auch keine. Tanja rollte die Picknick-Decke aus, legte sich auf den Rücken und beobachtete die vorüberziehenden Wolken. Die Verbindung mit der Natur brachte ihre Lebensgeister langsam wieder zurück. Gedanken über die Zukunft der Firma kamen und gingen, ohne zu belasten. Sie ließ alles geschehen, ohne Zwang oder Druck wie ein Radio, das nur Signale empfing. Unvermittelt huschte ein Lächeln über ihr Gesicht. Momente des Glücks nach einer schwierigen Zeit.

Am Mittag setzte sich Roy zu ihr auf die Decke und sie erfreuten sich am Picknick: geräucherter Wildlachs, Meerrettichschaum und frisches Brot.

»Alaska ist größer als Texas, Kalifornien, Arizona und Florida zusammen. Und dies bei einem Bruchteil der Bevölkerung«, sagte Roy.

»Ja, das beeindruckt mich auch immer wieder. Diese Weite gibt es in der Schweiz nicht. Wahnsinn!«

»Ich führe seit einiger Zeit Workshops für ambitionierte Fotografen durch. Letzten Frühling waren wir in einem Wildniscamp in Botswana und haben fantastische Bilder von Löwen, Elefanten und anderen wilden Tieren geschossen.« Roy prostete Tanja mit einem Glas Weißwein zu. »Die Durchführung einer Wildnis-Fotosafari könnte ich mir auch in Alaska vorstellen. Mir schwebt nicht eine dieser Luxus-Lodges vor, sondern eher ein einfaches Zeltcamp, das stärker in die Natur integriert ist. Hast du da eine Empfehlung?«

»Hm, soweit ich weiß, gibt es einige solcher Camps für Trophäenjäger, die von dort aus Bären und Elchen nachstellen.«

»Das kommt für mich nicht infrage! Damit will ich nichts zu tun haben.« Roys Stimme bebte. Er setzte sich in Naturschutzorganisationen seit Jahren für ein Verbot der Trophäenjagd ein.

»Ah, okay, verstehe. Ich hör mich mal um und gebe dir Bescheid.«

Für Tanja war der gemeinsame Lunch eine gute Gelegenheit, mehr über Roy zu erfahren.

»Wie hast du es eigentlich geschafft, derart erfolgreich zu werden? Fotograf ist ja nicht der einfachste aller Berufe. Die Konkurrenz ist enorm.«

»Ich fotografiere aus Leidenschaft. Ich lebe meine Bestimmung und alles andere muss hintenanstehen. Fotografie ist mein Leben. Die ersten zehn Jahre war ich übrigens konstant pleite. Viele wissen nicht, wie viel ich investiert habe, um an diesen Punkt zu kommen. Im Nachhinein sieht alles so spielerisch leicht aus. Das war es nicht. Das ist es bei niemandem, der erfolgreich ist.«

Tanja schenkte Weißwein nach, während Roy laut über sein Leben als Fotograf nachdachte. »Talent ist sicher hilfreich, aber letztlich sind es die unzähligen Stunden harter Arbeit, die Früchte tragen. Meine ersten zehntausend Fotos waren bestenfalls Durchschnitt. Unbrauchbar für kommerzielle Zwecke. Nur was sich abhebt, kann auf dem Kunstmarkt bestehen.«

Eine Frage brannte Tanja schon länger auf der Zunge: »Mir ist es wichtig, magische Momente zu sammeln. Momente, die sich für immer im Gedächtnis und im Herzen einbrennen. Verpasst du diese Momente nicht, weil die Kamera die Verbindung mit dem Motiv verhindert?«

Sie sah über den See und suchte nach den richtigen Worten, um ihre Gedanken verständlich auszudrücken. »Die Wildnis und ihre Tiere werden beim Fotografieren zum Objekt. Die Verbindung, das Einssein, löst sich dadurch auf. Damit verschwindet auch die Magie des Augenblicks … Kannst du mir folgen?«, sagte Tanja und lachte. Roy runzelte die Stirn und schwieg.

Fasst er meine Gedanken als Kritik an seiner Arbeit auf?

»Hm, guter Punkt. Du sprichst aber vom Knipsen. Die unsägliche Krankheit der heutigen Zeit, immer und überall das Smartphone zu zücken, um alles festzuhalten und anschließend auf den sozialen Medien zu verwerten. Fotografie ist viel mehr als das. Die Kamera ist die Erweiterung meiner selbst. Ich nehme sie nicht als Gegenstand wahr, der zwischen mir und meinen Motiven steht. Meine Kamera und ich sind eins. Gute Fotografien vermitteln die Essenz des Lebens und erzählen Geschichten.« Nach einem Schluck Wein zitierte Roy den Filmemacher und Fotografen Robert Bresson. »Die Aufgabe des Fotografen ist es, sichtbar zu machen, was ohne ihn nie wahrgenommen worden wäre.«

Roy stand auf, um sich wieder an die Arbeit zu machen. Er lächelte Tanja an, als er ergänzte: »Das hat übrigens wenig mit Technik, dafür umso mehr mit Sehen und Hingabe zu tun.«

Nachdem Tanja am späten Nachmittag Roy mit dem Van zurück in sein Hotel gefahren hatte, fuhr sie umgehend zurück an den Lake Hood, wo die gesamte Crew am Holztisch vor dem Büro versammelt war. Mike winkte ihr nervös zu.

»Gut, dass du da bist! Dann können wir anfangen.« Mike kam sofort auf den Punkt. »Die Lage hat sich seit der Veröffentlichung des Untersuchungsberichts etwas entspannt und Joe geht es täglich besser. Das sind die guten Nachrichten. Aber wir verlieren immer noch täglich Geld. Diese Saison werden wir nicht retten können. Auch wenn uns der Untersuchungsbericht den Rücken stärkt, hat unsere Reputation auf dem Markt trotzdem gelitten. Unsere bis dahin makellose Unfallbilanz war ein schlagendes Verkaufsargument. Das fehlt uns jetzt.«

»Die Berichterstattung der Alaska Daily News war unfair«, sagte Sam aufgebracht. »Die Ergebnisse des Untersuchungsberichtes wurden zwar veröffentlicht, aber weit weniger prominent als die Gerüchte in den Wochen davor. Eine Entschuldigung für die Vorverurteilung gab es nie!«

Mike nickte und fuhr fort: »Wie ich bei der letzten Sitzung bereits angedeutet habe, brauchen wir einerseits Geld, andererseits vollwertigen Ersatz für John und Riley. Im Idealfall finden wir einen Investor, der nicht nur das notwendige Kapital, sondern auch ein gutes Beziehungsnetz mitbringt. Vorschläge?« Mike blickte in die Runde und sah nur lange Gesichter. »Ihr seht, das ist nicht einfach. Darum bin ich froh darüber, dass Tom Hartley sich unter gewissen Bedingungen eine Beteiligung an der Firma vorstellen kann.«

»Ausgerechnet Hartley!«, Tanja schlug mit der Faust auf den Tisch. »Wenn er Joe nicht dazu gedrängt hätte, bei schlechten Wetterbedingungen abzufliegen, würden wir jetzt nicht in dieser Scheiß-Situation stecken!«

»Erstens ist der Pilot verantwortlich und zweitens ist der Unfall nicht unser einziges Problem«, erwiderte Mike brüsk.

»Die Tatsache, dass er unser größter Kunde ist, macht es uns nicht gerade einfach, ihm die Stirn zu bieten und auch mal Nein zu sagen«, sagte Riley. Die anderen nickten zustimmend.

»Ich kann eure Vorbehalte gegen Tom verstehen. Aber er bringt genau das mit, was uns momentan fehlt: Mit seinen fünf Wildnis-Lodges generiert er ein großes Auftragsvolumen für Flugtaxis, er hat Geld und zudem ein Beziehungsnetz wie sonst niemand in Alaska.«

Tanja ließ sich nicht damit besänftigen. »Welche gewissen Bedingungen stellt er?«

Mike räusperte sich und blickte auf den Tisch. »Er will einundfünfzig Prozent der Aktien.«

»Mit anderen Worten: Hartley hat künftig das Sagen. Wir alle, inklusive dir, sind nur noch Angestellte! Das kann doch nicht dein Ernst sein! Du verscherbelst deine Firma, ja deine ganze Familie an diesen Egomanen!« Tanja schnaubte und ballte die Fäuste.

»Deine Entrüstung in Ehren, Tanja. Aber hast du auch konstruktive Lösungsvorschläge? Alternativen zu Hartley? Ist ein Konkurs für die Anwesenden die bessere Option?« Stille. Mike sprach aus, was alle dachten. Die Situation war ausweglos.

»Wir könnten unser Dienstleistungsangebot ausbauen und neue Zielgruppen ansprechen. Ich denke zum Beispiel an Fotosafaris, da wäre doch ein großes Potenzial.«

»Viele unserer großen Kunden sind bekanntlich Reiseveranstalter. Die werden nicht tatenlos zuschauen, wenn wir in ihr Geschäftsfeld eindringen. Sollen wir deren Auftragsvolumen auch noch aufs Spiel setzen? So einfach ist es nicht.«

Verdammt, Dad hat recht. Kritisieren ist einfacher, als Lösungsvorschläge zu entwickeln.

»Tut mir leid. Ich weiß, wie nahe dir das geht. Ich habe kein Recht dazu, dich anzugreifen. Du tust dein Bestes, um unsere Jobs zu sichern. Aber einen Wunsch hätte ich trotzdem.«

»Und?«

»Halt Hartley noch ein paar Wochen hin. Du kannst mit ihm verhandeln, aber ohne dich festzulegen. Unterzeichne noch keine Verträge.«

Mike sah sie skeptisch an. »Was soll das bringen?«

»Das gibt uns die Chance, intensiver nach anderen Wegen zu suchen. Noch geben wir nicht auf. Ich glaube fest daran, dass es Lösungen gibt, wie wir die Seele der Firma retten können. Genau die würden wir mit Tom Hartley nämlich verlieren.«

»Guter Plan«, sagte Sharon. »Gib uns etwas Zeit und wir setzen alle erdenklichen Hebel in Bewegung. Vielleicht finden wir eine Alternative, dann kannst du zwischen zwei Varianten entscheiden.«

Mike blickte in die Runde und sah, dass Tanjas Vorschlag auf Resonanz stieß. Selbst Riley und John wollten die Firma nicht kampflos vor Hartleys Füße werfen.

»Nun gut, eure Haltung und Kampfbereitschaft

berühren mich. Ende September müssen wir eine Entscheidung treffen. Es bleiben uns knapp drei Wochen. Viel Glück!«

Uff, jetzt müssen wir liefern.

JOHN ÜBERNACHTETE nach langer Zeit wieder in Tanjas Wohnung. Ihre Beziehung litt unter den aktuellen Ereignissen. Die gegenseitige Anziehungskraft war zwar ungebrochen, aber Rileys Schwangerschaft und die unsichere Zukunft der Alaska Bush Pilots beschäftigten sie sehr.

»Wir müssen reden«, hatte sie gestern erneut vorgeschlagen. »Nur so kommen wir weiter!«

John hatte nur entnervt abgewinkt. »Es gibt nichts, was wir nicht schon mehrmals besprochen haben. Die Dinge sind, wie sie sind, man kann sie nicht wegreden.«

So ging das seit Wochen. John war leicht reizbar und noch schweigsamer als sonst. Tanja hingegen war um Harmonie bemüht, was ihr nur selten gelang. Ein ständiges Auf und Ab der Gefühle wurde in ihrer Beziehung zur neuen Normalität.

»Du bist eine beeindruckende Frau, weißt du das?« John schlüpfte unter die Decke und legte einen Arm um Tanja.

»Danke, Liebling. Ich spüre tief in mir drin, dass wir die Firma jetzt nicht aufgeben dürfen.« Sie kuschelte sich an ihn und legte ihren Kopf auf seinen nackten Oberkörper. »Es lohnt sich genauso, für unsere Beziehung zu kämpfen. Sicher wird es nicht einfacher, wenn das Baby unserer Kinder da ist. Aber wir finden einen

Weg. Es wird immer mehr Verbindendes als Trennendes zwischen uns geben. Spürst du diese Gewissheit nicht auch?«

John schwieg, drückte Tanja fest an sich und küsste sie liebevoll auf die Stirn.

22

16. SEPTEMBER

Tom Hartley empfing Mike in seinen großzügigen Büros in Anchorage. Von hier aus steuerte er sein Firmenimperium in Alaska. Dazu gehörten fünf renommierte Lodges in der Wildnis, Souvenir-Shops, Restaurants, ein Outdoorgeschäft und ein Reiseveranstalter. Seine Firmen führte er mit eiserner Hand – wer nicht spurte, war weg. Sei gut oder du bist weg, sagte er seinen Mitarbeitern immer. Mit Hartley, der drei Jahre lang in der US-Army gedient hatte, legte sich in Anchorage niemand an.

»Ich lasse mich nicht gerne hinhalten, Mike.«

»Für den Verkauf meines Lebenswerks benötige ich Zeit. Das schulde ich auch meinen Mitarbeitern.«

»Ach, hör doch auf! Wir haben längst alle Details ausgearbeitet und der Deal ist gut für dich. Du kannst doch froh sein, dass dir jemand aus der Patsche hilft!«

Mike winkte ab. »Ganz so schlecht steht es auch wieder nicht um uns. Es wird keine Anklage gegen uns erhoben. Unsere Reputation ist damit vollumfänglich wiederhergestellt.«

»Das mag ja sein. Aber euer Image hat gelitten, vor allem unter den Gerüchten um Drogen und Alkohol. Wie ich höre, ist bei euch nicht mehr viel los, der Umsatzausfall muss enorm sein. Wenn ich mich gegen euch wende, wird es sehr schwierig. Wie lange kannst du das noch stemmen?«

Hartley zündete sich genüsslich eine Zigarre an. Vage Drohungen verfehlten ihre Wirkung nie. Sie sind einschüchternder als eine konkrete Warnung, deren Konsequenzen das Gegenüber rasch abschätzen und einordnen kann.

Gegen uns wenden? Was meint er damit?

Mike ging in Gedanken Hartleys Möglichkeiten durch. Er könnte der Firma zweifellos noch mehr Schwierigkeiten bereiten, wenn die Partnerschaft scheiterte. Verzweifelt stellte Mike fest, dass Hartley alle Trümpfe in der Hand hatte. Trotzdem durfte er noch keine Entscheidung treffen.

»Wie schon gesagt, bin ich nach wie vor an einer Partnerschaft interessiert, Tom. Aber unter Zeitdruck gedeiht nichts Nachhaltiges. Ich möchte noch eine Zweitmeinung von einem befreundeten Juristen einholen. Leider ist der gerade im Urlaub.«

»Ist das mein Problem?« Hartley lehnte sich im Stuhl zurück und zog an seiner Havanna. »Wie steht es übrigens mit der Schadenersatzforderung der Familie aus Oregon, die mit Miller abgestürzt ist? Du bist dir sicher bewusst, dass eine zivilrechtliche Schadenersatzklage gegen euch auch dann möglich ist, wenn ihr strafrechtlich vom Haken seid? Das wäre dann der endgültige Todesstoß, nicht wahr?«

Arrogantes Arschloch! Und zu allem hat er auch noch recht. Verdammt!

»Gib mir noch ein paar Tage. Dann bringen wir das Geschäft unter Dach und Fach.«

Hartley zeigte auf den ausgedruckten Vertrag. »Ich meine es nur gut mit dir. Hiermit bist du alle Sorgen los und rettest die Jobs deiner Mitarbeiter. Das zeugt von Weitsicht, was weiser ist als falscher Stolz. Besser kann man es an deiner Stelle nicht machen … Ich habe Verständnis dafür, dass du deine Firma nur ungern weitergibst. Aber schau«, Hartley lehnte sich nach vorne, »alles hat seine Zeit. Für dich ist jetzt die Zeit, weiterzugehen und das einzig Richtige zu tun.«

Die beiden Männer standen auf und Hartley begleitete Mike mit einem jovialen Lächeln zur Tür. Mike war sich nicht sicher, was schlimmer war: Hartleys Anblick oder die verqualmte Luft. Es drängte ihn nach draußen an die frische Luft.

»Irgendwo habe ich mal gehört, dass viele Menschen glauben, dass Durchhalten uns stark macht.« Hartley benahm sich wie ein siegessicherer Feldherr. »Doch manchmal stärkt uns gerade das Loslassen. Genau das solltest du jetzt tun!«

Am liebsten würde ich ihm in die Fresse hauen!

Mike fühlte sich nicht nur besiegt, sondern auch gedemütigt.

Missmutig betrat Mike das Büro und schlug die Tür hinter sich zu. Tanja spürte sofort, dass es bei Hartley nicht gut gelaufen war.

»Soll ich dir einen Tee machen?«

»Gerne.«

Tanja brachte ihm das Getränk in sein Büro, wo Mike schlaff in seinem Sessel hing. Sie schloss die Tür hinter sich ab. »Alles gut, Dad?«

»Nein, gar nichts ist gut. Ob wir wollen oder nicht. Wir kommen an Hartley nicht vorbei. Wir müssen den Tatsachen ins Auge schauen, Tanja. Alles was blüht, vergeht. Es ist Zeit, das Nötige zu tun. Tut mir leid.«

»An diesem Punkt waren wir doch vor ein paar Tagen schon. Lass uns den beschlossenen Plan weiterverfolgen. Noch geben wir nicht auf. Wie soll die Rettung gelingen, wenn du dich so hängen lässt. Wo bleibt dein Kampfgeist?«

»Wenn Hartley uns fallen lässt, gehen wir schneller in Konkurs, als uns lieb ist. Dann verlieren alle ihren Job. Das soll ich riskieren? Deine Hoffnung auf Rettung ist nicht mehr als ein Luftschloss.«

»Wenn Hartley kommt, suche ich mir einen anderen Job. Ich will nicht mit Menschen arbeiten, die das Klima um sich herum vergiften.«

»Das wird dir vielleicht gelingen«, Mike klang bitter. »Sam und Joe werden da größere Probleme haben. Außerdem hätten wir ja nicht viel Kontakt mit Hartley. Er hat mir versichert, dass er uns an der langen Leine lässt. Der hat ja auch sonst noch viel um die Ohren.«

»Bist du sicher? Hartley kommt mir vor wie die alten Trickser im Mittelalter. Der will dir Bronze als

Gold verkaufen, Dad. Lass dich von dem Kerl nicht in die Irre führen.«

Mike richtete sich auf. »Tu ich doch nicht! Aber wie wär's mit einem weniger naiven Blick auf unsere Situation?«

Lieber naiv als ein Jammerlappen, der sich wie eine Fahne im Wind verhält.

»Nur weil ich eine Chance für die Rettung sehe, bin ich noch lange nicht naiv!«

Mike hob seine Hände. »Sorry, lass uns nicht deswegen streiten.«

»Du denkst zu viel und bist in deiner Sorgenspirale gefangen. Geh ein paar Tage in deine Blockhütte an den See. Gute Ideen kommen mit Distanz vom Alltag und Leere im Kopf. Sonst haben sie gar keinen Platz. Die Lösung wartet außerhalb vom Tagesgeschäft darauf, gefunden zu werden.«

Plötzlich wurde Tanja unsicher. Vielleicht war sie tatsächlich naiv. Sie hatten zwar im Team Ideen entwickelt, aber noch keine konkreten Vorschläge, wie die Firma zu retten war. Ihr Vater hatte mehr Erfahrung und trug zudem die ganze Verantwortung. Eine schwere Last lag auf seinen Schultern.

»Jaja, schon gut«, erwiderte Mike. »Alles einfacher gesagt als getan. Aber ja, ich gebe mich geschlagen. Wir bleiben vorerst beim Plan und ich spiele auf Zeit.«

»Gut so, das gefällt mir!« Tanja lachte. »Übrigens ging mir vorhin eine Zen-Weisheit durch den Kopf. Glaub mir, Hartleys Geld würde weder dir noch sonst jemandem in der Firma Glück bringen.«

»Ich bin sicher, du wirst mir die Weisheit nicht vorenthalten wollen. Na, mach schon, dann haben wir's beide hinter uns.« Mike verdrehte die Augen, für einmal war ihm nicht nach Weisheiten zumute. Er war zu absorbiert von seinen Problemen. Tanja ließ sich nicht beirren und hielt einen Moment inne, um die Worte mit Bedeutung aufzuladen.

»Gedenke der Quelle, wenn du trinkst.«

»Was soll das denn bedeuten?«

»Komm schon, Dad, du bist doch sonst nicht schwer von Begriff. Wenn die Quelle vergiftet ist, solltest du das Wasser daraus nicht trinken. Es wird dir nicht guttun!«

Mike verließ kopfschüttelnd den Raum.

23

18. - 21. SEPTEMBER

Geschafft! Das Ausbildungszentrum veranstaltete eine kleine Diplomfeier zu Ehren der frisch gekürten Piloten. David gewann als Klassenbester einen Preis: ein Praktikumsplatz für einen Monat in einer angesehenen Charterfirma in der Nähe des Monument Valley. David lächelte verlegen, als er vor der versammelten Klasse stand und seine Mitschüler begeistert applaudierten.

Wow, das ist einfach krass! Einen Monat lang im Monument Valley hin- und herfliegen!

»Gratuliere! Du warst von Anfang an der Beste in unserer Klasse«, sagte Emily und lächelte David zu. »Das ist bewundernswert und ich bin mir sicher, dass du ein ausgezeichneter Pilot wirst.«

»Danke, Emily. Ich gratuliere dir auch! Du gehörst jetzt zu den wenigen weiblichen Buschpiloten in Nordamerika. Darauf kannst du stolz sein.«

Ihre Augen leuchteten und sie lächelte verlegen. Seit

der gemeinsamen Nacht im Juni ging David ihr aus dem Weg. Das war nicht einfach gewesen, denn er mochte sie und fand sie in jeder Beziehung attraktiv. Oft war er kurz davor gewesen, sich bei ihr die Zärtlichkeit und Zuneigung abzuholen, die ihm seit der Trennung von Riley schmerzlich fehlten. Aber er hatte seinem körperlichen Drängen nie nachgegeben. David fühlte sich nach wie vor Riley verpflichtet, obwohl sie kein Paar mehr waren. Zwischen ihnen gab es ein unsichtbares Band, das selbst der Entfernung trotzte. Unter diesen Voraussetzungen etwas mit Emily anzufangen, wäre auch ihr gegenüber nicht fair gewesen.

»Lass uns darauf anstoßen, David.« Sie zeigte nach wie vor ernsthaftes Interesse an ihm.

Wie süß sie ist, wenn sie so schüchtern lächelt. Manchmal mache ich mir zu viele Gedanken. Ich sollte verdammt noch mal den Moment genießen.

David zögerte mit seiner Antwort einen Moment zu lange. Emilys Mundwinkel sanken nach unten. »Das kannst du mir doch nicht abschlagen. Lass uns einen würdigen Schlusspunkt unter unsere gemeinsame Ausbildungszeit setzen.«

»Okay, gerne, Emily.«

Das kann ja nicht schaden. Ein Drink, mehr nicht. Kein Problem.

In der Bar lief Musik von Bruce Springsteen. Ihre Klassenkameraden feierten bereits ausgelassen. Es wurde viel gelacht und noch mehr getrunken. Die beiden setzten sich etwas abseits an einen kleinen Tisch in einer Ecke.

»Jeffrey hat gesagt, dass du toll Gitarre spielst und auch dazu singst.« Emily stützte ihr Kinn in der Hand auf und packte ihr herzlichstes Lächeln aus.

»Hat er das gesagt? Na, da übertreibt er aber.«

»Spielst du mal was für mich?«

David lächelte verlegen und nickte schließlich, als sie ihn weiter hoffnungsvoll anstarrte.

»Darauf freue ich mich! Wie sehen deine Zukunftspläne aus?«

»In vier Tagen fliege ich zurück nach Alaska. Bis dahin möchte ich drei Nächte in der Wüste verbringen. Ich habe im Outdoor-Laden nebenan die nötige Ausrüstung gemietet. Zelt, Schlafsack und so.«

Emily machte große Augen. »Wow, spannend! Alleine in die Wildnis, das klingt nach einem Selbstfindungstrip.«

»Na ja, sowas in der Art. Vielleicht gewinne ich Klarheit und Gewissheit, wenn ich ein paar Tage ganz auf mich gestellt bin.«

»Wobei genau brauchst du mehr Klarheit?«

Ich stehe an einer Weggabelung und bin mir nicht sicher, welchen Weg ich einschlagen soll. Aber das geht mir zu nah, um es mit dir zu besprechen.

»Ach, nichts Konkretes. Ich möchte das einfach ausprobieren. Vielleicht fällt mir dort draußen unerwartet eine wertvolle Einsicht zu. Oder noch besser: Ich werde auf wundersame Art und Weise erleuchtet«, sagte David und nahm einen Schluck Bier. »Wie sieht es bei dir aus, Emily?«

»Ich fliege in einer Woche nach Los Angeles. Von da

aus fliege ich dann wieder nach Arizona zu meinem Onkel. Der wird mich schrittweise an meine zukünftigen Aufgaben heranführen. Der Plan ist, dass ich in einem Jahr als Pilotin in seiner Firma einsteigen kann. Wenn alles rund läuft, wird er mich in zwei Jahren auch an der Firma beteiligen.«

David nickte anerkennend. »Wow, so cool. Dein Weg ist klar vorgezeichnet. Was für eine Chance du da hast!«

»Für den Fall, dass es in Alaska nicht wie erwartet laufen sollte«, Emily nippte verlegen an ihrem Bier, »vielleicht hätte mein Onkel für dich einen Job. Gute Piloten sind auf dem Markt schwer zu finden. Er ist ein prima Kerl und der Standort seiner Firma nahe dem Grand Canyon ist auch nicht so schlecht.«

Allerdings, das klingt alles andere als schlecht!

»Danke, lieb von dir. Mal schauen, was sich ergibt.«

Einen Moment lang saßen sie sich schweigend gegenüber. Die Stille machte David nervös. Dann huschte ein Lächeln über Emilys Gesicht und ihre Augen funkelten. »Bist du sicher, dass du alleine in die Wüste willst? Ich könnte dir Gesellschaft leisten. Allein ist es vielleicht doch etwas langweilig, oder?«

David zögerte und schaute Emily mit großen Augen an. Das Angebot überraschte ihn.

»Ich könnte dich in der Wüste verwöhnen.« Sie stützte ihr Kinn auf ihre Hand und ihr Mund öffnete sich leicht. David spürte ein rasch wachsendes Verlangen in sich aufkommen, das sich zunehmend seiner Kontrolle entzog.

»Ich bin eine ganz passable Köchin«, sagte Emily

und lachte. »Nur damit du nicht auf falsche Gedanken kommst.«

»Wie könnte ich?«, stotterte er.

Was mache ich nur? Sie ist hinreißend!

Dann stand er auf. »Sorry, ich muss rasch auf die Toilette.«

David wusch sich das Gesicht mit kaltem Wasser und blickte lange in den Spiegel. Er war verwirrt und suchte nach der richtigen Antwort. Was war größer: sein Verlangen nach Zärtlichkeit oder seine Loyalität zu Riley?

Warum nur mache ich alles so kompliziert? Was verdammt noch mal hält mich zurück? Emily ist eine großartige Frau.

Es dauerte eine Weile, bis er sich wieder zu ihr an den Tisch setzte. Aber immerhin hatte er sich in der Zwischenzeit entschieden.

»Dein Angebot ist außerordentlich verlockend Emily. Vor allem weil ich außer Nudeln und Dosenfutter nichts selbst kochen kann. Aber dieser Selbstfindungstrip, wie du ihn genannt hast, ist für mich wichtig. Das geht nur alleine. Tut mir leid.«

Emily senkte ihren Blick.

»Komm, lass uns auch mit den anderen anstoßen. Dort geht ja ziemlich was ab!« David ging voraus, ohne eine Antwort von Emily abzuwarten.

Die Abendsonne zauberte ein oranges Licht auf die hügelige Wüstenlandschaft. Es war geradezu unheimlich still. Hin und wieder hörte er Eidechsen rascheln und einmal hoppelte ein Hase von einem Busch zum anderen. David saß vor seinem Zelt und kochte Wasser für seine Fertigmahlzeit im Alubeutel. Das Kichererbsencurry auf der Vorderseite sah eigentlich ganz verlockend aus. Vor allem wenn man hungrig war. Seit dem Frühstück war er ohne Pause mehrere Stunden durch die großartige Landschaft gewandert und hatte nur noch Wasser getrunken. Während er aß, versank die Sonne hinter einem fernen Berg und bemalte den Horizont mit dunklen Rottönen. Er zog eine warme Jacke an und beobachtete ein paar Erdhörnchen, die in der Nähe des Zelts nervös von Loch zu Loch eilten.

Immer auf der Hut, immer auf der Flucht, die armen Kerle. Das tägliche Überleben in der unerbittlichen Natur. Und doch dominiert die Harmonie. Alles fügt sich hier dem Lauf der Dinge, nichts hält dagegen. Alles ist eins.

David entfachte mit getrocknetem Gras ein kleines Feuer. Die Büsche gaben nicht viel Holz ab, ein großes Lagerfeuer war nicht drin. Es reichte trotzdem. Er schlug »Into the wild« von Jon Krakauer auf. Mittlerweile war es fast dunkel, aber das Licht der Flammen reichte knapp. Einen Satz unterstrich er mit dem Kugelschreiber.

> Der Kern des menschlichen Wesens bildet sich aus neuen Erfahrungen.

David blickte ins züngelnde Feuer und sinnierte lange über den Spruch.

Wie wahr. Frei zu sein und das Leben in all seinen Facetten zu erfahren, ist wichtiger als Geld und Besitz. Genau dafür bleibt aber im Hamsterrad der modernen Konsumgesellschaft viel zu wenig Zeit.

Er ließ das letzte Jahr vor seinem geistigen Auge Revue passieren. Nichts hatte zu diesem Zeitpunkt darauf hingedeutet, dass er sein Ökonomiestudium in der Schweiz aufgeben und in Alaska seine Berufung finden würde. Jetzt war er auf dem Weg zum Berufspiloten und saß alleine in der Wüste Arizonas. Außerdem erwartete seine Traumfrau ein Kind von ihm. Ohne ihn. Plötzlich fühlte er sich einsam und wurde melancholisch.

Wie schön es jetzt wäre, wenn ich diesen Moment mit Riley teilen könnte. Vielleicht hätte hier sogar das Baby seinen Platz?

Dieser Gedanke erstaunte ihn und er hing ihm einen Moment nach.

Vielleicht würde uns das Baby gar nicht so einschränken. Wir könnten es von Anfang an überall hin mitnehmen und an das freie Leben in der Natur gewöhnen.

David legte sich auf den Rücken und bestaunte die Sterne am Firmament. Lichtjahre entfernt und doch fühlte er sich ihnen nah. Er erinnerte sich an all die Pläne, die er mit Riley geschmiedet hatte. Dann hatte die Schwangerschaft ihre gemeinsamen Lebenspläne durchkreuzt und sie auseinandergetrieben. David war einerseits frei und fühlte sich andererseits in seiner Einsamkeit gefangen.

Am nächsten Morgen packte er um kurz nach sechs das Zelt und sein Gepäck zusammen und wanderte los. Lange bevor die brütende Mittagssonne Arizonas jeden Schritt zur Tortur machte. Er lief zügig auf einen großen Hügel vor sich los. Selbst das schwere Gepäck an seinem Rücken bremste ihn nicht merklich. Er atmete schwer unter der körperlichen Anstrengung und genoss es, auf dem Weg zu sein. Nach zwei Stunden war er auf dem Hügel, legte seinen Rucksack ab und schaute sich um. Eine fantastische Landschaft in verschiedenen Rottönen breitete sich vor ihm aus. Dann legte er sich auf den Rücken und schaute einem Adler zu, der über ihm im satten Blau des Himmels kreiste. Seine Gedanken kreisten um Riley, das ungeborene Kind und um seinen Platz auf dieser Welt. Es war fantastisch hier, aber niemand weit und breit, mit dem er seine Eindrücke hätte teilen können.

Das kann der Adler auch nicht, und trotzdem fehlt ihm nichts. Er ist. Im Moment. Frei. Unabhängig. Eigentlich könnte ich doch wie der Adler sein … Aber ich bin keiner. Vielleicht ist Freiheit ja auch weniger eine Frage der Lebenssituation als eine der geistigen Haltung.

Die Zeit verging, ohne dass David davon Notiz genommen hätte. Er war bei sich. Im Moment. Mit dem Adler. Auf einem Hügel in der Wüste Arizonas. Und es wurde langsam heiß. Plötzlich stellte sich ein, worauf er Monate gewartet hatte: Klarheit. Ohne Wenn und Aber.

Er stand auf und aus einem drängenden Impuls schrie er sich die Seele aus dem Leib. Von mächtigen Felswänden in der Ferne hallte es zurück. Glückswellen durchfluteten seinen Körper. Die Lebensenergie, die er in den letzten Monaten für das Abwägen verschiedener Optionen verbraucht hatte, stand ihm wieder zur Verfügung. David strahlte über das ganze Gesicht und fühlte sich voller Tatendrang, leicht und befreit. Seine Energie floss wieder nach vorne.

24

22. SEPTEMBER

Während David seine letzten Tage in Arizona verbrachte, versuchte die Crew der Alaska Bush Pilots derweil in Anchorage, das Unmögliche möglich zu machen. Tanja erstellte eine Liste mit potentiellen Geldgebern. Der Fokus lag auf Inhabern von Reisebüros und Outdoorgeschäften. Hier waren Synergien denkbar, die für beide Seiten Vorteile brachten. Genau das war das Ziel der von Tanja geführten Arbeitsgruppe. Rasch war klar, dass es mit Geld allein nicht getan war. Was die Firma dringend brauchte, waren neue Geschäftspartner, die Fluggäste vermittelten.

Mike verhandelte derweil mit Hartley und versuchte, weiter Zeit zu gewinnen. Das wurde zunehmend schwierig, denn Hartley war clever und hatte seine Fühler überall. Mike musste um jeden Preis verhindern, dass er von der Suche nach anderen Lösungen Wind bekam. Entsprechend waren alle beim

Kontaktieren von potentiellen Geschäftspartnern äußerst vorsichtig.

»Scheiße!« Tanja stand zusammen mit Sharon auf der Veranda. Sie tauschten sich über die ersten Gespräche aus. »Mir war klar, dass es nicht einfach wird. Aber dass alle sofort abwinken und unsere Vorschläge nicht einmal eingehend prüfen, ist schon bitter.«

Sharon lehnte sich müde an einen Holzpfosten.

»Selbst dort, wo Mike persönlich vorgesprochen hat, war die Antwort dieselbe. Die lassen uns alle hängen … schon traurig.«

Es schien, als würde den Alaska Bush Pilots niemand den Umschwung zutrauen. Jedenfalls nicht ohne die Unterstützung von Tom Hartley. Ein mit Sharon befreundeter Banker, der sich in solchen Geschäften auskannte, brachte es auf den Punkt:

»Jedem hier in Anchorage ist klar, dass ihr euren größten Kunden verliert, wenn ihr Hartley außen vor lasst. Aber nicht nur das. Er wird seine Beziehungen spielen lassen und es werden weitere Geschäftspartner abspringen. Er braucht nur mit den Fingern zu schnipsen und ihr seid weg vom Markt. Hartley ist eure einzige Chance. Und das weiß er auch.«

Am Vorabend vor Davids Rückkehr war Tanja bei Mike zum Essen eingeladen. Draußen regnete es in Strömen und es blies ein frischer Wind. Umso mehr genoss sie das lodernde Feuer im Kamin, das das Wohnzimmer in ein warmes Licht tauchte. Wie immer suchte

Tanja zuerst Mikes Lesezimmer auf, während er noch mit der Zubereitung des Essens beschäftigt war. Sie liebte es, in seiner Büchersammlung zu schmökern und sich inspirieren zu lassen. Mikes Lesezimmer war fast so ergiebig wie ihre Lieblingsbuchhandlung in Anchorage.

»Das Essen ist fertig.« Mike trat in den Raum und sah, dass Tanja in ›Texas‹ von James Michener blätterte. »Du bist genauso begeistert von Büchern wie ich, nicht wahr?«

»Ja, das habe ich wohl von dir. Mutter hat sich nie für Literatur interessiert. Bücher sind für mich Kunstwerke, genauso wie Gemälde oder Skulpturen.«

»Ich finde, dass erst die Gedanken des Lesers das Kunstwerk schaffen. Autor und Leser tragen hälftig dazu bei. So wird auch das Gemälde erst mit dessen Betrachter zur Kunst. Ohne Leser und Betrachter gibt es keine Kunstwerke.«

»Stimmt! ... Und ohne Kunden gibt es kein florierendes Geschäft. Wir sollten mehr vom Kunden her denken, Dad … die Kunden stärker einbeziehen.« Tanja legte Daumen und Zeigefinger an ihr Kinn.

Mike schaute Tanja konsterniert an: »Das ist keine wirklich neue Betrachtung. Sich an den Bedürfnissen der Kunden orientieren, ist das A und O im Marketing.«

»Schon, aber tun wir es auch? Tun wir es konsequent?«

Mike eilte in die Küche, während Tanja noch einen Moment ihrem Gedanken nachhing.

Sind wir nicht zu stark in unserer Rolle als Flugtaxi-Unternehmen gefangen? Damit sind wir austauschbar. Was wollen Kunden wirklich?

Nach dem Essen saßen sie zusammen vor dem offenen Kamin. Mike legte Holz nach und Billy machte es sich auf Tanjas Schoß gemütlich. Tanja hatte sich nach den frustrierenden Gesprächen mit potentiellen Geschäftspartnern wieder etwas gefangen. Sie nutzte die Gelegenheit, um eine Idee ins Spiel zu bringen, die ihr schon lange im Kopf herumgeisterte.

»Warum gründen wir nicht eine Partnerschaft, Dad? Zusammen könnten wir eine namhafte Summe aufbringen. Du weißt ja, dass ich Geld von Mutter geerbt habe.«

»Eine schöne Idee. Aber es wird nicht genug sein. Auch tue ich mich schwer mit dem Gedanken, dass ihr Geld verlieren könntet. Außerdem brauchen wir ja nicht nur Geld, sondern neue Kunden. Erst recht, falls wir Hartley verlieren. Du kannst es drehen und wenden, wie du willst, aber es führt kein Weg an Hartley vorbei.«

»Ach, immer dieser Hartley. Wenn der die Lösung ist, habe ich lieber das Problem zurück!« Tanja haute mit der Hand auf ihre Armlehne, Billy sah erschrocken auf.

»Sei doch vernünftig! Wir können diesen Kampf nicht gewinnen. Ich kenne den Markt hier wie meine Westentasche. Wenn sich Hartley gegen uns stellt, hilft auch frisches Geld nicht lange. Es wäre dumm, noch mehr Geld nachzuschießen. Erst recht nicht, solange die Schadenersatzforderung der Familie aus Oregon wie ein Damoklesschwert über uns hängt. Ich habe in diesem Sommer schon genug eigenes Geld verbraten!«

»Verdammt noch mal, Dad! Mit deiner resignierten

Grundhaltung kommen wir nirgends hin. Wir brauchen jetzt jemanden, der entschlossen und mutig vorangeht. Einen Leuchtturm, einen Fels in der Brandung. Wir müssen uns an dir ausrichten können, sonst irren wir alle nur im Nebel umher.«

Mike stellte sein Weinglas abrupt ab. »So einfach ist es nicht! Es ist nicht mein Fehler, wenn die Situation ausweglos ist. Ist das so schwer nachvollziehbar? Sei nicht so stur!«

»Wenn man an den Punkt kommt, wo es schwierig wird, drehen die meisten um. Genau hier aber müssen wir durchbrechen. Wir brauchen neue Ideen, ein neues Geschäftsmodell. Eines, das unabhängig von Hartley ist.«

»Toll, klingt alles gut! Und wo sind sie, diese genialen Ideen?«

Tanja starrte ins Feuer. »Wir haben da ein paar Vorschläge, die sind aber noch nicht ganz spruchreif. Ich komme darauf zurück. Bald … Versprochen.«

»Besser noch früher, wir haben keine Zeit mehr für einen langen Reifeprozess. Wenn ihr nicht innerhalb von einer Woche ein überzeugendes Konzept samt Finanzierung vorlegt, ist es vorbei. Dann unterzeichne ich bei Hartley!« Auf Mikes Stirn zeichnete sich eine pulsierende Ader ab. »Ich habe die verdammte Verantwortung den Mitarbeitenden gegenüber, dass es weitergeht. Verstehst du?«

»Natürlich verstehe ich das.«

Für längere Zeit waren nur noch das Knistern des Feuers und Billys leises Schnarchen zu hören. Die Atmosphäre war für beide bedrückend. Tanja stand auf, um zu gehen.

»Ich verstehe dich wirklich, Dad. Du bist in einer äußerst verzwickten Lage. Gleichzeitig bin ich davon überzeugt, dass wir einen Weg finden. Morgen wird uns David verstärken. Vielleicht bringt er überzeugende Ideen aus Arizona mit. Außerdem hat er ja ein paar Semester Ökonomie studiert. Wer weiß.« Tanja küsste Mike auf die Stirn und lächelte.

»Wenn du meinst, ich lasse mich gerne überraschen.«

Im Bett lag Tanja noch lange wach und starrte im Dunkeln an die Decke. Am nächsten Morgen hatte sie sich mit Sandra verabredet, um die Situation zu besprechen. Auf sie war eigentlich immer Verlass.

25

23. SEPTEMBER

Die Holzdielen der Verandatreppe von Johns Holzhaus knarrten. David ging mit weichen Knien vorsichtig Schritt für Schritt vorwärts. Er wusste, dass Riley allein zu Hause war. In der einen Hand hielt er einen großen Rosenstrauß, in der anderen seine akustische Gitarre.

Puh, wenn das nur klappt.

Er legte den Rosenstrauß vor die Tür und klingelte. Dann setzte er sich mit seiner Gitarre auf einen Schemel und holte tief Luft. Keine Antwort.

Hm, aber da brennt doch Licht im Wohnzimmer.

David stand auf, läutete erneut und hörte endlich Schritte. Als die Tür geöffnet wurde, begann er, das Intro von John Denvers »Annies Song« auf seiner Gitarre zu spielen. Er hatte diesen Song schon einmal für Riley gespielt und sie dabei zu Tränen gerührt. Damals hatte er den Text leicht angepasst und ihn

»Rileys Song« genannt. Seine Stimme versagte für einen Moment und er senkte den Kopf. Er fing sich wieder und spielte das Intro drei Mal länger als geplant.

Beim Refrain blickte David auf und merkte sofort, dass etwas nicht stimmte. Das Wiedersehen verlief anders, als er sich das vorgestellt hatte. Riley sah überrumpelt aus, oder war es Verlegenheit? Er ließ sich davon jedoch nicht aus der Ruhe bringen.

Vielleicht ist sie nur überrascht und braucht etwas Zeit.

Er spielte den Song zu Ende, legte die Gitarre auf den Boden und hob den Rosenstrauß auf. Dann trat er zu Riley und blickte ihr in die Augen.

»Du hast mir gefehlt. Ich möchte mit dir über unsere Zukunft sprechen.«

Riley fuhr sich mit der einen Hand durch die Haare, mit der anderen hielt sie ihren Bauch. Erst jetzt fiel David auf, wie weit nach vorne der gewachsen war. Sie war am Ende des sechsten Monats und ihre Formen rundlicher und weiblicher, als er sie in Erinnerung hatte. Am liebsten hätte er ihren Babybauch sofort mit beiden Händen angefasst.

»Das war sehr schön, David. Aber ich, ähm, habe nicht mit dir gerechnet.«

»Ich wollte dich überraschen.« Er lächelte verlegen. »Du hast mir gefehlt und ich bin so glücklich, dich zu sehen. Kann ich reinkommen? Ich habe nachgedacht, über uns und …«

»Ja, schon. Aber …«

In diesem Moment trat ein Mann aus dem Wohnzimmer in den Flur und runzelte die Stirn. David kannte ihn nicht.

»Alles in Ordnung, Riley?«

»Ja, ich komme gleich.«

Wer ist der Typ? … Sie hat nicht auf mich gewartet. Das darf doch nicht wahr sein!

David trat einen Schritt zurück und legte die Rosen auf der Veranda ab. Dann drehte er sich um und lief zum Auto. Sein Kopf dröhnte und er konnte keinen klaren Gedanken fassen. Er zitterte und bekam die Wagentür erst nach zwei Versuchen auf.

»David!«

Er drehte den Zündschlüssel und fuhr los, ohne zurückzublicken.

DAVID HIELT an einem Parkplatz im Wald, wo er vor ein paar Monaten mit Billy und Butch spazieren gegangen war. Er schlug die Wagentür hinter sich zu und rannte mit geballten Händen los. Er bemerkte weder den kühlen Wind noch den aufsteigenden Vollmond. Nach fast einer Stunde ließ er sich erschöpft auf den Waldboden fallen, wischte sich mit der Hand über die nasse Stirn und keuchte. Es dauerte, bis er Ruhe fand und die Geräusche im Wald wahrnahm. Die Vögel, das Rauschen der Blätter und das Rascheln einer Maus im Herbstlaub. Er war fassungslos. Abwechselnd wütend, enttäuscht und traurig. Dann weinte er still vor sich hin.

Wie kann sie nur? … Ich hab's verbockt. Riley ist weg. Was habe ich Idiot nur erwartet? Geschieht mir recht!

Irgendwann hatte sich David so weit gefasst, dass er ins Hillside fahren konnte. Er bog von der Quartierstraße auf den Kiesweg ab. Tanja und Mike standen im Licht der Außenleuchte vor ihren Autos und redeten. Als sie das Auto wahrnahmen, winkten sie aufgeregt. David versuchte, sich nichts anmerken zu lassen, und stieg lächelnd aus. Tanja lief ihm entgegen und schloss ihn in die Arme.

»Endlich bist du zurück! Ich habe mich so auf dich gefreut!« Kaum hatte sich David von Tanja befreit, zog ihn Mike an sich.

»Gratuliere, junger Pilot. Lass uns darauf anstoßen!«

»Ähm, lieb von dir, Grandpa, aber ich … ich bin müde und …«

»Widerrede zwecklos, das kannst du mir nicht abschlagen.« Mike schritt bereits voraus, während Billy kläffend an David hochsprang.

»Du hast ihm gefehlt«, sagte Tanja. »Schön, dass du wieder da bist.«

David fügte sich seinem Schicksal, nahm Billy hoch und ging ins Haus.

»Auf dich, David!« Die beiden löcherten ihn mit Fragen über Arizona und die Pilotenausbildung. Er beantwortete alle höflich, fühlte sich aber innerlich leer und wollte nur noch ins Bett. Tanja entging das nicht.

»Alles in Ordnung?«

»Jaja, ich bin nur etwas müde. War ein langer Tag. Sorry.«

Tanja nickte mitfühlend. »Kann ich verstehen. Hauptsache du bist morgen für unseren Zukunfts-Workshop wieder hundertprozentig fit.«

»Zukunfts-Workshop?«

»Wir müssen uns neu erfinden, um auf dem Markt ohne Hartley bestehen zu können. Morgen treffen wir uns, um Möglichkeiten zu besprechen. Die ganze Crew. Da gehörst du auch dazu, wir haben absichtlich bis zu deiner Rückkehr gewartet.«

»Ach so, eigentlich wollte ich …« David war überrumpelt und gedanklich immer noch bei Riley.

»Es wäre für mich sehr wichtig, wenn du dich an diesem Prozess auch beteiligst«, sagte Mike stirnrunzelnd.

David nickte müde und stand auf. »Entschuldigt mich bitte. Dann gehe ich besser gleich ins Bett.«

Auch eine warme Dusche reichte nicht aus, um Davids Gemütszustand aufzuhellen. Er ließ sich ins Bett fallen und starrte an die Decke. Billy sprang zu ihm, legte seinen Kopf auf seinen Bauch und winselte leise. David streichelte ihn und löschte das Licht.

Warum ist Riley so rasch über unsere Trennung hinweg? Na ja, ich war auch nicht besser! Wird der Neue jetzt der Vater meines Babys?

Bei dem Gedanken war er hellwach. Bilder von Riley und dem anderen Mann schwirrten durch seinen Kopf und er hatte Bauchschmerzen. Er stand auf, kochte sich in der Küche einen Tee und versuchte, sich mit dem Smartphone auf andere Gedanken zu bringen. News, ein paar Musikvideos, egal, jede Ablenkung war willkommen. Dann ploppte unvermittelt eine SMS von Riley auf. »Lass uns reden«, las er in der Vorschau. Er zögerte kurz, legte aber das Handy wieder weg, ohne die Nachricht zu öffnen.

Auf Ausreden habe ich jetzt keine Lust!

Seine Augen füllten sich mit Tränen. Die Kraft und Zuversicht, die er im Flugzeug noch gespürt hatte, waren wie weggeblasen. David fiel in ein tiefes Loch.

26

24. SEPTEMBER

Der Wecker klingelte bei Tanja um sechs Uhr. Sie war sofort hellwach und voller Tatendrang. Ohne dass sie darum geworben hätte, war ihr im Projekt Zukunft die Führungsrolle zugefallen. Sie war es, die am heftigsten gegen den Aktienverkauf an Hartley opponierte. Tanja wollte kämpfen. Jetzt musste sie liefern. Sie arbeitete fast Tag und Nacht, führte Gespräche, motivierte die anderen und ließ nie einen Zweifel daran aufkommen, dass den Alaska Bush Pilots die besten Tage noch bevorstanden.

»Ich hoffe, du verrennst dich da nicht in etwas, Liebling. Die Welt geht nicht unter, wenn wir es nicht schaffen«, sagte John neulich, weil er sich um sie sorgte.

»Meine Welt schon«, erwiderte sie trotzig.

Die Sitzung war um acht Uhr angesetzt, es blieb also noch genügend Zeit für ein Skype-Gespräch mit Sandra in Burghaus. Kreative Ideen waren immer schon Sandras Stärke gewesen. In deren Umsetzung hingegen war Tanja besser. Da waren ihre strukturierte Arbeitsweise und ihr eiserner Wille von Vorteil.

»Ihr möchtet euch neu erfinden?«, fragte Sandra, nachdem sie sich gegenseitig auf den neuesten Stand gebracht hatten. »Ihr seid von außen betrachtet nicht anders als ein Taxiunternehmen, nur in der Luft. Eure Aufgabe ist es, Personen und Güter von A nach B zu befördern. Auf den ersten Blick gibt es da nicht wahnsinnig viel Spielraum.«

»Ja, das stimmt schon. Aber wir könnten uns als Service-Leader in Anchorage profilieren: das freundlichste Personal, Getränke unterwegs, Zuverlässigkeit und Pünktlichkeit«, zählte Tanja auf. »Außerdem werden wir die höchsten Sicherheitsstandards in der Branche umsetzen.«

»Klingt alles schön und gut, aber neu erfinden ist das für mich nicht. Das ist nur eine Optimierung des bisherigen Geschäftsmodells.«

Tanja tippte mit ihrem Stift auf dem Notizbuch. »Da hast du nicht unrecht, aber aus einer anderen Warte betrachtet preisen wir nicht Transporte von A nach B an. Wir verkaufen einmalige Erlebnisse in Alaskas Wildnis und zeigen Menschen eine andere Welt. Jene der Bären, Lachse und Elche. Eine wilde, archaische Welt, die gänzlich anders ist als der gewohnte Lebensraum in der Zivilisation: entschleunigt, ursprünglich, abenteuerlich.«

Sandra nickte. »Das scheint mir ein spannender Ansatz. Ihr verkauft also nicht Transporte, sondern außergewöhnliche Erlebnisse.«

»Genau. Was hältst du davon, wenn wir künftig ganze Erlebnispakete anbieten? Beispielsweise fünf Tage in einer Wildnislodge. Wir organisieren die gesamte Reise: Flüge, Hotels in Anchorage, die Lodge und alle Transfers. Unsere Flüge sind nur ein Teil des ganzen Pakets.«

»Ein Reiseveranstalter also. Bringt ihr das nötige Know-how dafür mit?«

Tanja ging in Gedanken die Anforderungen durch.

»Das traue ich Sharon und mir zu, ja. Wir haben alle notwendigen Beziehungen und die Abwicklung kriegen wir auch auf die Reihe.«

»Wenn ihr mutig genug seid, könntet ihr auch gänzliche neue Angebote kreieren. Ein Hanf-Retreat in der Wildnis zum Beispiel?«

»Hanf-Retreat?«

»Warum nicht? Marihuana ist ja in Alaska legalisiert. Ihr könntet einen spirituellen Lehrer engagieren und in der Wildnis ein Full-Service-Zeltlager aufbauen. In den Retreats werden Hanfrituale als Hilfsmittel eingesetzt, um sich selbst und der Natur wieder näherzukommen. Trommeln, Lagerfeuer und Wildniswanderungen gehören ebenso dazu. ›Dank Urkultur und Wildnis den Zugang zu seinem Innersten finden‹, wäre ein möglicher Slogan!«

»Jetzt geht es wieder mal mit dir durch«, erwiderte Tanja lachend.

Sandra schüttelte den Kopf. »Ernsthaft, denkt darüber nach. Es muss ja nicht ein Hanf-Retreat sein. Aber ihr müsst versuchen ›out of the box‹ zu denken. Seid mutig. Sich neu erfinden heißt, aus der Komfortzone ausbrechen und experimentieren. Probiert Verschiedenes aus und analysiert danach, was funktioniert und was nicht.« Sandra war in ihrem Element und fast nicht mehr zu bremsen. Ein Blick auf die Uhr machte es aber leider nötig.

Auf dem Weg nach Anchorage ging Tanja das Gespräch nochmals in Gedanken durch. Sie war motivierter denn je und sprühte vor Optimismus.

Out of the box. Das ist es. Wir sind kreativ und gehen mutig neue Wege!

Tanja war die Erste im Besprechungsraum des Hotels, den sie für die Sitzung gebucht hatte. Mike war dagegen gewesen. Aber Tanja hatte sich durchgesetzt.

»Wir müssen unser gewohntes Umfeld verlassen, um auf neue Gedanken zu kommen«, argumentierte sie.

Sie stellte einen Blumenstrauß auf den Tisch, Getränke, Äpfel, Erdnüsse und Schokolade. Dazu Broschüren von Reiseveranstaltern in Alaska. Auf den Flipchart zeichnete sie ein Herz und einen Willkommensgruß. Darunter ein Zitat von Meister Eckhart, dem Philosophen des Spätmittelalters:

> Und plötzlich weißt du: Es ist Zeit, etwas Neues zu beginnen und dem Zauber des Anfangs zu vertrauen.

In dem Augenblick betrat Sam den Raum. »Das gefällt mir. Wir Alaskaner waren immer schon Pioniere und haben uns in neue Gefilde vorgewagt. Das ist in unserer DNA.«

Seine Schirmmütze trug er zum ersten Mal verkehrt auf dem Kopf, als wollte er damit seine Bereitschaft signalisieren, neue Wege zu gehen. Joe humpelte in Begleitung von Sharon in den Raum. Es schien Tanja in diesem Moment, als würde sie Sharon in letzter Zeit dauernd an Joes Seite sehen. Er war vor zwei Wochen aus dem Krankenhaus entlassen worden und wollte unbedingt dabei sein. Kurz darauf tauchte John auf, dessen Erfahrung Tanja wichtig war. Mike und David kamen als letzte in den Raum. David war blass im Gesicht und hatte Ringe unter den Augen.

»Danke, Tanja, danke euch allen, dass ihr hier seid und an eine unabhängige Zukunft der Firma glaubt.« Mike eröffnete den Workshop pünktlich. »Namentlich begrüßen möchte ich David, der nach seiner erfolgreich abgeschlossenen Ausbildung zum Piloten wieder zu uns gestoßen ist.« Alle applaudierten. »Leider hat sich die Situation seit der letzten Sitzung weiter verschärft. Wir haben zwei langjährige Kunden verloren und fahren immer noch täglich Verluste ein. Mehr denn je.«

»Ich habe eine Vermutung, weshalb die abgesprungen sind«, sagte John. »Es geht das Gerücht um, dass Hartley seine Hände im Spiel hat. Ihr wisst ja, wie einflussreich er ist.«

»Warum sollte er das tun? Ich verhandle mit ihm und er ist nach wie vor daran interessiert, sich an der Firma zu beteiligen. Da würde er sich doch ins eigene Bein schießen«, entgegnete Mike.

»Hartley ist durchtrieben«, erwiderte John. »Je schlechter es uns geht, desto mehr treibt uns das in seine

Hände. Deine Verhandlungsposition wird von Tag zu Tag schwächer, auch mit Blick auf den Verkaufspreis der Aktien.«

Mike schluckte schwer. »Wie auch immer, Hartley ist für uns im Moment der einzig erfolgversprechende Weg. Alles andere sind Wunschvorstellungen und vage Hoffnungen. Versteht mich bitte nicht falsch. Eure Anstrengungen berühren mich und ich hasse es, der Bremsklotz zu sein. Sich neu zu erfinden, klingt gut. Das erfolgreich umzusetzen, ist aber ungleich schwerer. Vor allem unter Zeitdruck.«

Jetzt stand Tanja auf. »Wir wissen, dass es nicht einfach ist, Dad. Wir sind nicht naiv. Morgen bekommst du die Resultate des Workshops. Dann hast du wenigstens eine Alternative zu Hartley. Wir wissen, dass du dich dann nach bestem Wissen und Gewissen für einen Weg entscheiden musst. Niemand wird dir Vorwürfe machen.«

Du wirst staunen, Dad!

Mike nickte. »Einverstanden. Ich halte mich an unsere Abmachung. Das Treffen mit Hartley heute Nachmittag werde ich absagen. Irgendein Grund fällt mir schon ein. Aber glaubt mir, der lässt sich nicht mehr lange hinhalten.«

Mike verabschiedete sich wie abgemacht. Er ließ seinem Team für neue Vorschläge freie Hand. Außerdem hatte er immer noch viel um die Ohren. Der Anwalt der Familie aus Oregon wollte erneut verhandeln.

»Überrascht mich! Niemand würde sich mehr darüber freuen, wenn wir es aus eigener Kraft schaffen. Viel Glück!«

Es war nach neunzehn Uhr als Tanja den Workshop beendete und ein gemeinsames Abendessen vorschlug. Außer David waren alle einverstanden.

»Sorry, Mom, ich bin immer noch müde und fühle mich heute nicht allzu gut.«

»Was ist los mit dir? Schon gestern Abend hatte ich den Eindruck, als würde dich etwas belasten.«

»Alles gut. Vielleicht habe ich gestern im Flugzeug etwas Schlechtes gegessen oder so. Kein Problem. Wird schon wieder.« David zwang sich zu einem Lächeln und verabschiedete sich mit einer Umarmung.

Im Auto las David endlich die SMS von Riley vom Vorabend.

Lass uns miteinander sprechen. Es ist nicht so, wie du denkst. Das Ganze ist ein Missverständnis. Wir könnten morgen nach eurem Workshop in unserem Italiener eine Pizza essen.

Ein Missverständnis. Ha, danach hat es aber nicht ausgesehen! Es ist doch offensichtlich, was gestern los war!

David starrte lange auf das Smartphone. Er war hin- und hergerissen zwischen dem Löschen der Nachricht und einer Antwort. Nichts wäre schöner als ein Essen mit Riley. Aber seine Verletzung saß tief und er war sich nicht sicher, ob er ihren Anblick und die Wahrheit ertragen würde. Dann drehte er den Zündschlüssel und fuhr Richtung Hillside, zurück nach Hause. Ein paar Minuten später hielt er am Straßenrand und stellte den Motor ab. Wieder starrte er auf sein Smartphone.

Minutenlang war er wie blockiert. Dann tippte er: In dreißig Minuten?

Ein paar Sekunden später kam Rileys Antwort: Okay.

DAVID WAR vor Riley im Restaurant, setzte sich an ihren Lieblingstisch und bestellte sich ein Bier. Er erinnerte sich daran, wie sie hier zusammen Zukunftspläne geschmiedet hatten. Wie sie ein Herz und eine Seele gewesen waren und sie beide nicht an einer gemeinsamen Zukunft zweifelten. »Wir sind Seelenverwandte«, hatte Riley damals gesagt. »Wir sind füreinander bestimmt.«

»HI DAVID.« Rileys Stimme riss ihn aus den Gedanken.

Beide wussten nicht so recht, wie sie ihr Gespräch beginnen sollten. »Schön, dass du wieder da bist«, begann Riley und knetete unbeholfen den Saum ihres Ärmels.

David nickte müde und brummelte: »Wenn ich gewusst hätte, was mich erwartet, wäre ich in Arizona geblieben.«

»Du regst dich unnötig über ein Missverständnis auf.«

David kam in Fahrt: »Ein Missverständnis? Außerdem, was weißt du schon darüber, was ich denke?«

»Du tust mir unrecht.«

»Ich bin mir bewusst, dass du tun und lassen kannst, was du willst. Wir sind ja nicht mehr zusammen. Ich war aber erstaunt, dass du bereits einen neuen Lover hast. Das ging ja schnell!« David trank mit einem Zug sein Bier leer.

»Lover? Das war Brian.«

»Was spielt sein Name dabei für eine Rolle? Hauptsache, ihr habt es gut zusammen. Tut mir leid, dass ich gestern eure Zweisamkeit gestört habe!«

Riley seufzte. »Brian kenne ich seit der Schulzeit. Er ist ein guter Freund von mir. Immer schon. Und er ist schwul.«

»Oh.« David strich betreten die Tischdecke glatt.

»Brian ist Masseur und er hat mich in den letzten Tagen ein paar Mal behandelt, weil ich wegen der Schwangerschaft Rückenschmerzen habe. Im Gegenzug habe ich für uns beide gekocht. Darum war ich auch nicht in seiner Praxis.«

»Oh, ein guter Freund und … schwul?«

Ich Idiot!

»Ja genau. Außerdem sind mir die Gespräche mit Brian wichtig. Ich hatte keine einfache Zeit, während du in Arizona warst. Du hast dich nicht einmal bei mir gemeldet.«

David konterte: »Du bist nicht zum Flughafen gekommen. Ich hatte gehofft, dich noch zu sehen. Außerdem, … wir haben uns auf einen sauberen Schnitt geeinigt. Weil der besser verheilt als eine Wunde, die immer wieder aufgerissen wird.«

»Ja, ich weiß. Gefehlt hast du mir trotzdem.«

Ich habe ihr gefehlt?!

»Du mir auch.«

David entspannte sich zunehmend und die Wut wich von ihm. An ihrer Stelle keimte Hoffnung auf.

Nachdem der Kellner die Bestellung aufgenommen hatte, saßen sie einander erneut wortlos gegenüber.

»Und jetzt?«, fragte Riley leise.

»Ich habe viel über uns und das Baby nachgedacht. Arizona war für mich zuerst ein Befreiungsschlag. Du weißt ja, wie wichtig mir meine Freiheit ist.« David lächelte schief.

»Ja, ich weiß. Mir ist Freiheit auch wichtig, aber du vergötterst sie«, unterbrach Riley.

»Vergöttern? Wenn du meinst. Jedenfalls hatte ich rasch genug davon, und habe mich immer mehr nach deiner Nähe gesehnt.« David nahm einen Schluck von seinem zweiten Bier. »Mir wurde bewusst, dass ich Freiheit und Abenteuer mit dir zusammen teilen will … und mit unserem Baby.«

Riley griff nach einem Taschentuch. »Heißt das … Kommst du zu mir zurück?«

»Wir gehören zusammen. Das ›Traumpaar‹ haben uns alle genannt. Jetzt werden wir zur Traumfamilie.«

Tränen des Glücks liefen Rileys Wangen hinunter. David nahm ihre Hände in seine und sie strahlten um die Wette. Der Kellner tischte Pizza auf und schenkte Mineralwasser nach. Sie aßen und es dauerte lange, bis in ihr Bewusstsein sank, was soeben passiert war. Erleichterung und Vorfreude. Sie knüpften nahtlos dort an, wo sie vor ihren Problemen aufgehört hatten.

Als der Nachtisch, Cheesecake mit Johannisbeergelee, vor ihnen auf dem Tisch stand, fragte Riley nach den Resultaten des Workshops.

»Es gibt durchaus Perspektiven für die Firma. Die Stimmung war optimistisch.« David blickte Riley ängstlich an. »Hast du die Verträge mit dem neuen Arbeitgeber schon, ähm, habt ihr die schon unterzeichnet?«

»Nein, das ist für nächste Woche vorgesehen.«

»Uff, zum Glück! Dann gibt es erst recht Perspektiven für die Alaska Bush Pilots.«

David strahlte über das ganze Gesicht. Dem Traum einer gemeinsamen Familienfirma wurde soeben wieder Leben eingehaucht.

27

25. SEPTEMBER

Am nächsten Morgen richtete Tanja erneut den Besprechungsraum im Hotel her. Die Präsentation der Ergebnisse stand an. John war der Erste nach ihr und spürte sofort, wie aufgewühlt sie war.

»Alles gut, Liebling?« Er nahm sie in den Arm.

»Es geht so. Ich bin extrem nervös und unsicher, ob Dad auf unsere Vorschläge eingehen wird.«

»Wir haben gestern gut gearbeitet. Vor allem dank dir können wir heute eine echte Alternative aufzeigen. Du hast das Mögliche getan. Ob das jetzt bei deinem Vater ankommt oder nicht, liegt nicht mehr in deiner Hand.«

»Danke.« Tanja schmiegte sich an John, bis Sharon zusammen mit dem humpelnden Joe den Raum betrat. Als sich das gesamte Team im Besprechungsraum eingefunden hatte, eröffnete Mike die Sitzung.

»Ich freue mich, dass ihr alle da seid. Besonders dankbar bin ich, dass heute beide Barbers mit von der

Partie sind, um ihre Gedanken einzubringen.« Dann verdüsterte sich Mikes Miene. »Ich hatte heute Morgen eine weitere Besprechung mit Tom Hartley. Wir haben uns über den Kaufpreis seiner Anteile und über das weitere Vorgehen geeinigt. Er wird die Aktienmehrheit übernehmen und als Präsident des Verwaltungsrates eingesetzt. Für mich besteht kein Zweifel, dass wir mit ihm im Boot in einen sicheren Hafen einlaufen. Allein das Auftragsvolumen seiner fünf Wildnis-Lodges würde unser Überleben sichern.«

»Niemand von uns will Hartley als Chef«, fuhr Tanja dazwischen.

»Lass mich ausreden, du bist später dran«, erwiderte Mike barsch. »Ich habe mit Hartley weiter ausgehandelt, dass alle Arbeitsplätze für mindestens drei Jahre gesichert sind. Es gäbe also keine Entlassungen.«

Auf den Gesichtern von Sam und Joe zeichnete sich Erleichterung ab. Für sic war dieser Punkt der wichtigste.

Mike fuhr fort: »Hartleys Angebot gilt nur bis heute Mitternacht. Der Alte hat es satt, dass ich ihn immer wieder auf später vertröste. Ich befürchte, dass er Wind davon bekommen hat, dass wir Alternativen prüfen.«

»Ach, das ist doch nur eine leere Drohung«, warf Tanja ein.

»Da kennst du Hartley schlecht. Der lässt nicht mit sich spaßen. Wenn der etwas sagt, zieht er es auch durch. Diesbezüglich ist er zu hundert Prozent verlässlich.« Mike schluckte und runzelte die Stirn. »Wir dürfen uns keine Illusionen über unsere Verfassung machen. Wir sind stark angeschlagen. Letztlich können wir froh sein, dass uns Hartley aus der Patsche hilft. Das wär's von meiner Seite, der Ball ist jetzt bei euch.«

Tanja stand auf und schaltete ihr Notebook ein.

»Danke für deinen Einsatz, Dad. Du hast eine unterschriftsreife Lösung auf dem Tisch. Das ist in der jetzigen Situation alles andere als selbstverständlich. Dafür sind wir dir dankbar.« Die anderen nickten anerkennend und Tanja hielt einen kurzen Moment inne. »Leider ist es keine Lösung, die begeistert. Sie spricht den Verstand an, aber nicht das Herz. Mit Hartley würde die Firma ihre Seele verlieren, alles, was uns ausmacht und worauf wir immer stolz waren. In Hartleys Firmengebilde wären wir nicht mehr als ein Rad im Getriebe. Ein Zulieferer für seine Lodges. Wie er mit seinen Mitarbeitern umgeht, wissen wir aus Erfahrung zur Genüge.« Tanja projizierte die erste Folie ihrer Präsentation auf die Leinwand.

> Entscheidend ist nicht in erster Linie, stark zu sein, sondern sich stark zu fühlen. – Aus dem Film »Into the wild«

»Es stimmt, wir sind angeschlagen. Die Frage ist, ob wir uns den Problemen stellen und daran wachsen, oder ob wir kapitulieren und uns in die Arme eines Investors werfen. Durch harte Zeiten gehen und nicht aufgeben, das ist wahre Stärke.«

Mike wurde unruhig und konnte sich einen Kommentar nicht verkneifen: »Es gibt auch Kämpfe, die man nicht gewinnen kann. Weisheit ist, das eine vom anderen unterscheiden zu können.«

Tanja fuhr unbeirrt fort: »Wir haben uns gestern im

Workshop als Erstes die Frage gestellt, warum wir uns für die Firma engagieren wollen. Folgende Stichwörter sind immer wieder gefallen: Familiengefühl, Arbeitsklima, Freundschaft, Fairness und die gemeinsame Begeisterung für das Fliegen und Alaskas Wildnis. Dafür lohnt es sich zu kämpfen!«

Mike, Sam und Joe waren aufmerksam, zeigten aber keine Regung. Die anderen nickten zustimmend.

»Als das ›Warum‹ geklärt war, haben wir uns mit dem ›Wie‹ auseinandergesetzt. Wie können wir die Firma in eine erfolgreiche Zukunft führen? Schnell war klar, dass es mit den Flügen alleine nicht klappen kann. Wir müssen unser Dienstleistungsangebot ausbauen.« Tanja blendete die nächste Folie ein und strahlte über das ganze Gesicht.

Zukunft der Alaska Bush Pilots:

Innovativer Erlebnisanbieter
Nachhaltiger Tourismus
Top-Service
Führend in Flugsicherheit

»Schön und gut. Aber was heißt das konkret?« Mike hatte genug vom Vorgeplänkel.

»Dazu kommen wir jetzt. Wir wollen nicht noch mehr von dem anbieten, was es in Alaska schon zur Genüge gibt, sondern gänzlich neue Wege gehen. Deshalb haben wir in einem Brainstorming frische Ideen entwickelt.«

Vom Flugtaxi zum Erlebnisanbieter, stand auf der nächsten Folie.

»Mit dem Fliegen allein ist es nicht mehr getan. Wir müssen Mehrwerte für unsere Gäste schaffen. Ein Beispiel: Was spricht dagegen, bei einem Panoramarundflug einen Zwischenstopp an einem malerischen See einzulegen, einen Tisch aufzustellen und Sekt mit geräuchertem Wildlachs zu servieren? Nur so erhalten wir auf den sozialen Medien enthusiastische Rezensionen, mit denen wir mehr Gäste anziehen. Unser Service muss sich von den anderen Anbietern klar abheben.«

Mike nickte. »Hm, könnte hinhauen.«

Doch schon bei der nächsten Folie schüttelte er den Kopf. »Yoga-Retreat in der Wildnis? Ernsthaft?!«

Tanja ließ sich nicht beirren. »Wir stellen ein Full-Service-Yurtencamp an einem atemberaubend schönen Platz auf. Dann engagieren wir einen Yogalehrer und bieten fünftägige Seminare zu Pauschalpreisen an. Maximal zwölf Teilnehmende pro Kurs. Indien oder Sri Lanka kennt jeder, Alaskas Wildnis ist genauso inspirierend und passend.«

Mike verschränkte die Arme vor der Brust. »Und davon sollen wir leben können?«

»Zum Teil, Dad. Zwei bis drei solche Yoga-Retreats pro Jahr wären möglich. Dann könnten wir im Yurtencamp auch Wanderferien durchführen, Meditationsseminare, Führungskurse, Entschleunigungsseminare, Digital-Detox-Retreats, Tiersafaris für Fotografen, Fliegenfischerwochen mit täglichem Ausfliegen an die besten Fangplätze, Wim-Hof-Kälteseminare und natürlich schamanische Rituale und Zeremonien mit Jay. Die

Möglichkeiten sind fast unbegrenzt, nur die Jagd schließen wir kategorisch aus.«

Mikes Gesicht entspannte sich ein wenig und er lehnte sich in seinen Stuhl zurück.

»Das Konzept ist bei allen Angeboten dasselbe«, fuhr Tanja fort. »Wir engagieren Top-Leiter für das jeweilige Thema, organisieren das passende Essen dazu und stellen eine naturnahe Infrastruktur in einer fantastischen Gegend zur Verfügung. Wir treten als Reiseveranstalter auf und führen alle Wildnisflüge durch.«

»Und wo nehmen wir das nötige Know-how her? Wir sind Buschpiloten und keine Reiseveranstalter«, fragte Mike.

»Tanja und ich würden uns dieser Herausforderung gerne stellen. In den Wintermonaten haben wir viel Zeit, um die organisatorischen Fragen zu klären«, sagte Sharon.

»Genau. Dann hätten wir auch Zeit, um die Angebote zu bewerben. Wir stellen uns vor, das Angebot bei den potentiellen Leitern von Retreats zu platzieren. Die haben schon einen Kundenstamm, der für eine Reise infrage kommt. Also beispielsweise bei selbstständigen Yogalehrern, Führungstrainern, Profi-Fotografen, Guides für Fliegenfischen, Wandern oder Tiersafaris.«

»Ich sehe, ihr habt euch einiges überlegt. Vieles davon klingt interessant. Aber wer finanziert das alles?« Mike lehnte sich nach vorne und blickte Tanja prüfend an. »Unsere Kasse ist leer und ich kann mir nicht vorstellen, dass wir eine Bank finden, die dieses Abenteuer mit ungewissem Ausgang finanzieren wird. Das Yurtencamp, der neue Auftritt, das Marketing und alle organisatorischen Anpassungen wären kostspielig. Habt ihr im Lotto gewonnen?«

»Stimmt«, erwiderte Tanja. »Neben dem Veränderungswillen braucht es auch die Veränderungsfähigkeit. Die setzt Geld voraus. Für dieses Thema gebe ich jetzt an David ab.« David stand auf und blendete die nächste Folie ein.

Partnerschaft

Alle sind an der Firma beteiligt.
Alle rudern im selben Boot.
Skin in the game!

»Alle Mitarbeitenden beteiligen sich nach ihren Möglichkeiten an der Firma und bringen Kapital ein. Damit erreichen wir auch, dass alle mit ›Haut und Haaren‹ für die Firma engagiert sind. Skin in the game, wie man heutzutage sagt.« David stand aufrecht und mit funkelnden Augen vor den anderen. »Mit dem geplanten Partnerschaftsmodell erreichen wir, dass alle noch mehr als sonst am selben Strick ziehen.«

Mike runzelte die Stirn. »Kommt dabei denn genügend Geld zusammen? Ihr habt sicher Verständnis dafür, wenn ich nicht meine ganze Altersvorsorge einwerfen kann.«

»Wir haben mittlerweile für rund ein Drittel des erforderlichen Kapitals eine verbindliche Zusage. Mom ist bereit, die gesamte Erbschaft ihrer Mutter einzusetzen. Für den Rest brauchen wir mehr Zeit.«

»Die haben wir leider nicht. Im Übrigen tue ich

mich auch schwer damit, wenn ihr euer Geld investiert. Was ist, wenn ihr alles verliert?«

»Wir sind uns der Risiken bewusst und tun das aus freiem Willen. Das Ultimatum endet um Mitternacht. Uns bleiben rund zehn Stunden. Außerdem«, David räusperte sich, »hat sich unsere Situation seit gestern verändert. Das verbessert die Perspektiven.« Alle schauten David fragend an. »Riley und ich, ähm, wir haben gestern lange gesprochen und … wir wollen eine Familie gründen und unser Leben zusammen verbringen.«

Tanja blickte verblüfft zu John und spürte Tränen aufsteigen. Mike machte große Augen, die anderen applaudierten spontan.

»Zeit für eine Pause, ich brauche frische Luft, um meine Gedanken zu ordnen«, sagte Tanja und öffnete die Fenster. Sie umarmte David und Riley, dann ging sie mit John in den Hotelgarten. Es war bissig kalt draußen, aber die Sonne drückte durch die dicke Wolkendecke. Tanja trat aus dem Schatten des Gebäudes in das Licht. Das tat gut, so war es auszuhalten.

»Das sind ja Neuigkeiten! Hast du davon gewusst?«

»Riley hat es mir heute Morgen kurz vor der Sitzung erzählt. Ich war genauso sprachlos. Sie wollte, dass du es von David selbst hörst.«

»Ihr werdet also die neuen Arbeitsverträge nicht unterzeichnen?«

John fasste Tanja an den Händen. »Es gibt keinen Grund mehr dafür. Wir bleiben … mit Haut und Haaren.«

»Das ändert alles und macht alles einfacher. Jetzt brauchen wir nur noch das verdammte Geld.« Tanja ballte eine Faust und ihr Atem wurde in der Kälte sichtbar. Dann zog sie John zu sich und umarmte ihn.

Hätten wir das nur ein paar Tage früher gewusst.

NACH DER PAUSE wandte sich Mike an David und Riley: »Ich kann euch gar nicht sagen, wie sehr mich eure Nachricht freut! Das habe ich mir innig gewünscht. Und ich denke, für alle hier im Raum zu sprechen.« Dann verdunkelte sich seine Miene wieder. »Trotzdem. Wir müssen innerhalb der nächsten Stunden eine folgenschwere Entscheidung fällen. Wer von euch ist zum jetzigen Zeitpunkt für die Lösung mit Tom Hartley?«

Stille im Raum. »Sam, was ist mir dir?«

Sam blickte zu Boden: »Ich bin fünfundsechzig und würde gerne noch ein paar Jahre fliegen. Was soll ich auch sonst machen? Das hier ist mein Leben. Aber für finanzielle Abenteuer fühle ich mich zu alt. Mein Verstand sagt mir, dass es in dieser Situation weiser ist, auf Nummer sicher zu gehen. Ich bin für die Variante mit Hartley … tut mir leid.«

»Was ist mir dir?« Mike blickte zu Joe, der ausnahmsweise keine Polaroid-Brille trug. Mit dem kürzeren Haarschnitt und dem gepflegten Bartwuchs sah er seriöser aus, wie Tanja fand.

»Ich brauche die nächsten paar Jahre einen Job, um meine Reputation als Pilot wieder aufzumöbeln. Ich kann mir nicht vorstellen, dass mir im Moment jemand eine Chance dazu geben würde. Für mich geht es um die Existenz. Ich bin Buschpilot und will es bleiben.« Joe trank einen Verlegenheitsschluck, bevor er zum Punkt kam. »Auch wenn ich ihn nicht mag, die Beteiligung von Hartley sichert unsere Jobs und scheint mir die aussichtsreichste Zukunftsoption. Sorry, tut mir wirklich leid.« Joe senkte seinen Blick.

Jetzt stand John auf. »Ich kann eure Bedenken verstehen. Wir sollten die restliche Zeit aber nutzen und ich stelle daher folgenden Antrag. Wir treffen uns um dreiundzwanzig Uhr im Büro und entscheiden dann endgültig. Bis dahin bleiben uns zwölf Stunden, um zu prüfen, ob wir das Geld auftreiben können. Ich habe da eine Idee.« John schaute Mike eindringlich an. »Der Traum einer gemeinsamen Familienfirma ist wieder in Griffweite. Lass uns nichts unversucht lassen, dann müssen wir uns später nie Vorwürfe machen.«

Alle blickten zu Mike, der sich nach hinten lehnte, an die Decke starrte und sich für die Antwort Zeit ließ.

»Antrag angenommen. Wir treffen uns um dreiundzwanzig Uhr zur finalen Entscheidung!«

Nach der Sitzung stand Mike alleine auf dem Dock und blickte über den See. Er spürte Zuversicht in sich aufkeimen, gleichzeitig schien es ihm unrealistisch, das notwendige Kapital in so kurzer Zeit aufzutreiben. Aus einem Impuls heraus griff er zu seinem Handy und wählte Hartleys Nummer.

»Na, ist der Moment gekommen? Die Verträge liegen bereit, wann kommst du vorbei?«, sagte Hartley als erstes.

Mike konnte sein höhnisches Grinsen vor seinem

geistigen Auge sehen und das Blut rauschte in seinen Ohren.

Er versuchte, die Ruhe zu bewahren, und erwiderte: »Bald Tom. Eine Kleinigkeit müssen wir intern noch klären, reine Formsache.«

»Das Ultimatum gilt! Du kriegst nicht eine einzige Minute mehr, Gerber. Ich hoffe, das ist dir klar!«

»Glasklar. Was hältst du davon, wenn wir uns um Mitternacht in deinem Büro treffen, unterzeichnen und auf den Deal anstoßen? Du bist ja bekannt dafür, dass in deinem Büro das Licht oft bis in die frühen Morgenstunden brennt.«

Einen Moment lang war es ruhig auf der Leitung.

»Genau das könnte der Grund sein, weshalb ich der Investor bin und du der Bittsteller Gerber … Einverstanden! Mach, dass du pünktlich bist. Punkt vierundzwanzig Uhr muss der Vertrag unterzeichnet sein. Sonst werfe ich die Papiere in das Kaminfeuer und das Schicksal der Alaska Bush Pilots ist für ein und alle Mal besiegelt!«

Arrogantes Arschloch! Wir müssen das verdammte Geld irgendwie auftreiben!

Mike biss die Zähne zusammen, lief mit geballten Fäusten zu seinem Truck und fuhr ins Hillside. Er wollte seine privaten Finanzen nochmals einer genauen Prüfung unterziehen.

28

25. - 26. SEPTEMBER

Gegen dreiundzwanzig Uhr versammelte sich das Team um den Holztisch im Pausenraum der Alaska Bush Pilots. Die Atmosphäre war elektrisch geladen. Sam und Sharon schenkten Kaffee ein. John kam als Letzter und brachte überraschend Laura mit.

»Schön, dich zu sehen … aber was führt dich zu uns?«, fragte Mike erstaunt, küsste sie auf die Wangen und organisierte ihr einen Stuhl.

»Ich will euch den Rücken stärken. Es wäre eine Schande, wenn diese tolle Firma an Tom Hartley geht. Der Alte kann den Hals nie voll genug kriegen.«

Mike gab ihr im Stillen Recht, eröffnete die Sitzung und übergab Tanja das Wort.

Während Tanja zum Flipchart ging, sagte Laura: »Wenn ich schon da bin, möchte ich gerne ein paar Gedanken mit euch teilen. Ihr habt etwas Einzigartiges aufgebaut und ich habe die Alaska Bush Pilots mehr als eine große Familie und weniger als Firma wahrgenommen. Das ist zu einem großen Teil dir zu verdanken, Mike. Du warst von Anfang an die treibende Kraft – dafür hast du meinen Respekt und meine Bewunderung.« Mike lächelte verlegen. Lauras Meinung hatte für ihn doppeltes Gewicht. »Dieser unvergleichliche Spirit würde ohne Zweifel verlorengehen, wenn ihr euch mit Hartley zusammentut. Ich kenne ihn seit unserer gemeinsamen Schulzeit. Er ist ein guter Geschäftsmann und ein Workaholic. Aber Empathie und Herzlichkeit gehen ihm gänzlich ab. Wenn es einen anderen Weg gibt, dann macht einen Bogen um ihn.«

»Danke für deine Worte, Laura.« Tanja war nun so weit, das Resultat ihrer Anstrengungen in den letzten Stunden zu präsentieren. »Für eine solide Finanzierung der Firma brauchen wir nach meinen Berechnungen in den nächsten zwei Jahren mindestens fünfhunderttausend Dollar. Ich bin stolz und glücklich, dass wir den größeren Teil dieses Betrages aufbringen können.«

Tanja blätterte zum vorbereiteten Chart und strahlte über das ganze Gesicht.

Zugesagte Investitionsbeträge:

John: 70.000
Laura: 130.000
Sharon: 20.000
Tanja: 130.000
Total: 350.000.
Es fehlen noch rund 150.000.

. . .

Ein Raunen ging durch die Runde. Mike blickte ungläubig auf den Flipchart. »Wow, unglaublich! Dass ihr bereit seid, so viel Geld zu investieren und euch damit an der Firma zu beteiligen, berührt mich.« Dann wandte er sich zu Laura. »Ich wusste gar nicht, dass du so wohlhabend bist.«

»Ich habe das Kapital noch nicht verfügbar. Aber wie du weißt, hatten Tim und ich ein kleines Haus in Florida. Seit er vor sechs Jahren verstorben ist, war ich nicht mehr oft dort. Ich werde das Haus verkaufen und das Geld sinnvoll investieren.«

»Das ist großartig, aber du hast mir vor einem Jahr begeistert erzählt, dass du von deinem Grundstück aus Delphine und Manatis beobachten kannst. Willst du das wirklich für unsere Firma aufgeben?«

Laura lächelte Mike warmherzig an. »Alles hat seine Zeit. Ich tue das gerne, von ganzem Herzen. Du hast meinen Tim ja auch gekannt und weißt, wie er zu solchen Dingen stand. Besitz war ihm nie wichtig, Familie und Freunde hingegen schon. Das Leben ist nicht dazu da, um Dinge zu gewinnen, hat er oft gesagt. Meine Entscheidung ist in seinem Sinne.«

Sam meldete sich: »Ich bin von diesen Zahlen genauso beeindruckt. Unabhängig vom Geld frage ich mich aber, ob wir mit Yoga- und Meditationsseminaren nicht auf dem Holzweg sind. Wir sind Buschpiloten, nicht fernöstliche Heiler. Schon gar keine Gurus! Dieser Spagat scheint mir etwas zu groß.«

Tanja schmunzelte. »Wir bleiben im Kern Buschpiloten und behalten unser bisheriges Geschäft bei. Gleichzeitig lassen wir etwas Neues aufblühen. Mehr vom Gleichen wird uns nicht aus der Krise führen. Erst recht nicht, wenn wir Tom Hartley als Großkunden verlieren.«

Sie machte eine Pause. Als niemand mehr etwas einwandte, fuhr sie fort: »Nebst den Kapitalzusagen darf ich zusätzliche Unterstützung für das Projekt bekanntgeben: Riley und David sind bereit, drei Jahre auf die Hälfte ihres Lohnes zu verzichten.«

Mikes Augen weiteten sich, als David erklärte: »Riley und ich haben kein Kapital. Aber wir wollen auch einen Beitrag leisten.«

Joe meldete sich zu Wort: »Ich habe in den letzten Stunden nachgedacht. Wenn es eine Chance gibt, bin ich dabei. Geld habe ich zwar keines und mit weniger Lohn komme ich nicht über die Runden. Ich habe da noch Schulden, die ich zurückzahlen will. Aber ich wäre bereit, für denselben Lohn mehr zu arbeiten. Zeigen wir's dem alten Hartley!« Spontaner Applaus ließ die Wände erzittern. Tanja spürte immer mehr Hoffnung aufsteigen.

Sam ließ sich von den anderen mitreißen. »Ihr habt mich überzeugt. Ich bin dabei. Von meinem knapp bemessenen Alterskapital kann ich nichts einsetzen. Aber die Hälfte meines Lohnes kann ich entbehren. Ruth arbeitet ja auch noch. Zusammen mit der kleinen staatlichen Altersrente, die ich ab Ende des Jahres erhalte, kommen wir über die Runden.« Sam räusperte sich. »Außerdem biete ich mich für die Leitung der Wanderwochen an. Ich wandere leidenschaftlich und niemand kennt sich in Alaskas Wildnis so gut aus wie ich. So sparen wir die Kosten für einen teuren Guide.«

»Großartige Idee Sam!« Tanja schlug die Hände zusammen.

Mikes Stimme war brüchig. »Wenn das so ist, stehe ich für die restlichen 150.000 ein. Ich werde die Hypothek auf meinem Haus erhöhen. Damit hätten wir für mindestens ein Jahr genügend Liquidität. Ob das genügt, um die Wende zu schaffen, wird sich zeigen. Ich vermute, dass wir die notwendigen Investitionen eher unterschätzen. Der Rechtsstreit mit der Familie in Oregon könnte zudem teuer werden.« Mike stand auf und blickte in die Runde. »Wie auch immer, ich bin für den Optimismus der Tat! Lasst uns abstimmen.«

Keine einzige Gegenstimme, alle waren im Boot. Damit war für Mike auch klar, dass er seine Aktien in ein neues Partnerschaftsmodell einbringen würde. Das bedeutete auch, dass die Verantwortung für die Firma auf mehrere Schultern verteilt würde. Das fühlte sich gut an für Mike. Und entlastend.

Euphorie breitete sich aus und die Alaska Bush Pilots klatschten sich gegenseitig ab. Tanja umarmte John und spürte eine tiefe innere Genugtuung und Zufriedenheit. Die Gewissheit, das Richtige zu tun. Die Gewissheit des Herzens.

Am folgenden Morgen informierte Mike alle, dass er von Hartley eine Minute nach Mitternacht eine Textnachricht erhalten hatte. Darin stand: Das war's dann. Viel Glück, du wirst es brauchen!

»Da hat er wohl nicht unrecht«, sagte Mike trocken, hielt sich aber nicht mehr weiter damit auf. »Was wir jetzt benötigen, ist jemand, der vorangeht und uns in die Zukunft führt. Es ist an der nächsten Generation, die Führung für den geplanten Umbruch zu übernehmen.« Mike wandte sich an John. »Du bist einer der besten Piloten in Anchorage. Jeder kennt und respektiert dich. Wirst du uns in die Zukunft führen?« Mikes Zweifel darüber, ob John der Richtige ist, waren nicht gänzlich ausgeräumt. Aber nach Tanjas Absage hatte er keine geeigneteren Alternativen zur Hand.

John lehnte sich im Stuhl zurück und nahm sich Zeit. »Danke für dein Vertrauen und die lieben Worte. Ich bin mit Haut und Haaren Buschpilot und voll motiviert, Verantwortung zu übernehmen. Trotzdem bitte ich um Bedenkzeit. Lass uns in ein paar Tagen darüber entscheiden.«

»Oh … okay, wenn du meinst.« Mike war einen Moment lang sprachlos. »Dann wird Tanja die Projektarbeiten vorerst weiterführen. Wir dürfen keine Zeit verlieren.«

Als Mike die Sitzung schließen wollte, stand Laura auf. »Einen Moment noch bitte. Eben war mein alter Schulfreund Tony Stewart bei mir zum Kaffee und hat mir erzählt, dass er keinen Nachfolger für seine Firma in Gold Lake findet. Er hat soeben den Preis erheblich reduziert.«

»Tony Stewart? Er ist einer der angesehensten Buschpiloten nördlich von Anchorage. Ein guter Kerl, tut mir leid, dass er keinen Käufer findet. Aber was hat das mit uns zu tun?«, wollte Mike wissen.

»Die Lage seines Flugtaxi-Unternehmens mit den zwei Wasserflugzeugen ist unübertroffen. Direkt an einem windgeschützten See, mit Blick auf die schneebedeckten Berge der Denali Range. Das von seiner Frau geführte Bed & Breakfast genießt einen ausgezeichneten

Ruf. Gold Lake hat mit Bergsteigern, Anglern und Jägern in den letzten Jahren einen touristischen Aufschwung erlebt.«

»Dass der Tourismus dort gut läuft, kann ich bestätigen. Mein Cousin lebt mit seiner Frau in Gold Lake«, sagte John. »Ich mag es dort. Hunde liegen auf der Straße, jeder weiß alles über jeden und die Bewohner sehen sich als richtige Alaskaner. Der Groove der Goldgräberzeit ist dort immer noch spürbar. Aber ja, was hat das mit uns zu tun?«

»Mann, ihr habt aber auch eine lange Leitung«, sagte Laura lachend. »Warum verkaufen wir hier nicht alles und übernehmen Tonys Firma? Hier am Lake Hood sind wir einer von vielen Anbietern. Dazu kommt, dass uns Hartley das Leben schwermachen wird. Er wird alle Hebel in Bewegung setzen, um uns zu schaden. Verlieren konnte der noch nie.« Laura strahlte über das ganze Gesicht, als sie fortfuhr: »Wir könnten uns alle in Gold Lake niederlassen. Die Lebenskosten dort sind viel niedriger und wir hätten entsprechend weniger finanziellen Druck. Und das Wichtigste: Ich bin überzeugt, dass es unseren Gästen dort gefallen würde.«

Es dauerte, bis sich Mike so weit gefangen hatte, dass er etwas zum Vorschlag sagen konnte.

»Du bist immer wieder für eine Überraschung gut, Laura. Aber meinst du das wirklich ernst? Ich kann mir nicht vorstellen, dass alle Haus und Freundeskreis aufgeben wollen, um in Gold Lake neu anzufangen. Außerdem ist Tonys Flugbusiness wesentlich kleiner als unseres. Wir hätten dort nicht genügend Aufträge, um alle zu beschäftigen.« Mike schüttelte den Kopf. »Das scheint mir doch eine etwas gar radikale Variante.«

Es war lange ruhig im Raum und der Vorschlag schien schon so gut wie erledigt, als Tanjas Stimme die Stille durchbrach.

»Ich finde Lauras Idee äußerst spannend, wir sollten sie nicht gleich vom Tisch wischen. Das ländliche Alaska würde doch sehr gut zu den geplanten neuen Aktivitäten passen, findet ihr nicht? Dass wir zudem ein Bed & Breakfast in toller Lage betreiben könnten, wäre ein weiterer Vorteil. Sicher würden viele unserer Gäste vor oder nach ihrem Wildnisabenteuer dort noch ein, zwei Nächte verbringen. Ein Neustart an einem neuen Ort klingt für mich nach einer riesigen Chance.« Dann drehte sich Tanja zu Mike und lächelte schelmisch: »Außerdem warst du ja früher mal Immobilienmakler. Diese Erfahrung würde uns sicher bei diesen Transaktionen weiterhelfen.«

»Also bitte. Das hört sich alles so leicht an. Wollen wir unsere Wohnhäuser und das Firmengebäude in bester Lage einfach so verscherbeln? Was ist mit all den Erinnerungen, die wir damit verbinden? Laura, du hast dreißig Jahre lang mit Tim in eurem Haus gelebt. John hat sein Haus zusammen mit Cathy gebaut. Rileys Elternhaus!«

»Das stimmt.« Laura schaute Mike mitfühlend an. »Genau das ist ein guter Grund mehr, um es zu wagen. Wir sind in unserer Vergangenheit gefangen. Es ist an der Zeit, loszulassen und neu anzufangen. Ich bin dankbar für die Zeit mit Tim und werde ihn immer lieben. Gleichzeitig will ich wieder vorwärtsschauen. Ich denke, das gilt auch für dich, Mike. Es ist kein Verrat an Susan, wenn du das gemeinsame Haus aufgibst und dich wieder dem Leben öffnest.«

Lange war es still am Tisch, alle waren tief in Gedanken versunken. Lauras Vorschlag und seine Auswirkungen mussten zuerst einmal verarbeitet werden. Joe fasste als Erster einen Entschluss.

»Ich wäre dabei. Keine Frage. Etwas Besseres als Gold Lake könnte mir nicht passieren. Sicher findet mein Verstand Gründe dafür, warum wir besser am Lake Hood bleiben sollten. Aber mein Bauchgefühl sendet mir eine klare Botschaft und darauf vertraue ich.« Joe blickte zu Sharon, die mit einem warmen Lächeln signalisierte, dass sie seiner Meinung war.

John, Sam und David zögerten. Riley strahlte David an. »Ich würde es lieben, dort unser Kind großzuziehen. Wir würden nicht nur in die Wildnis fliegen, sondern auch an deren Rand leben. Als Kind habe ich es geliebt, wenn wir Dads Verwandte in Gold Lake besucht haben. Ich habe wunderschöne Erinnerungen an diesen Ort.«

Mike verstand die Welt nicht mehr. »Tut mir leid, wenn ich die aufkommende Euphorie bremse. Aber das kann doch nicht euer Ernst sein! Alle unsere Gäste landen in Anchorage. Niemand will nach einem langen Flug ein Auto mieten, um dann zu uns ins Niemandsland zu fahren. Wir bleiben da, wo auch unsere Kunden sind!«

Tanja hatte sofort eine Lösung parat. »Das lösen wir mit einem Shuttle-Service, der im Preis von unseren künftigen Pauschalangeboten inklusive ist. In diesen zwei Stunden Fahrzeit sehen die Gäste schon einiges und haben Zeit, richtig in Alaska anzukommen. Je länger ich darüber nachdenke, desto mehr begeistert mich Lauras Idee.«

»Ich fasse es nicht«, erwiderte Mike kopfschüttelnd.

»Wer findet, dass wir diese Idee weiterverfolgen sollten?« Alle Hände gingen hoch. »Sam, du hast doch dein ganzes Leben in Anchorage gelebt. Was wird Ruth dazu sagen?«

»Stimmt, aber die Entwicklungen in Anchorage machen uns beiden schon lange keine Freude mehr. Die Aussicht darauf, mit Ruth ein authentisches alaskanisches Leben zu führen, spricht mich an. Aber klar, wir müssen das besprechen und die Idee setzen lassen. Wir haben ja nur darüber abgestimmt, ob man die Idee weiterverfolgen will.«

»Gut, wenn ihr meint … Wir unterhalten uns morgen über das weitere Vorgehen, was Gold Lake anbelangt. Wir brauchen jetzt wohl alle Zeit, um die Gedanken setzen zu lassen. Vielleicht sehen wir danach klarer.«

Mike schloss die Sitzung und blickte verwundert in die Runde.

Nach der Sitzung standen Tanja, Mike und John noch einen Moment zusammen vor dem Büro, um in den wärmenden Sonnenstrahlen einen Kaffee zu trinken.

»Mein Gott, wer hätte das anfangs der Saison erwartet. Etwas viel für einen älteren Mann wie mich.« Mike lächelte müde.

»Laura hat absolut recht, Dad. Gold Lake wäre eine große Chance für uns alle. Gerade für dich. Du hängst in deinem Haus in deiner Vergangenheit fest.«

»Findest du?«

»Wenn du ehrlich zu dir bist, liegt die Antwort auf der Hand.« Dann wandte sich Tanja zu John. »Für dich gilt dasselbe. Für uns zwei wäre das der perfekte Start in ein neues Leben. Die Vergangenheit wird immer ihren Platz haben, aber wir sollten nicht in ihr leben und täglich daran erinnert werden.«

John nickte, während Mike in Gedanken versunken schwieg. Ein Weißkopfseeadler segelte über sie hinweg zum anderen Ende des Lake Hood. Majestätisch und spielerisch leicht.

29

27. – 28. SEPTEMBER

Kehrausstimmung am Lake Hood. Die Saison war fast zu Ende. Nur noch vereinzelte Jäger und Angler nahmen die Dienste der Buschpiloten in Anspruch und die meisten Piloten um den See winterten das Material ein. Rote, gelbe und braune Blätter fielen von den Bäumen und die ersten Schneeflocken tanzten in der Luft.

Am frühen Nachmittag war Mike so weit, das weitere Vorgehen mit den anderen zu besprechen. Er kam sofort zur Sache, als alle im Pausenraum waren.

»Unabhängig davon, wie wir uns in der Standortfrage entscheiden, dürfen wir keine Zeit mehr verlieren. John, Laura und ich werden uns nachher die Situation in Gold Lake genauer anschauen. Alle anderen werden unsere Marketingoffensive bei den Geschäftspartnern vorantreiben. Wir müssen die entlastenden Ergebnisse des Untersuchungsberichts und die geplanten Änderungen in der Eigentümerschaft der Firma kommunizieren. Genauso wie die Eckpfeiler unseres Flugsicherheitskonzepts. Wir etablieren damit die höchsten Standards in Alaska. Alles klar?«

Keine Fragen. Alle waren bis in die Zehenspitzen motiviert.

»Ach übrigens, hast du noch etwas von Hartley gehört?«, wollte John wissen.

»Nein, aber ich werde ihm in den nächsten Tag persönlich einen Besuch abstatten. Das lasse ich mir nicht nehmen.«

FÜNF MINUTEN später waren die drei auf dem Weg nach Gold Lake, nördlich von Anchorage. Tanja koordinierte derweil mit den anderen das weitere Vorgehen und Sam stellte die Details des neuen Sicherheitskonzepts vor.

»John hat es mit Joe und mir zusammen erarbeitet. Ein wichtiger Bestandteil davon ist das Buddy-System bei zweifelhaftem Flugwetter.«

»Buddy-System?« Sharon blickte Sam fragend an.

»Dabei holt ein Pilot im Zweifelsfall immer eine Zweitmeinung bei einem anderen Piloten ein, also bei einem Buddy. Mit dem Vier-Augen-Prinzip erreichen wir, dass der verantwortliche Pilot fundierter entscheiden kann.«

»Macht Sinn«, sagte Riley. »Das war zwar schon oft der Fall, aber wir haben es nie zur Pflicht erhoben.«

Sam ergänzte: »Ziel ist, dass wir unsere Erfahrungen mit dem Unfall in eine Stärke umwandeln. Wir gehen voran und führen die höchsten Standards in der

Branche ein. Wenn wir das überzeugend umsetzen und gut kommunizieren, gewinnen wir Vertrauen zurück.« Sam nahm einen Schluck Kaffee und blickte in die Runde. Niemand hatte noch Fragen. Sam übergab Tanja das Wort.

»Wichtig ist, dass wir in den Gesprächen unsere Kernbotschaften strukturiert vermitteln. Zuerst informieren wir über den Untersuchungsbericht, danach über die Lehren daraus. Dann weisen wir auf die neuen Beteiligungsverhältnisse und die solide Finanzierung der Firma hin. Von Gold Lake erwähnen wir vorerst nichts.«

Diese Botschaften nach außen zu tragen, war die eine Priorität. Die andere war, die geplanten Zusatzangebote auf die Beine zu stellen. Im Radio lief »We are the Champions« von Queen und Tanja drehte die Lautstärke auf.

»Mom, werd jetzt nicht pathetisch.« David rollte mit den Augen.

»Queen ging es bei diesem Song nie um Selbstgefälligkeit, sondern um den Anspruch, sich wie Champions zu verhalten. Auf uns bezogen heißt das, dass wir selbstbewusst und mit Vertrauen vorwärtsgehen. Mit der Überzeugung, immer einen Ausweg zu finden, wenn wir in eine Sackgasse fahren. Genau das wollen wir doch, oder?«

David nickte wortlos und ließ es dabei bewenden. So begeistert und voller Tatendrang hatte er seine Mutter noch nie erlebt.

Spätabends, es war schon fast Mitternacht, lag Tanja müde in Johns Armen. Billy saß vor dem Bett und setzte einen beleidigten Blick auf. Sein Platz neben Tanja war immer öfter von John belegt.

»Wie lief es in Gold Lake?«

»Besser als erwartet. Tony Stewarts Angebot ist mehr als fair und so wie es aussieht, wären alle in Gold Lake froh, wenn wir sein Geschäft weiterführen. Es gibt nur noch einen anderen Buschpiloten in der Gegend, aber der ist unbeliebt. Offenbar ein eigenwilliger, barscher Typ. Die Wahrscheinlichkeit wäre demnach groß, dass es Tonys Kunden mit uns versuchen. Sogar der Bürgermeister von Gold Lake ist an den See gekommen und hat uns ermuntert einzusteigen. Seine Gemeinde plant, den Tourismus in den nächsten Jahren weiter auszubauen, wovon wir profitieren würden. Dein Vater hat interessiert zugehört und viele Fragen gestellt. Seine anfängliche Ablehnung ist einer gesunden Skepsis gewichen.«

»Oh, schön, normalerweise braucht er länger. Wie hat das Bed & Breakfast auf dich gewirkt?«

»Du würdest es lieben, die Lage am See ist unglaublich.« John küsste Tanja sanft auf die Stirn. »Rosy Stewart hat es mit Liebe und Geschmack eingerichtet. Es ist zwar nicht topmodern, hat aber Charme und passt in die Gegend. Die Auslastung in den Sommermonaten liegt bei über sechzig Prozent.«

»Wow, nicht schlecht. Das könnten wir sicher steigern, wenn wir mehr Gäste in die Gegend bringen.«

»Dein Dad hat sich zudem über den Immobilienmarkt in Gold Lake erkundigt. Ein paar schmucke

Häuser und Wohnungen stehen frei. Es wäre kein Problem, alle unterzubringen.«

Am liebsten würde ich schon die Koffer packen!

»Was denkst du Liebling?« Tanja schmiegte sich noch näher an John. »Könntest du dir dort unsere Zukunft vorstellen?«

»Ich habe lange darüber nachgedacht und finde, dass du und Laura recht haben. Loslassen, neu anfangen … wir bauen uns dort ein behagliches Nest und bleiben zusammen. Für immer.«

John beugte sich über Tanja und zog sie behutsam aus. Zärtlich fuhr er mit seinen Fingern über ihren Körper, bevor sie ineinander versanken. Danach lagen sie sich entspannt und glücklich in den Armen. Sie waren sich näher denn je.

»Ohne dich würde es die Firma nicht mehr geben. Ich bin so stolz auf dich«, sagte John leise.

»Danke, aber es haben alle ihren Beitrag geleistet.«

»Du bist vorangegangen. Du hast die Zuversicht auch dann nicht verloren, als die Situation schier hoffnungslos war. Du hast uns mitgerissen. Woher kommt dieses Urvertrauen?«

»Hm, keine Ahnung. Ich habe die Familienfirma vor meinem geistigen Auge klar und deutlich gesehen. Manchmal war ich auch verzweifelt und nahe daran, alles aufzugeben. Dann aber kam das Bild und mit ihm die Zuversicht zurück.«

»Du hast also unseren Traum sozusagen in die Realität gedacht. Genau das ist es doch, was eine Führungskraft ausmacht, Visionen zu entwickeln und konsequent darauf zuzusteuern.« John blickte in Tanjas

Augen und lächelte. »Ich finde, du solltest die Geschäftsführung übernehmen.«

Ich? Jetzt kommt John auch noch damit!

»Meinst du das ernst?« John nickte. »Nein, das geht nicht … das ist dein Job! Ich bin weder Pilotin, noch hier aufgewachsen und verfüge auch nicht über deine Beziehungen. Ich hätte null Akzeptanz als Geschäftsführerin.«

»Ach was, Liebling. Die Erfahrung und das Wissen von uns allen ist ja da. Darauf kannst du zurückgreifen. An der Spitze benötigen wir jemanden, der gut kommunizieren und so die Kräfte in der Firma bündeln kann. Darin bist du viel besser. Ich ziehe mich gerne zurück und arbeite sowieso am liebsten alleine.«

Tanja legte ihren Kopf auf seine nackte Brust und hörte sein Herz ruhig und gleichmäßig schlagen.

»Danke für dein Vertrauen, Liebling, das berührt mich. Aber nein, das traue ich mir nicht zu. Ich war bis vor Kurzem Lehrerin in der Schweiz … Nein, tut mir leid. Aber ich werde dich gerne unterstützen.«

John lachte leise. »Langsam, Tanja, du bist zwar keine Pilotin, hast aber viele andere Stärken. Deine Fremdsprachenkenntnisse zum Beispiel oder die Fähigkeit, Menschen zusammenzubringen. Gedanken, Worte und Taten sind bei dir im Einklang. Das wirkt auf alle überzeugend und motivierend.« John strich ihr zart über die Wangen. »Denk wenigstens darüber nach.«

Die Vorstellung, vielleicht doch die Familienfirma zu leiten, hielt Tanja lange wach.

Vielleicht könnte ich es ja tatsächlich packen. Aber will ich mir diese Verantwortung aufbürden? Ausgerechnet jetzt, wo wir den Turnaround schaffen müssen?

Am nächsten Tag trafen sich Tanja und Joe zu Kaffee und Kuchen in einem Café im Zentrum von Anchorage. Seine Genesung vom Unfall schritt erfreulich voran. Er humpelte zwar noch, brauchte aber die Krücken seit gestern nicht mehr. Seit dem Ende ihrer kurzen leidenschaftlichen Beziehung im Vorjahr hatten die beiden privat keinen Kontakt mehr. Auch wenn sie damals im Frieden auseinandergegangen waren, wollten sie Gras über die Geschichte wachsen lassen. Das Verhältnis war mittlerweile entspannt.

»Ich habe das Gefühl, dass dich der Unfall verändert hat, Joe. Irgendwie bist du anders.«

»Inwiefern?« Joe zog umständlich sein linkes Bein unter den Tisch.

»Schwer zu sagen. Nachdenklicher? Fokussierter? Außerdem ist mir aufgefallen, dass du nur noch alkoholfreies Bier trinkst.«

Joe lehnte sich in den Stuhl zurück. »Veränderung braucht keine Zeugen, heißt es. Aber danke trotzdem, dass du sie wahrnimmst. Ich hatte im Krankenhaus viel Zeit, um über mein Leben nachzudenken. Ich habe riesiges Glück gehabt, dass alle überlebt haben und dass ihr zu mir steht. Ich will die Chance in der Krise nutzen und habe angefangen, mein Leben umzukrempeln. Das planlose und extreme Leben ist vorbei.« Joe nahm einen Schluck Kaffee und blickte aus dem Fenster. »Das war zwar aufregend und intensiv, gleichzeitig hatte dieses Dasein etwas Zerstörerisches an sich.«

Tanja schüttete Milch in ihre Tasse. »Meine Mutter hat kurz vor ihrem Tod gesagt: ›Das stetige Ausloten der goldenen Mitte ist der Weg zu einem glücklichen Leben.‹ Eine stimmige Aussage, finde ich.«

»Genau. Aber um die Mitte zu finden, muss man die Extreme kennen. Wer weder Hitze noch Kälte erfahren hat, wird die gesunde Mitte nicht finden. Daher gewinne ich meinem Leben vor dem Unfall durchaus Positives ab.«

Die Kellnerin brachte zwei Stück Cheesecake und schenkte frischen Kaffee nach. Tanja traute sich jetzt, jene Frage zu stellen, die ihr schon lange auf der Zunge lag. »Ich hatte in den letzten Wochen den Eindruck, dass du Sharon nähergekommen bist.«

»Sharon war in den letzten Monaten immer da, wenn es mir schlecht ging. Sie ist eine außergewöhnliche Frau und ja, wir verstehen uns ausgezeichnet.«

»Gibt es also ein weiteres Paar in unserer Firma?«, fragte Tanja lachend.

»Mal schauen.« Joe grinste schelmisch, ließ sich aber nicht mehr entlocken und wechselte das Thema. »John hat mich heute Morgen gefragt, was ich davon halten würde, wenn du die Firma in die Zukunft führst.«

Tanja ließ ihre Gabel klirrend auf den Teller fallen. Das Ehepaar am Nebentisch drehte sich irritiert um.

»Wie bitte? Ich habe ihm doch klar und deutlich gesagt, dass ich dafür nicht qualifiziert bin.«

»Quatsch. Du kannst das. Sharon sieht das genauso. Der Weg vor uns wird kein Zuckerschlecken sein. Mit dir als Geschäftsführerin rechne ich mir die größten Erfolgschancen aus.« Joe zuckte mit den Schultern und spießte mit seiner Gabel ein Stück Kuchen auf.

»Sharon sieht das auch so? Aber sie kennt doch die Firma, die Kunden und alle Abläufe besser als ich.

Wenn schon nicht John, dann wäre sie die richtige Wahl!«

»Es geht nicht darum, wer was am besten kann. Deine Stärken sind jetzt gefragt. Vorstellungskraft, um konsequent den Weg ins Ungewisse zu beschreiten. Das ist es, was es für diesen Job braucht, Tanja. Du bist uns diesbezüglich allen voraus.«

»Aber …«

Joe wedelte mit der leeren Gabel vor ihrem Gesicht. »Kein Aber. Stell dein Licht nicht unter den Scheffel, Tanja. Denk daran, was seit dem Unfall alles passiert ist. Ohne dich wären wir jetzt ein Teil von Hartleys Firmenimperium, das wäre übel!«

»Vielleicht wäre das so, aber …« Tanja hielt einen Moment inne. »Danke, Joe. Deine Worte berühren mich, aber ich bin noch nicht so weit, das geht mir alles zu schnell.« Tanja nahm einen Schluck Kaffee und ergänzte: »Was, wenn die Firma die Wende nicht schafft? Nein, diese Verantwortung will ich nicht schultern … In ein paar Jahren vielleicht. Wenn überhaupt.«

»Niemand würde dir einen Vorwurf machen Tanja. Denk wenigstens darüber nach.«

»Das habe ich bereits.«

Tanja winkte der Kellnerin und verlangte die Rechnung. Im Büro wartete viel Arbeit.

30

5. OKTOBER

Mike fuhr mit seinem Truck zu Hartleys Büro. Ohne Voranmeldung wollte ihn die Empfangsdame nicht durchlassen.

»Tut mir leid, Herr Hartley ist in einer wichtigen Sitzung und unabkömmlich. Soll ich ihm später etwas ausrichten?«

»Nicht nötig«, sagte Mike und lief an der verdutzten Frau vorbei Richtung Sitzungszimmer.

»Hey, das geht nicht!«, schrie sie ihm hinterher. Mike ging unbeirrt weiter und öffnete die Tür, hinter der sechs Geschäftsleute um einen schweren Holztisch versammelt waren. Hartley saß am Kopfende und schaute verblüfft auf, als Mike hereinplatzte.

»Was machst du hier? Siehst du nicht, dass wir beschäftigt sind?«

Mike blickte lächelnd in die Runde. »Entschuldigen Sie bitte die Störung, meine Herren, ich bin gleich wieder weg. Ich möchte mich nur rasch bei Tom bedanken.«

Hartley machte große Augen.

»Mit deiner arroganten Art hast du bei uns alle verfügbaren Kräfte mobilisiert. Weil niemand für dich arbeiten wollte, war der Druck für tiefgreifende Veränderungen endlich da. Dank dir sind wir jetzt auf einem guten Weg. Und das ohne dich, was für uns alle das Wichtigste ist!«

»Ha, alleine werdet ihr es nicht schaffen, das weißt du auch, Mike. Ich kann mehr Einfluss ausüben, als du denkst. Keine Chance!«, sagte er und lachte höhnisch.

»Das werden wir ja sehen!« Mike machte einen Schritt auf Hartley zu und hob den Zeigefinger. »Und noch was: Wenn du nicht sofort aufhörst, Unwahrheiten über uns zu verbreiten, werde ich das Gespräch mit der Verkehrssicherheitsbehörde und der Alaska Daily News suchen!«

»Was kümmert mich das?« Hartley stand auf und ging auf Mike zu.

»Du hast in den letzten Jahren nicht nur meine Leute zu pünktlichen Abflügen gedrängt, auch wenn die Wetterverhältnisse ungünstig waren. Andere Piloten am Lake Hood haben mir dasselbe erzählt. Du mischst dich immer wieder ein, ohne aber je Verantwortung zu übernehmen!«

»Für die Flugsicherheit ist einzig und allein der Pilot verantwortlich. Worauf willst du also hinaus?« Hartley machte einen weiteren Schritt nach vorne und Mike roch Zigarrenqualm.

»Rücksichtslose Idioten wie du sind einer der Hauptgründe, weshalb die Unfallquote in Alaska derart hoch ist. Ich denke schon, dass die Ermittler an meinen Recherchen interessiert sind, die Zeitungsredaktion sowieso. Wollen wir es darauf ankommen lassen?«

Hartley ballte die Fäuste, blieb aber stumm. Die Spannung im Raum stieg unerträglich und niemanden hätte es erstaunt, wenn es zu einem Handgemenge gekommen wäre.

Nach einer Weile grinste Mike verschmitzt und winkte zum Abschied. »Meine Herren, hat mich gefreut.«

Hartleys Gesicht lief rot an, aber die Flüche, die er Mike nachschreien wollte, blieben ihm im Hals stecken. Die Geschäftsleute blickten beschämt weg und mussten sich ein Lächeln verkneifen. Hartley in der Defensive zu erleben, war für alle ungewohnt und ungemein wohltuend.

Mike verließ Hartleys Büro mit einem Gefühl von Leichtigkeit und Genugtuung. Er stieg in seinen Truck und schlug lachend mit den Fäusten auf das Lenkrad. Danach fuhr er entspannt Richtung Lake Hood, wo David auf ihn wartete.

»Hey Grandpa, könntest du mir einen Gefallen tun?«

Eine halbe Stunde später landete Mike zusammen mit David auf einem kleinen See, unweit von Anchorage.

»In einer Stunde bin ich so weit«, sagte David, nachdem er alles Material ausgeladen hatte.

Mike nickte und war kurz darauf wieder in der Luft.

Dann drehte er lächelnd noch eine Runde über David, der bereits mit den Vorbereitungen begonnen hatte. Ein unvergesslicher Moment bahnte sich an. Mike genoss die Aussicht auf dem kurzen Rückflug. Das warme Licht des späten Nachmittags war im perfekten Einklang mit den goldenen Herbstfarben. Eine tiefe Zufriedenheit breitete sich in ihm aus und er fand, dass heute wohl so etwas wie der perfekte Tag war.

31

6. OKTOBER

In der letzten Woche hatte Mike Gold Lake insgesamt drei Mal besucht und viele Gespräche mit lokalen Tourismusanbietern und Gemeindevertretern geführt. Es war seine letzte große Entscheidung als Alleineigentümer der Firma, schon bald würden sie im Kollektiv entscheiden. Obwohl viele Anzeichen dafür sprachen, dass er sich langsam für Lauras Idee erwärmte, ließ er sich nicht in die Karten blicken.

Alles war offen, als sich die Crew erneut im Pausenraum versammelte. Vor dem Fenster tanzten vereinzelte Schneeflocken im kalten Wind. Laura schenkte frischen Kaffee ein, während Mike nervös auf seinem Stuhl hin und her rutschte. Pünktlich um sechzehn Uhr eröffnete er die Sitzung und übergab als erstes Tanja das Wort, damit sie über die Marketinganstrengungen orientieren konnte.

»Wie es zu befürchten war, arbeitet Hartley gegen uns«, sagte sie mit gerunzelter Stirn. »Ich weiß aus zuverlässiger Quelle, dass er schlecht von uns spricht und seinen Einfluss geltend macht, um uns Kunden zu vergraulen. Er verbreitet das Gerücht, dass wir wegen finanzieller Probleme und dem drohenden Rechtsstreit mit der Familie aus Oregon kurz vor dem Aus stehen.«

»Was will der Alte eigentlich? Das lassen wir uns nicht mehr länger bieten! Ich geh jetzt zu ihm.« John war außer sich und wollte aufstehen, aber Tanja hielt ihn zurück.

»Das bringt doch nichts. Wir müssen unsere Energie darauf fokussieren, eine positive Botschaft zu verbreiten. Eine Schlammschlacht mit Hartley bringt uns nicht weiter.«

»Tanja hat recht«, stimmte Mike zu. »Außerdem bin ich mir sicher, dass er sich künftig zurückhalten wird.« Er erzählte der Crew von seinem Zusammentreffen mit Hartley und ließ dabei kein Detail aus. In die gebannt lauschenden Gesichter zu sehen, war für Mike eine fast so große Genugtuung wie der Auftritt bei Hartley selbst.

»Yeah!«, Tanja ballte lachend eine Faust. »Geschieht ihm recht!« Spontaner Applaus und Jubelschreie.

Als sich die Stimmung wieder etwas beruhigt hatte, fuhr Mike fort. »Am besten ignorieren wir Hartley fortan. Was mir größere Bauchschmerzen bereitet, ist der offene Rechtsstreit. Unser Anwalt versucht seit Tagen, sich mit dem Gegenanwalt zu einigen. Ich habe gehofft, dass er seine Forderungen nach dem positiven Untersuchungsbericht fallen lässt, aber dem scheint nicht so zu sein. Ein Streit vor Gericht würde uns viel Zeit und Geld kosten, bei ungewissem Ausgang. Solange dieser Fall nicht geklärt ist, hängt ein Damoklesschwert über uns.«

»Ich habe mich mit der Familie vor dem Unfall sehr gut verstanden, besonders mit dem Mädchen«, sagte Joe. »Ich könnte morgen nach Oregon fliegen. Vielleicht lassen sie mit sich reden und ziehen die Forderungen zurück.«

Tanjas Gesicht hellte sich auf. »Großartige Idee! Das ist einen Versuch wert. Wir können dabei nichts verlieren.«

»Oh doch, das können wir sehr wohl«, erwiderte Mike. »Das könnte vor Gericht so ausgelegt werden, als hätten wir die Unfallopfer unter Druck gesetzt. Mein Anwalt hat mir von jeglichem Kontakt abgeraten, sonst machen wir alles nur noch schlimmer.«

»Ein persönliches Gespräch kann doch nicht schaden. Wenn alles nur noch über die Anwälte läuft, ist der Rechtsstreit vorprogrammiert. Ich finde …«

John fiel Tanja ins Wort: »Was du findest, ist jetzt nicht entscheidend. Du bist nicht unsere Anwältin. Dafür haben wir einen Profi mit Erfahrung engagiert. Ende der Diskussion!«

Tanja wunderte sich, wieso er so aggressiv reagierte. Bisher hatte sie immer ihre Meinung sagen können. Die anderen schwiegen und machten lange Gesichter. Von der positiven, zeitweilig enthusiastischen Stimmung war nichts mehr zu spüren. Dann schlug John unvermittelt mit der flachen Hand auf den Tisch.

»Bevor wir alle Trübsal blasen, es gibt auch erfreuliche Nachrichten! Unsere Imagekampagne zeigt erste Wirkungen. Ich habe heute Morgen bei Kunden, die ich gut kenne, telefonisch nachgehakt. Die Gespräche sind ermutigend. Die Resonanz auf unsere neuen Angebote ist fast durchweg positiv. Zu unserem Glück waren sie mit den Piloten, die sie in den letzten Monaten angeheuert hatten, nicht restlos zufrieden. Noch ist nichts spruchreif, aber wir werden in den nächsten Tagen die Gespräche vertiefen. Wir dürfen uns jetzt nicht unterkriegen lassen, sondern Zuversicht ausstrahlen.«

Tanja war John für seine zupackende Ansprache dankbar. »Wir wussten, dass es schwierig wird und wir Rückschläge verdauen müssen. Entscheidend ist, wieder aufzustehen, weiterzumachen und in unsere Strategie zu vertrauen. Dieses Rezept wird uns zum Erfolg führen.« Ihr Gesicht hellte sich auf. »Unser Konzept mit nachhaltigen Erlebnisangeboten im Wildniscamp stößt auf erfreuliche Resonanz. Eine erfolgreiche Yogalehrerin aus New York hat verbindlich für eine Woche zugesagt! Ihre Gruppe ist begeistert und freut sich auf die Reise nach Alaska!« Spontaner Applaus.

»Uff, das sind gute Nachrichten. Das ist Balsam für meine Seele. Bitte mehr davon«, sagte Mike.

Sharon zeigte auf dem Flipchart das Resultat ihrer Planungen für das Yurtencamp, samt Küche und Einrichtung. Ein Thema waren auch die Vorbereitungsarbeiten und die Maßnahmen für die Vermarktung.

»Leider liegen die Kosten höher als erwartet. Wenn wir auf eine qualitativ überzeugende Lösung setzen, kostet uns das ein kleines Vermögen. Wir planen im Winter die Teilnahme an vier großen Reisemessen in New York, San Francisco, Salt Lake City und Washington. Die Standkosten sind überraschend hoch. Es würde wohl auch mit weniger gehen. Aber Tanja und ich sind beide überzeugt, dass wir es uns nicht leisten können,

Kompromisse zu machen. Klotzen statt Kleckern muss unsere Devise sein, wenn wir auf diesem Markt als Premiumanbieter Fuß fassen wollen.«

Sam räusperte sich. »Mein Vater hat mich einst gelehrt, dass das am einfachsten verdiente Geld jenes ist, das man nicht ausgibt. Ich rate davon ab, mit Geld um sich zu werfen. So groß ist unser finanzieller Spielraum nicht!«

»Wir gehen beide sparsam mit Geld um«, Mike wandte sich Sam zu. »Ich kann deinen Einwand gut nachvollziehen. Aber wer A sagt, muss auch B sagen. Man kann auch an der falschen Stelle sparen. Wir haben nur dann eine Chance, wenn wir mutig investieren. Die Qualität unserer Angebote sollte sich auch in unserem Auftritt zeigen.«

Mike blickte eindringlich in die Runde. »Wir haben uns für diesen Weg entschieden, ohne Plan B. Jetzt ziehen wir das Ding durch. Zweifel schwächen uns nur.«

Wow, Dad. Genau das braucht es jetzt! Führungsstärke. Endlich.

»Die hohen Investitionen bringen mich zum Thema Gold Lake. Ich habe in den letzten Tagen meine Meinung revidiert. Mittlerweile bin ich der Ansicht, dass diese Variante für uns alle ein Befreiungsschlag wäre. Unsere Gebäude am Lake Hood werden wir sicher gut verkaufen können. Der Erlös wäre zweifellos wesentlich höher als der Kaufpreis von Tony Stewarts Infrastruktur. Wenn ich auch noch mein großes Wohnhaus im Hillside verkaufe, sind wir auf einen Schlag alle Geldprobleme los.« Mikes angespannte Haltung lockerte sich. »In Gold Lake ist alles günstiger als in

Anchorage: Grundstücke, Häuser und auch die Mieten. Dank dem gewonnenen finanziellen Spielraum könnten wir es uns leisten, das Geschäft in aller Ruhe neu aufzubauen. Und das in einer großartigen Gegend mit vielen herzlichen Menschen! Ich bin dafür, und das mit Leidenschaft!«

Er strahlte über das ganze Gesicht und seine Begeisterung war ansteckend. Die Abstimmung war nur noch eine Formsache. Alle anderen hatten sich schon im Vorfeld der Sitzung für Gold Lake ausgesprochen.

»Schön, ich freue mich, dass alle dabei sind. Wir packen das zusammen!« Dann verdunkelte sich Mikes Gesicht wieder. »Außer ein langjähriger Gerichtsstreit bricht uns das Genick. Wir müssen die Verhandlung der Anwälte abwarten, bevor wir den Kaufvertrag mit Tony unterschreiben.«

John nickte zustimmend. »Solange dieses Damoklesschwert über uns hängt, macht es keinen Sinn, privates Kapital in die Firma zu investieren.«

»Wir können in der Zwischenzeit trotzdem weiterarbeiten. Vorher müssen wir aber noch festlegen, wer die Alaska Bush Pilots in die Zukunft führt. Zu welchem Entschluss bist du gekommen? Übernimmst du die Aufgabe?« Mike blickte John fragend an.

»Ich habe mir das lange überlegt und bin davon überzeugt, dass Tanja die richtige Besetzung für diesen Job ist.« Er lächelte Tanja zu. »Sie ziert sich allerdings und traut sich das noch nicht so richtig zu. Oder?«

Tanja schluckte leer. Sie hatte damit gerechnet, dass diese Frage erneut auf den Tisch kommen würde. Sie stand mittlerweile an einem anderen Punkt als noch vor ein paar Tagen. Bei einem Spaziergang mit Billy im

Wald war ihr plötzlich klargeworden, dass sie sich selbst im Weg stand, einmal mehr. Ihr altes Verhaltensmuster hatte sich noch nicht gänzlich in Luft aufgelöst. Im Innersten wollte sie aber Verantwortung übernehmen und sie begann, darauf zu vertrauen, dass sie es mithilfe der anderen auch schaffen konnte. Trotzdem fühlte sich dieser Schritt komisch an und sie sah sich unsicher um.

Wow, sie nicken mir zu. Alle! Dads Augen leuchten, ich habe ihn noch nie so stolz gesehen.

»Danke für das Vertrauen, ich fühle mich geehrt«, begann Tanja. »Ich würde mich der Herausforderung gerne stellen. Allerdings nur unter einer Bedingung.« Sie blickte zu Mike. »Ich brauche deine Erfahrung und deine Unterstützung im Rücken.«

Er überlegte nicht lange. »Nichts würde ich lieber tun. Toll, dass du den Mut für diesen Schritt hast. Wir werden dich alle nach Kräften unterstützen. Die besten Führungskräfte sind bekanntlich jene, die dieses Amt nie mit Ehrgeiz angestrebt haben.« Dann wandte er sich John zu. »Ich bin glücklich darüber, dass du weiterhin für den Flugbetrieb verantwortlich bist. Es gibt keinen besseren Mann für diesen Posten!« Tosender Applaus von allen Seiten.

Tanja bedankte sich herzlich. »Lasst mich am Schluss noch etwas festhalten.« Sie rang mit ihren Fingern und kämpfte mit ihren Emotionen.

Gerade noch stand ich in der Schweiz im Klassenzimmer … Verrückt!

Es dauerte, bis sie sich wieder gefasst hatte. Dann ging ein Ruck durch Tanja, sie richtete sich auf und hob das Kinn. »Ob wir die Wende schaffen oder nicht, ist nicht entscheidend. Entscheidend ist, dass wir unser Bestes geben. Lasst uns jetzt an die Arbeit gehen!«

Dann hob David die Hand. »Einen Moment noch, bitte, Riley und ich möchten etwas ankündigen.«

In diesem Moment schossen Riley jene Erinnerungen durch den Kopf, die sich tief in ihr Herz eingeprägt hatten. Mike hatte sie gestern unerwartet aufgefordert, mit ihm zu fliegen. Eine Überraschung, meinte er augenzwinkernd, aber mehr war ihm nicht zu entlocken. Hinter einem Hügel flog Mike tiefer und Riley sah ein großes Herz aus roten Luftballons am Boden, das im Licht der Abendsonne leuchtete. Daneben ein Tisch mit weißem Gedeck und ein loderndes Feuer. Mike landete auf dem kleinen See, setzte Riley ab und flog sofort wieder los. Als sie sich dem Tisch und den Luftballons näherte, hörte sie Musik von John Denver und sah den Champagner und den geschnittenen Räucherlachs. Ihr wurde warm ums Herz, als sie plötzlich Davids Stimme hinter sich hörte.

»Willkommen, Liebling.« Er legte einen Arm um ihre Schultern.

»Was … was ist hier los?«

David bat Riley, sich auf den Campingstuhl vor dem Feuer zu setzen, kniete sich vor ihr hin und strahlte sie an.

»Ich möchte mit dir durchs Leben gehen, durch gute und schlechte Zeiten, immer für dich und unser Kind da sein.« Er küsste sie zärtlich auf den Bauch und griff in seiner Jackentasche nach einer hölzernen Ringdose. »Willst du meine Frau werden?«

. . .

»Na, spannt uns nicht so auf die Folter. Worum geht's?« Tanjas Stimme riss Riley aus ihren Gedanken. Alle Augen waren auf sie gerichtet. David drückte ihre Hand, was ihr ein Gefühl von Sicherheit gab.

»Ähm, wir … David und ich … wir sind verlobt. Wir wollen unser Leben zusammen verbringen.«

Das gesamte Team jubelte. »Wir sind mit der Hochzeit nicht in Eile und planen momentan kein Fest. Aber wir möchten euch am Sonntag zu einer kleinen Verlobungsfeier bei Grandpas Blockhütte am See einladen. Die Wetteraussichten sind gut und es wird nicht allzu kalt sein. Wir würden uns freuen, wenn ihr mit uns diesen Tag feiert.«

Tanja und John sahen sich wortlos an. Die Freude über diese Ankündigung zeichnete sich in ihren Gesichtern ab.

Abends saß Tanja allein auf der Couch in ihrer Wohnung. Die Ruhe konnte sie nach den kräfteraubenden Ereignissen der letzten Tage gut gebrauchen. Sie lehnte sich mit einem Grüntee zurück und streichelte Billy über den Kopf, der es sich neben ihr gemütlich eingerichtet hatte.

Wir müssen eine Lösung mit der Familie in Oregon finden. So schnell wie möglich.

Aus einem Impuls heraus griff sie nach ihrem Smartphone und wählte Joes Nummer. »Hey Tanja, was für eine Überraschung zu später Stunde! Was verschafft mir die Ehre?«

Sie kam direkt zum Thema. »Du solltest es versuchen, auch wenn Dad es nicht für eine gute Idee hält.«

»Wie bitte? Ich soll gegen Mikes Willen nach Oregon fliegen? Sorry, aber das ist zu riskant.«

»Dad muss es ja nicht erfahren. Ein persönliches Gespräch unter den Unfallopfern könnte funktionieren. Das spüren wir doch beide, oder?«

»Ja, schon. Aber was, wenn Mikes Anwalt recht hat? Das ist mir zu gefährlich, ich will meinen Job nicht riskieren.«

Joes Einwand war berechtigt. Tanja atmete tief durch. »Ich übernehme die volle Verantwortung, falls es schiefläuft. Versprochen! Lass es uns versuchen.«

»Uff, Tanja, du lässt mal wieder nicht locker, was? Vielleicht verlierst du damit deinen neuen Job, noch bevor du ihn angetreten hast. Bist du dir wirklich sicher?«

»Sicherheit gibt es keine. Aber es fühlt sich besser an, als alles den Anwälten zu überlassen.«

Joe seufzte. »Gut, ich versuch's. Aber lass mich nicht hängen, wenn's schiefläuft!«

»Das werde ich nicht.« Tanjas Stimme war ruhig und bestimmt. »Bring Blumen mit und ein Geschenk für das Mädchen. Fordere nichts, aber zeig ihnen deine Betroffenheit darüber, dass du den Unfall nicht verhindern konntest. Sei einfach du. Ein offenes Gespräch von Mensch zu Mensch ist alles, was es jetzt braucht.«

»Okay, wenn ich morgen einen Flug erwische, bin ich rechtzeitig zur Verlobungsfeier zurück.«

»Viel Glück, Joe!«

Tanja legte das Smartphone auf die Couch und lehnte sich zurück. Leise Zweifel beschlichen sie, ob sie richtig gehandelt hatte.

War das richtig, Dad in den Rücken zu fallen? Aber es ist ja nun mein Job, die Firma in die Zukunft zu führen. Und die Zukunft beginnt jetzt!

32

8. - 9. OKTOBER

Nach einer unruhigen Nacht stand Tanja gedankenverloren in der Küche, als Billy bellte, weil ihr Smartphone klingelte. Sie hatte in der ganzen Aufregung vergessen, dass sie einen Skype-Termin mit Sandra ausgemacht hatte.

»Na, wie läuft's in der Schweiz?«

»Alles im gewohnten Rahmen. Der tägliche Wahnsinn mit den Kids halt und Tom ist noch mehr weg, seit er zum Chefchirurgen befördert wurde. An Geld mangelt es uns nicht, dafür an gemeinsamer Familienzeit. Von Paarzeit wollen wir schon gar nicht sprechen«, sagte Sandra und seufzte. »Und du, wie läuft's im hohen Norden? Es sieht so aus, als wolltest du endgültig in Alaska bleiben … Schön für dich, aber du fehlst mir.«

»Du mir auch.«

Dann erzählte Tanja alles der Reihe nach und ihr wurde erst jetzt klar, dass Sandra recht hatte. Alaska war ihr neues Zuhause geworden. An die Schweiz dachte sie immer weniger.

»Wow, Tanja. Überleg mal, was du da gerade erzählt hast! Halt einen Moment inne und erinnere dich daran, wie alles angefangen hat und was du alles erreicht hast. Weißt du noch, wie lange du damals gezögert hast, deinen Vater in Alaska zu besuchen? Ich bin so stolz auf dich. Du hast etwas geschafft, was nur den Wenigsten gelingt.« Tanjas Augen wurden feucht, als Sandra sagte: »Du hast den Schritt ins kalte Wasser gewagt und zu dir selbst gefunden. Dadurch konntest du dein gesamtes Potenzial entfalten. Ich habe immer gewusst, dass noch viel mehr in dir steckt!«

»Danke dir. Irgendwie ist mir das noch gar nicht so richtig bewusst. Jeder Schritt auf diesem Weg in den letzten zwei Jahren hat mich ein wenig stärker gemacht und jetzt fühlt es sich an, als wäre ich eine andere Version meiner selbst.« Tanja starrte durchs Fenster runter auf den Pazifik. Sie erinnerte sich an Sandras Worte, dass Veränderung Wiederholung brauchte. Stetige kleine Schritte in dieselbe Richtung.

»Ohne dich hätte ich es nicht geschafft. Du bist meine Mutmacherin und hast mir immer den Rücken gestärkt, wenn es nötig war.«

»Sehr gerne. Offenbar bin ich besser darin, andere zu coachen als mich selbst. Ich drehe immer noch im selben Hamsterrad. Eine Veränderung täte mir gut, die Alltagsroutine zehrt.«

»Warum kommt ihr uns nicht besuchen? Deinen Jungs würde es hier gefallen. Nirgendwo erholt man sich besser als in der Natur. Es täte dir und Tom gut, die Seele baumeln zu lassen.«

»Ah, das wäre wunderbar. Ich wollte immer schon mal einen Bären sehen. Ich versuche, das einzufädeln.« Sandra grinste verschmitzt.

»Wie cool wäre das denn? Dad und John würden sich extrem freuen, dich kennenzulernen. Ihr seid alle herzlich willkommen!«

»Nichts würde ich in den nächsten Sommerferien lieber tun. Vielleicht komme ich auch alleine und bringe meine Meditationsgruppe in euer Yurtencamp mit. Wer weiß.«

Tanja freute sich über Sandras Enthusiasmus: »Es wäre so schön, dich für ein paar Wochen hier zu haben.«

Ich vermisse sie. Sie ist ein Stück meines alten Lebens, das ich gerne hier bei mir hätte.

Am Abend wartete Tanja in ihrer Wohnung auf ein Signal von Joe. Sie ging unruhig im Wohnzimmer auf und ab. Billy lief ihr winselnd hinterher, ihre Nervosität war ansteckend.

Endlich klingelte das Handy. Joe!

»Ich stehe vor dem Haus der Familie und ich bin mir gar nicht mehr sicher, ob das eine gute Idee ist.«

»Doch, Joe, das ist es. Wir können nur gewinnen.«

»Nur gewinnen? Mikes Anwalt rät uns wohl nicht grundlos davon ab, mit der anderen Partei in Kontakt zu treten, oder?«

Tanja ließ sich nicht auf eine Diskussion mit Joe ein. Sie war sich sicher. »Wir tun das Richtige. Du schaffst das. Viel Glück!«

Tanja legte auf und zappte danach durch die über hundert TV-Kanäle. Werbung, Greys Anatomy, News, Desperate Housewives, Eishockey. Rauf und runter. Und wieder von vorne.

Bis Billy winselte und den Platz neben ihr verließ. Sie stand auf, um in der Küche einen Tee zu kochen. Mittlerweile war es nach Mitternacht, aber an Schlaf war nicht zu denken. Endlich, eine Sprachnachricht von Joe.

Sie drückte zitternd auf »Play« und hörte die Nachricht ab. Dann ein zweites Mal. Sie setzte sich hin und tippte erneut auf den Knopf. Konsterniert lehnte sie sich im Stuhl zurück und verschränkte die Arme hinter dem Kopf. Die erhoffte Entwarnung war ausgeblieben.

Am folgenden Tag löste sich der Nebel auf dem Lake Hood erst gegen Mittag langsam auf. Es dauerte, bis die ersten Sonnenstrahlen auf dem Wasser funkelten. Tanja und John verschoben deshalb ihren Abflug zu Mikes Blockhütte am See um eine Stunde. Sie wollten einen Tag vor den anderen zur Hütte fliegen, um alles für die Verlobungsfeier am Sonntag vorzubereiten. Kistenweise luden sie Essen und Getränke in den Bauch der Cessna 172, die am Dock festgemacht war. Tanja bestand auf weiße Tischtücher und Glasgeschirr, was zusätzlich Platz und Vorbereitungszeit in Anspruch nahm. Das Fest war ihr Geschenk an David und Riley, also musste alles perfekt sein.

»Findest du das nicht etwas übertrieben, Liebling?

Wir feiern in der Wildnis«, sagte John und zwinkerte ihr zu.

»Wildnis hin oder her, unsere Kinder verloben sich. Diesen einmaligen Anlass wollen wir doch sicher stilvoll begehen, oder?«

John nickte. Er wusste, dass Tanja sich nicht von ihrem Vorhaben abbringen ließ. Die Sonne setzte sich schließlich endgültig gegen den Nebel durch und zauberte eine mystische Stimmung auf den See. Als sich die letzten Nebelschwaden verzogen hatten, startete Mike den Motor der Cessna und sah zu Tanja.

»Bereit?«

Sie streckte den Daumen nach oben und kurz darauf tuckerte das Wasserflugzeug über den See zur Startbahn. Ein paar Minuten verdrängte Tanja die Gedanken rund um Joe und die Familie in Oregon und sie genoss die fantastische Aussicht. Die aufgelockerte Bewölkung gab den Blick auf die Berge frei, die in der Ferne die Szenerie dominierten. Der leichte Schneefall der Nacht hatte die Landschaft in eine weiße Decke gehüllt, auf der die Sonnenstrahlen glitzerten. Weit und breit waren keine anderen Flugzeuge zu sehen.

Kurz vor der Landung auf dem See erhielt Tanja einen Funkspruch von Mike.

»Der gegnerische Anwalt hat heute Morgen die Sitzung unterbrochen, um nochmals mit der Familie Rücksprache zu nehmen. Die Forderungen sind immer noch derart hoch, dass sie uns das Genick brechen. Tut mir leid, ich kann keine Entwarnung geben.«

Tanja blickte traurig zu John. Kurz darauf setzte er auf dem spiegelglatten See zur Landung auf. Als sie in gemütlichem Tempo Richtung Hütte über das Wasser glitten, nahm er die Kopfhörer ab und legte seine Hand auf ihr Knie. »Lass uns die nächsten zwei Tage nicht mehr darüber sprechen, Liebling. Wir haben keinen Einfluss auf den Ausgang dieser Geschichte. Unsere Kinder verloben sich, und wir haben einen Tag und eine Nacht alleine in der Hütte vor uns. Das genießen wir jetzt!«

Sie nickte, lächelte ihm zu und legte ihre Hand auf seine. Tanja hoffte inständig, dass Joe mit seinem Charme gestern Abend etwas bewirkt hatte. Wenigstens hatten sie nichts unversucht gelassen.

WÄHREND JOHN vor dem kleinen Ofen der Blockhütte stand und das Hirschragout mit Wildreis zubereitete, stöberte Tanja mit einem Glas Wein in der Hand in Mikes Bücherregal. Sie blätterte gedankenverloren, bis ein angestrichenes Zitat ihre ganze Aufmerksamkeit auf sich zog.

> Das Leben wird nicht an der Zahl von Atemzügen gemessen, sondern an den Momenten, die uns den Atem nehmen. – Maya Angelou

Wie wahr!

Johns Eintopf roch verführerisch und sie wurde hungrig. Sie deckte den Tisch und zündete sämtliche

Kerzen im Raum an, die sie finden konnte. Aber so sehr sie auch versuchte, loszulassen und im Hier und Jetzt zu verweilen, die belastenden Gedanken rund um den Rechtsstreit schlichen sich immer wieder in ihr Bewusstsein. John servierte zwei große Teller und Tanja schenkte kalifornischen Rotwein nach. Schulter an Schulter saßen sie nebeneinander auf der Bank. Das einzige Licht in der mondlosen Nacht war ihr beleuchtetes Hüttenfenster.

»Ich möchte mit dir zusammen alt werden«, sagte Tanja, als sie das Weinglas hoben.

»Nichts lieber als das.« Er küsste sie zärtlich. »Aber es drängt nicht. Zuerst will ich noch einiges mit dir erleben und genießen!«

Tanja lachte. »Ich auch! Aber unser Hochzeitsfest könnten wir langsam planen und die Flitterwochen in Hawaii auch.«

»Hawaii hast du also nicht vergessen, was?« Er lächelte und strich ihr über die Wange. »Im nächsten Frühling vielleicht, nachdem wir uns in Gold Lake eingerichtet haben?«

»Das könnte eng werden, in den nächsten Monaten ist extrem viel los. Der ganze Umzug, die Ferienmessen, das Einarbeiten in meinen neuen Job … Mal schauen, eilt ja nicht.«

John strich mit seinen rauen Händen sanft über ihr Gesicht und nickte. In seinen Augen spiegelte sich das Kerzenlicht und Tanja fuhr ihm mit den Fingern über seine Nase. In Windeseile lagen sie zusammen auf dem Bett. Die Kerzen und der Schwedenofen zauberten ein warmes Licht in den Raum. John knöpfte behutsam Tanjas Hose auf und zog ihr den Pulli über den Kopf.

Ihre Küsse wurden fordernder und ihre bebenden Körper bewegten sich im Einklang, als wären sie füreinander geschaffen.

Als sie danach in seinen Armen entspannte, drängte ein gelbliches Flackern durch das Fenster der Hütte. Aurora Borealis! Sie konnte sich immer noch nicht daran sattsehen. Jedes Mal waren die Nordlichter anders, Formen und Farben variierten stark. Die Farbe Gelb war eher selten, meist dominierten leuchtende Grüntöne am Firmament. Etwas war immer gleich: Der Tanz der geheimnisvollen Lichter am Nachthimmel war bezaubernd. Pure Magie.

In der Nacht hörte Tanja zum ersten Mal Wölfe. Das Heulen ging ihr durch Mark und Bein und sie bekam Gänsehaut.

Zum Glück ist Billy nicht dabei, der würde sich zu Tode fürchten.

Sie lauschte gebannt und schmiegte sich näher an John, der nackt unter ihrer großen Decke lag. Er war sofort hellwach. Das Heulen wurde lauter, die Wölfe näherten sich offenbar der Blockhütte.

»Ist das nicht wunderschön?«, flüsterte er. »Kein anderes Geräusch verkörpert Alaskas Seele mehr als das Heulen der Wölfe.« Er spürte, dass Tanja leicht zitterte, und zog sie näher an sich. »Kein Grund zur Beunruhigung, Liebling. Wie die Bären legen sich auch die Wölfe nicht mit uns Menschen an.«

»Unglaublich, wie intensiv das ist. Ist das ein großes Rudel?«

»Zumindest hört es sich so an. Für die Indianer ist der Wolf ein mystisches Wesen. Ein Symbol der Stärke und der Zusammengehörigkeit. Der Wolf steht auch für vorausschauendes Denken und Souveränität. Von Wolfsrudeln können wir viel lernen. Darauf zielt auch eine alte Indianerweisheit ab«, sagte John leise. »Die Stärke des Wolfs ist das Rudel. Die Stärke des Rudels ist der Wolf.«

»Oh, wie schön. Das lässt sich auch auf die Alaska Bush Pilots übertragen. Jeder Einzelne stärkt das Kollektiv und umgekehrt. Wenn wir diesen Spirit hochhalten, werden wir jede Hürde überwinden.«

John drückte Tanja an sich und sie lauschten regungslos. Sie fühlte sich in seinen Armen sicher und geborgen. Die anfängliche Angst vor den Wölfen war verflogen. Allmählich wurde das Heulen leiser und schlussendlich von der unendlichen Weite Alaskas verschluckt.

So fühlt sich Glück an. Ungetrübtes, reines Glück.

33

10. OKTOBER

Am nächsten Morgen war die Luft kühl, am Ufer des Sees hatte sich über Nacht eine dünne Eisschicht gebildet. Tanja und John wärmten sich immer wieder am Ofen in der Hütte auf, während sie draußen die Tische eindeckten und das Buffet vorbereiteten. Auf dem See beobachtete Tanja einen Biber, der Weidenäste zu seinem Bau schleppte. Sie wusste, wo er sein Zuhause hatte, und freute sich jedes Mal, wenn sie ihn sah. Er gehörte für Tanja genauso zur Blockhütte am See wie der Weißkopfseeadler, der immer wieder mal seine Kreise über ihnen zog.

»Es ist doch viel zu kalt für eine Feier draußen.« Tanja rieb sich die Hände und blickte John skeptisch an.

»Bis zum Mittag wird es angenehm sein, gib der Sonne noch etwas Zeit. Außerdem werde ich noch ein großes Feuer entfachen. Das wird perfekt, du wirst sehen.«

Tanja nickte und ließ sich von Johns Zuversicht

anstecken. Immer wieder gingen ihr an diesem Morgen auch die Sorgen um den Rechtsstreit durch den Kopf.

Hoffentlich weiß Dad heute mehr.

Gegen Mittag flog das gesamte Team in zwei Wasserflugzeugen ein. Alles stand bereit, das Fest konnte beginnen. Die Kumuluswolken und die vereinzelten Sonnenstrahlen zeichneten ein stimmiges Bild auf den spiegelglatten See. Für Oktober konnte das Wetter nicht besser sein. Vor der Blockhütte gab es auf weiß eingedeckten Campingtischen allerlei Getränke, geräucherten Lachs, Elch-Trockenfleisch und frisch gebackenes Brot. Bevor das Buffet eröffnet wurde, klopfte John mit einem Messer gegen sein Weinglas.

»Wir haben eine ereignisreiche und schwierige Saison hinter uns. Umso schöner, dass wir diese mit einem festlichen Anlass beenden können. Ich habe mir für meine einzige Tochter immer gewünscht, dass sie einen liebevollen und zuverlässigen Mann findet. Als David und sie ein Paar wurden, war ich mir sicher, dass die Beziehung andauern würde. Doch es kam, aus bekannten Gründen, vorerst anders.« John blickte zu David und Riley, die verlegen schmunzelten. »Ich habe immer auf ein Happy End gehofft, alles andere hätte mich an der Liebe zweifeln lassen. Wenn bei einem Paar so viel zusammenpasst wie bei euch beiden, gibt es immer Wege, um Differenzen zu überbrücken. Vielleicht war der Umweg nötig, damit ihr euch bewusst werdet, was ihr aneinander habt.« Riley wischte sich eine Träne aus den Augen. »An eurer Liebe füreinander wird das Baby nichts ändern. Im Gegenteil, ich bin davon überzeugt, dass ihr drei zu einer wunderbaren Familie zusammenwachsen werdet, … a true alaskan family!« Tosender Applaus. Tanja kramte aus ihrer Tasche ein Geschenk hervor, das sie zusammen mit John ausgewählt hatte.

»Was schenkt man zwei Piloten, die beide praktisch veranlagt sind? John und ich haben lange überlegt. Einen Kompass? Handschuhe für kältere Tage? Einen Reserve-Benzinkanister? Ein Ratgeberbuch für schwierige Flugpassagiere?« Alle lachten und Tanja hob das Geschenk in die Höhe. »Wir haben uns für ein Schweizer Offiziersmesser entschieden. Da ist – neben verschiedenen Klingen, einem Schraubenzieher, einer Lupe und vielem mehr – auch ein Korkenzieher drin. Den werdet ihr brauchen, wenn ihr in der Wildnis auf euer Familienglück anstoßen wollt.« Tanja überreichte das Allzweck-Messer und ergänzte: »Das Messer ist mit euren Namen und dem heutigen Datum graviert.« Sie erhob das Glas und wandte sich an das Paar: »Wir freuen uns alle sehr und wünschen euch nur das Beste! Lasst uns alle auf eine glückliche Zukunft für die beiden anstoßen.«

Ich bin die glücklichste Mutter der Welt!

Tanjas Emotionen und ihre Sorge um das Wohl der Gäste ließen die Gedanken um den Rechtsstreit für einen Moment in den Hintergrund rücken. Noch hatte sich keine Gelegenheit ergeben mit ihrem Vater oder mit Joe darüber zu sprechen.

Nach Tanja ergriff Mike das Wort: »Wenn ich ehrlich bin, habe ich in den letzten Monaten mehr als einmal daran gezweifelt, dass es für unsere Firma eine

Zukunft gibt. Umso mehr freue ich mich, dass wir heute alle hier sind und gemeinsam nach vorne blicken. Wenn ich sehe, mit welcher Begeisterung und Überzeugung alle hinter der Firma stehen, kann doch eigentlich alles nur gut werden!« Alle klopften auf den Tisch. »Der heutige Tag gehört unserem Verlobungspaar, darum will ich auch nicht mehr länger über das Geschäft reden. Da ist allerdings noch etwas, das ich euch nicht vorenthalten will.« Mike wischte sich Tränen der Erleichterung aus seinen Augenwinkeln. »Ich habe gestern Abend mit unserem Anwalt gesprochen. Die Familie aus Oregon hat unerwartet alle Anklagepunkte fallen gelassen. Sie haben wahrscheinlich eingesehen, dass ihre Chancen vor Gericht gering gewesen wären. Wir übernehmen im Gegenzug sämtliche Anwaltskosten. Das ist zwar kein Pappenstiel, aber es wirft uns nicht aus der Bahn.« Mike sammelte sich einen Moment, bevor er weitersprechen konnte. »Wir sind mit einem blauen Auge davongekommen und über dem Berg. Gold Lake, wir kommen!«

»Wow!« Tanja ballte die Faust. » Jetzt kann uns nichts mehr stoppen!«

Die Freude und die Erleichterung waren riesig. Joe schlug sich die Hände vor das Gesicht und ließ seinen Tränen freien Lauf. Eine gewaltige Last fiel von ihm ab. Sein Gespräch mit der Familie in Oregon war herzlich verlaufen, aber er war sich nicht sicher, ob es etwas ändern würde. Er konnte es nicht fassen, dass die Geschichte endgültig überstanden war. Endlich war der Moment gekommen, einen Schlussstrich zu ziehen. Er spürte Tanjas Hand auf seiner Schulter und lächelte ihr zu. Nur sie beide wussten, was der wirkliche Grund für die unerwartete Wendung war. Das würde auch so bleiben, hatten sie zusammen vereinbart.

»Wie gesagt,« fuhr Mike fort, »der heutige Tag gehört nur euch beiden. Ich freue mich wahnsinnig über euer Glück. Das ungeborene Baby hätte sich keine besseren Eltern auswählen können! Genauso freue ich mich auf meine Rolle als Urgroßvater, … obwohl das schrecklich alt klingt.« Tosender Applaus.

Nun standen Riley und David auf.

»Mein angehender Ehemann und ich«, Riley schmunzelte und blickte zu John und Tanja, »möchten uns ganz herzlich für das schöne Fest bedanken. Alaskan style, genauso haben wir uns das vorgestellt. Ihr alle seid für mich Familie, danke dafür!« Stürmischer Applaus.

»Ich fasse mich kurz«, David räusperte sich. »Ich kann mein Glück immer noch nicht fassen. Riley, das Baby, die Flugzeuge und so viele liebe Menschen in unserem Leben«, Davids Stimme wurde brüchig. »Danke, dass ihr alle da seid … danke für alles!«

Während Tanja nach einem Taschentuch griff, schloss Mike Riley und David gleichzeitig in die Arme. Dann trat er einen Schritt zurück und schüttelte ein Einmachglas mit blauem, grünem und gelbem Sand darin. Die Sandkörnchen vermischten sich mit jeder Bewegung. »Gelb ist Rileys Lieblingsfarbe, Blau jene Davids. Grün, wie die Hoffnung, steht für euer Baby. Der Sand in diesem Glas ist wie eine Familie, alles fließt ineinander. Auch wenn die einzelnen Sandkörnchen ihre Identität bewahren, entsteht doch eine neue Einheit … farbig und lebendig. Eine Einheit, für die sich zu kämpfen lohnt, komme, was wolle! Dieses Glas soll euch täglich daran erinnern.« Mike überreichte Riley das Geschenk und griff nach seinem Weinglas. »Ich wünsche euch von ganzem Herzen alles Gute!«

Die Stimmung am See war ausgelassen und zuversichtlich. Die Entschlossenheit, künftige Herausforderungen zu meistern, war spürbar. Die Ereignisse der letzten Monate und der gemeinsame Kampf hatten ein unsichtbares Band zwischen die Alaska Bush Pilots gewebt.

Mike gesellte sich zu Tanja: »Herzliche Gratulation, du kannst stolz auf deinen Sohn sein. Ein schönes Paar!«

»Danke, Dad, das finde ich auch.«

»Ist es nicht unglaublich, dass uns das Leben endlich zusammengeführt hat? Ich habe vierzig Jahre lang davon geträumt, meine Familie bei mir in Alaska zu haben. Und jetzt bist du plötzlich da. Und nicht nur das, du hast auch noch David mitgebracht, der mir so ähnlich ist. Wenn ich sehe, mit welcher Begeisterung sich die beiden einbringen, zweifle ich nicht daran, dass die Alaska Bush Pilots noch in die Wildnis fliegen, wenn ich längst nicht mehr da bin.« Mike hielt einen Moment inne. »Ich war noch nie so glücklich in meinem Leben.«

Tanja umarmte ihn. »Ich auch nicht. Lass uns den Moment genießen.« Dann sah sie zu David, der Riley über den runden Bauch streichelte und sie anstrahlte.

In zwei Monaten werde ich Großmutter!

Nach dem Essen spazierten Tanja und John alleine zum Ufer des Sees. Sie wollten vom Biber Abschied nehmen, der dort zu Hause war. Der kurze Weg zu seinem Bau gehörte zum Pflichtprogramm, wenn sie zusammen in der Blockhütte waren. Da Biber hauptsächlich nachtaktiv sind, bekamen sie ihn nicht immer zu Gesicht. Das Ergebnis seiner unermüdlichen Arbeit hingegen war immer sichtbar. Sie setzten sich Hand in Hand auf einen Felsbrocken und Tanja lehnte sich an Johns Schulter.

»Unglaublich, was Biber zustande bringen. Dieser Bau ist ein Kunstwerk. Eine architektonische Meisterleistung!« Sie war von den putzigen Tieren begeistert.

John nickte. »Biber sind für das ganze Ökosystem wichtig. Sie schaffen neue Lebensräume für Pflanzen, Jungfische und Vögel.« Er blickte Tanja in die Augen und raunte: »Es fühlt sich verdammt gut an, mit dir hier zu sein.«

Als sich ihre Lippen berührten, hörten sie vom See her ein Geräusch. Der Biber schwamm direkt auf sie zu. Zwischen seinen Zähnen transportierte er einen Weidenast. Der Biber kam näher, ohne von den beiden Notiz zu nehmen. Er war zu sehr damit beschäftigt, sich auf den Winter vorzubereiten. John und Tanja hielten die Luft an, als der Biber nur noch ein paar Meter von ihnen entfernt war. Dann sah er sie doch, klatschte mit seinem Ruder auf das Wasser und tauchte ab.

Auf Wiedersehen im nächsten Frühling.

Ende

Welche Überraschungen hält die nächste Saison für Tanja und die Alaska Bush Pilots bereit?

Einige: Unerwünschte Liebe, Bangen und Hoffen, Seelenverwandtschaft, Krankheit, Tod und bleibende Erkenntnisse darüber, was im Leben wirklich zählt.

Bitte weiterblättern.

WINTER

NEUANFANG IN GOLD LAKE

Du möchtest dich noch nicht ganz von den Alaska Bush Pilots verabschieden?

»Winter« ist die Verbindung zwischen den beiden in sich abgeschlossenen Romanen »Nordlichter – Von der Gewissheit des Herzens« und »Nordlichter – Von der verbotenen Liebe«, die beide im Sommer spielen. Als Ausklang der einen Geschichte oder als Einstimmung auf die nächste könnte dir »Winter« gefallen.

Die kleine Erzählung ist ein Geschenk und ein Zeichen der Wertschätzung an die Abonnentinnen meines Newsletters. Melde dich jetzt an und du kannst dich sofort in »Winter« vertiefen.

Zusätzlich erhältst du:

- Mein beliebtes E-Booklet »10 geniale Lebensweisheiten, die du unbedingt kennen solltest!«

- E-Booklet »ESSENZ.« Ich habe alle Zitate kompakt zusammengefasst. Als Erinnerung an die wesentlichen Erkenntnisse in »Nordlichter – Von der Gewissheit des Herzens.«

Anmelden dauert weniger als eine Minute – hier geht's lang:

www.markusglauser.de/geschenk

Oder rasch mit dem Smartphone:

SCAN ME

Du bist bereits in meinem Leserkreis eingetragen? Dann findest du den Link zu allen kostenlosen Downloads jeweils ganz zuunterst in meinem Newsletter.

GOLD LAKE – VON DER VERBOTENEN LIEBE

Ein Abenteuerroman über wahres Glück, Familie und Liebe inmitten der Wildnis Alaskas.

Die Buschpiloten von Gold Lake werden am Ende der Saison von einer ungewöhnlichen Reisegruppe aufs Äußerste gefordert: Der 45-jährige Bürgermeister Jeff will mit einem Wildnisabenteuer die Risse in seiner Familie kitten. Seine strenggläubige Frau Katherine, die hochsensible Tochter Emily und ihr gleichaltriger Cousin Nathaniel sind skeptisch, ob das gelingt.

Die Gruppe hat keine Erfahrung mit Bootstouren auf einem wilden Fluss und Jeff ignoriert alle Warnungen. Ein Zwischenfall in der Wildnis lässt den Traum vom gemeinsamen Abenteuer zum Albtraum werden: Jeff und seine Familie kämpfen ums nackte Überleben. Die missliche Situation spitzt sich weiter zu, als Familiengeheimnisse an die Oberfläche drängen und die Liebesbeziehung zwischen Emily und Nathaniel auffliegt.

Reißt die Extremsituation die Familie endgültig auseinander? Können die Buschpiloten trotz der ersten Herbststürme rechtzeitig alle retten?

★★★★★

Jedes Buch der Reihe ist in sich abgeschlossen. Sie können in beliebiger Reihenfolge gelesen werden.

NORDLICHTER – VOM ZAUBER DES NEUANFANGS

AMAZON #1 BESTSELLER

Die 42-jährige Lehrerin Tanja erhält vom Nachlassverwalter ihrer verstorbenen Mutter einen alten Brief ihres Vaters. Dieser hat die Familie vor vierzig Jahren verlassen und blieb seither verschwunden. Tanja beginnt zu zweifeln, ob ihr Vater so rücksichtslos ist, wie ihn ihre Mutter immer beschrieben hat.

Getrieben von der Sehnsucht, die ganze Wahrheit und mehr über sich selber zu erfahren, spürt sie ihren Vater auf. Der lebt inzwischen als Pilot in Alaska, wo er Touristen mit dem Wasserflugzeug in die Wildnis zu den Bären, Elchen, Weißkopfseeadlern und einsamen Blockhütten fliegt.

Tanja nimmt Kontakt zu ihm auf und er unterbreitet ihr unvermittelt ein verrücktes Angebot. Ihre Entscheidung lenkt ihr Leben, wie auch das ihres 20-jährigen Sohnes David, in ungeahnte Bahnen.

★★★★★

Ein Abenteuerroman über wahres Glück, Familie und Liebe.

Jetzt bei Amazon kaufen

Jedes Buch der Reihe ist in sich abgeschlossen. Folglich können sie in beliebiger Reihenfolge gelesen werden.

ANGEKOMMEN – VON DER SUCHE NACH DEM GUTEN LEBEN

AMAZON #1 BESTSELLER

Der 45-jährige Roger hat es geschafft: Karriere bei einer Schweizer Privatbank, verheiratet, zwei Söhne und eine Villa im Grünen. Sein Glück scheint perfekt. Doch als seine Frau Jennifer ihn wegen einer Affäre verlässt, bricht seine Welt zusammen.

Tief verletzt versucht Roger, mit den Veränderungen klarzukommen. Dabei beschäftigt er sich mit den großen philosophischen Fragen des Lebens, die seine bisherigen Werte erschüttern. Am Ende seiner emotionalen Berg- und Talfahrt begreift Roger, dass er das Glück nicht dort findet, wo er es verloren hat.

Finden Sie zusammen mit den Protagonisten heraus, was im Leben wirklich zählt.

★★★★★

Ein Roman über das wahre Glück, Familie und Liebe.

Jetzt bei Amazon kaufen

Leserstimmen auf amazon.de:

»Ein Buch, das zum Nachdenken anregt, Mut macht und inspiriert. Ich habe mich in vielen Situationen selbst wiedererkannt. Ein überwältigendes Buch!«

LIEBE LESERIN, LIEBER LESER,

du hast meinem Roman deine Zeit und deine Aufmerksamkeit geschenkt. Danke! Das bedeutet mir viel.

Eine Geschichte aufs Papier zu bringen und in andere Lebenswelten einzutauchen, ist faszinierend und immer auch eine Auseinandersetzung mit einem selbst. Mit jedem Kapitel kommt man nicht nur dem Buchende, sondern auch sich ein Stück näher.

Wenn dir »Nordlichter« gefallen hat, würde ich eine Rezension (muss nicht umfangreich sein) sehr schätzen! Rückmeldungen interessieren mich sehr und bringen mein Schreiben weiter. Rezensionen helfen nicht nur Autoren extrem, sondern auch anderen Leserinnen.

Hier geht's direkt zur Rezensionsseite des Buches: https://amzn.to/3dysKLD

Herzlichst, Markus Glauser

Lust auf andere Bücher von mir? Hier geht's zur Amazon Autorenseite: amzn.to/34LTPXz

Oder rasch mit dem Smartphone:

SCAN ME

DANKE!

Meiner Lebenspartnerin Irene, die hinter mir steht und mich in meinen Projekten unterstützt.

Meinen Töchtern Livia und Fiona dafür, dass sie mich lieben, fordern und hinterfragen.

Meinen Eltern und der ganzen Familie für die positiven Worte und die Liebe.

Meinen Testleserinnen und Testlesern, deren Rückmeldungen und Engagement ich enorm schätze! Insbesondere Barbara Fasler, Céline Pfister, Nicole Lindner, Jacqueline Loeliger, Irene Pfister, Heinz Lüthi und Kirsten Winkelmann.

Meine Lektorin Ellen Rennen (Texpertin) hat sich dem Roman mit Liebe und Freude angenommen. Ihr Input hat die Geschichte und die Protagonisten weitergebracht.

Der gewissenhafte Feinschliff von Franziska Junghans und Julia Kischkel-Fietz (Korrektorat Ka&Jott) machte die Geschichte lesefreundlicher.

Ich bedanke mich herzlich bei allen, die mit mir persönliche Gedanken teilen und mich so inspirieren. Insbesondere bei Patrick und Simone Jacot, Alex Marjanovic, Hanspeter Marti, Pascal Graf, Thomas Reiser, Valli Baron, Madeleine Winkler und Heinz Lüthi.

Schön, dass ihr alle in meinem Leben seid!

ÜBER MARKUS GLAUSER

AUTOR. TRÄUMER. MACHER.

Markus lebt in einem Schweizer Vorort mit Blick ins Grüne und schreibt Abenteuerromane über wahres Glück, Familie und Liebe. Er liebt Rad- und Skifahren, Lesen und die Wildnis Alaskas. Insgesamt hat er mehrere Jahre in Nordamerika verbracht.

Um seinen Traum vom Schreiben zu leben, übergab der studierte Betriebsökonom das von ihm gegründete Beratungsunternehmen in den letzten Jahren weitgehend an seine Partner und Mitinhaber.

Seine Romane tauchen regelmäßig in den Amazon-Bestsellerlisten auf.

Seine Gedanken zum Schreiben und Lesen:

Als Autor ist es mein Anspruch, Bücher zu schreiben, die ich selbst gerne lesen würde.

Ich liebe spannende Geschichten, die mich inspirieren und ein Stück Lebensphilosophie vermitteln, und Bücher mit packenden Figuren, die mehr wollen vom Leben, über sich hinauswachsen und sich weiterentwickeln. Bücher mit Herz und Verstand.

Ich mag es, wenn Romane nah am Leben sind und Einblicke in Familien und Beziehungen gewähren. Gerne auch romantisch und mit Happy End, aber ohne klebrigen Zuckerguss und übertriebene Dramatik, stattdessen mit einer verständlichen und schnörkellosen

Sprache. Seitenlange Beschreibungen finde ich unnötig - lieber male ich mir die Details selbst aus.

Für Feedback habe ich stets ein offenes Ohr. Am besten hier: mg@markusglauser.de
www.markusglauser.de

Impressum

Bibliografische Information der Deutschen Nationalbibliothek: Die Deutsche Nationalbibliothek verzeichnet diese Publikation in der Deutschen Nationalbibliografie; detaillierte bibliografische Daten sind im Internet über http://dnb.d-nb.de abrufbar.

1. Auflage: Oktober 2020
Nordlichter – Von der Gewissheit des Herzens
ISBN Hardcover: 9 783752 607192
ISBN Paperback: 9 798687 219075

Lektorat: Texpertin, Aachen

Korrektorat: Ka&Jott, Bernau

Coverdesign: AnnyM / Fotos von Unsplash: Stephen Walker, Christina Ambalavanar, Meghan Yabsley

Verlag Hardcover: BoD – Books on Demand, Norderstedt

Verlag Paperback: Amazon KDP, Deutschland

Proudly independently published.

Erstellt mit Vellum

Printed in Poland
by Amazon Fulfillment
Poland Sp. z o.o., Wrocław

72929017R00176